아라포 현자의
이세계생활일기
5
Kotobuki Yasukiyo
코토부키 야스키요

샤란라
안즈
이리스
라인하르트(?)

세레스티나

크로이사스

츠베이트

제로스

Characters

델사시스
미스카
화살이 날아온 방향을 보자 푸른 머리에
안경을 쓴 여성이…….
그 옆에는 얄미운 남자가 팔짱을 끼고
서 있었다.

코토부키 야스키요 지음
JohnDee 일러스트
김장준 옮김

Contents

※ 4권에서 등장인물 「アド」를 '애드'로 번역하였으나, 이번 권에서 영문명이 「ADO」로 명기되어 **'아도'**로 수정하였습니다.

프롤로그 아저씨, 진땀 빼다

아저씨는 혼자 곡괭이로 바위를 캐고 있었다.

처음에는 철광석과 몇 가지 희귀 광석뿐이었지만, 파고들수록 다양한 광석이 나오자 자기도 모르게 몰두해 버렸다.

비상식적인 레벨과 신체 능력으로 지칠 줄 모르는 제로스는 이런 육체노동과 대단히 상성이 좋았다. 【한계 돌파】나 【임계 돌파】, 【극한 돌파】 같은 각성 스킬은 장식이 아니었다.

"내가 생각해도 괴물 같은 체력이야. 각성 스킬은 【소드 앤 소서리스】의 유일한 사기 스킬이지."

VRRPG 【소드 앤 소서리스】에서 각성 스킬은 신체 레벨의 상한을 끌어올릴 뿐 아니라 효과와 직업 스킬 효과를 배로 높인다. 심지어 세 개의 각성 스킬이 모이면 상승효과로 가히 치트키에 가까운 능력을 발휘한다.

하지만 이 각성 스킬의 습득 조건은 플레이어마다 달랐다. 제로스도 검증해 본 적은 없기에 자세한 사항은 몰랐다.

'습득 조건도 모르는데 어느 순간 각성해 있었지. 이 세계에도 존재할까? 만약 이 스킬이 존재한다면……. 생각하기 싫군…….'

제로스의 지식은 게임 속 설정이 기준이었다. 그러나 그것이 이 이세계에서 얼마나 통용될지는 검증해 보지 않고서는 모를 일이었다.

지금 알 수 있는 사실은 채굴 작업도 이상하리만큼 빠르게 진행되어 중장비가 따로 필요 없다는 것뿐이었다. 그것만으로도 충분히 비상식적이었다.

"으음…… 보석 종류가 많고 광석은 얼마 안 나오네. 수정도 있긴 하지만 어쩌지……. 앗, 루세리스 씨나 쟈네 씨에게 줄 선물이라도 만들까?"

이미 원래 목적은 잊은 지 오래였다.

"이거만 팔아도 꽤나 돈이 되겠지만, 역시 마도구로 만드는 편이 낫겠지. 생활을 위해 조금은 남겨 두고, 뭘 만들어 볼까……."

이 세계에서 마석과 보석은 귀했다. 마석이란 마물의 체액으로 마력이 결정화한 것이다. 마석은 같은 속성의 마법과 결합하기 쉽고, 융합이나 압축을 통해 마력량을 늘리면 강력한 마법까지 담을 수 있다. 하지만 마석은 사용할수록 차츰 작아지며 끝내는 사라져 버린다.

따라서 일반적으로는 소비성 마도구에 적합하다.

그에 비해 보석은 담을 수 있는 마력에 한계가 있으나, 마석처럼 마력을 소비한다고 사라지지 않아 편리성이 우수하다.

보석이 크면 마력 용량도 그만큼 커져 더 많은 마력과 강력한 마법을 담을 수 있다. 그러나 마력과 마법 봉입에 실패하면 보석의 화학 결합이 붕괴하여 모래처럼 바스러져 버린다. 그렇게 되면 물감으로밖에 쓰지 못한다. 화가라면 기쁘겠지만, 마도사에게는 뼈아픈 손실이다.

그런 이유 때문인지 보석을 마법석으로 바꾸는 경우는 호신용 마도구를 제작할 때 정도로 한정됐다.

"시험 삼아 제작해서 마법 사용자들의 의견을 들어 볼까? 츠베이트 군과 이리스 양, 루세리스 씨도 있지……. 회복 마법 강화 아

이템…… 나쁘지는 않겠어.”

마음은 이미 기술자였다. 게다가 이 정도 마도구라면 누구나 쉽게 만들 수 있다고 생각하고 있는 모양이다. 아저씨는 이곳에서 자신이 얼마나 괴물인지 망각하고 있었다.

아저씨에게는 쉬워도 이 세계 사람들에게는 파격적 성능이 될 것이다. 제로스는 거기서 발생하는 영향에 대해 생각이 미치지 않았다.

“그럼 한 번 더 캐 볼…… 응?”

아저씨는 착용하고 있는 마스크 안쪽에서 방향을 나타내는 화살표와 긴급 사태를 알리는 붉은 빛이 점멸하고 있었다.

“……아?! 암살자가 온다는 걸 깜빡했다! 망했다, 빨리 가야 해…….”

서둘러 인벤토리에서【할리 선더스 13세】를 꺼내 예전의 실패를 교훈 삼아 만든 시동 키를 꽂았다.

마력이 전달되며 마력 구동 모터가 조용히 진동하기 시작했다. 스로틀을 돌리자 휠이 급속도로 돌아 지면을 헤치면서 바이크를 급발진시킨다.

검은 물체가 라마흐 숲을 질주했다.

전방을 가로막는 식물형 마물―【트렌트】를 박살 내며…….

할리 선더스 13세는 방어막으로 차체를 감싸 숲을 일직선으로 돌파했다. 사냥감을 찾아 어슬렁대던 트렌트만 불쌍할 따름이었다.

아저씨의 바이크가 지나간 길에는 트렌트였던 것의 파편만이 대량으로 남았다.

참고로 트렌트는 마법 지팡이를 만드는 귀중한 재료가 되는 터라 고가에 팔린다.

그러나 이 상황에서 제로스가 그걸 일일이 주울 수도 없는 노릇이었다. 이 트렌트 나무 파편은 이후에 다른 학생이 주워 지팡이로 가공하게 되었다.

그러고도 파편은 수북이 남아서 기술자에게 팔려 학생의 짭짤한 부수입이 되었다. 그리고 그것을 산 기술자는 트렌트 마법 지팡이를 제작해 다시 학생에게 팔았다.

그 결과, 우수한 마법 매체를 가진 귀족 학생과 일반 학생의 격차가 줄어 학교 성적 순위의 지각 변동이 일어나지만, 지금은 아무래도 상관없는 이야기다.

제로스는 자기도 모르는 사이 학교의 교육 문제에 파문을 일으키고 말았다.

제1화 츠베이트, 습격당하다

"……언제까지 등에 올라가 있을 거야?"

"……밥 먹어야 해. 못 놔줘……."

츠베이트는 등에 올라탄 소녀에게 비키라고 말하지만, 소녀는 완강하게 버티며 비키려고 하지 않았다.

몸을 찍어 눌러 움직일 수도 없어서 답답해 미칠 지경이었다.

하지만 소녀의 입에서 나온「못 놔준다」라는 말은 놓치지 않았다.

아무래도 이 소녀가 샘트롤이 고용한 자객인가 보다.

"비키라고. 별로 무겁진 않지만…… 거슬려."

"……싫어. 놓치면 밥 못 먹어……."

"실력에 자신이 있으면 우리 쪽에 붙을래? 실력이 있다면 그에 합당한 임금을 지불하지."

"…………고민돼. 살인은 하기 싫으니까……."

말투로 보아 소녀는 살인을 하진 않으며, 단순히 생활이 여의치 않아 더러운 일에 발을 담근 것 같았다.

그렇다면 회유해서 이 상황을 모면할 수 있지 않을까 싶었지만, 세상사가 그렇게 쉽게 풀리지는 않았다.

"우리 쪽 애를 유혹하지 말아 줄래? 하여간, 잘 생기면 얼굴값을 해서 문제야."

—그 목소리와 함께 검정 이브닝드레스 위로 화려한 장식품을 거추장스러울 만큼 치장한 여성이 츠베이트 앞에 나타났다.

아니, 여자만이 아니었다. 기사 갑옷을 장비한 츠베이트 또래의 소년이 검을 뽑아 들고 있었다.

목에 찬 목줄에 붉은【마보석】이 박혀 있어 그가 중범죄자란 사실을 알 수 있었다.

"넌, 누구야……?"

"알 필요 없잖아? 이제 죽을 꼬마한테 알려줄 정도로 친절하지 않아."

"그래…… 네가 그 멍청이에게 고용된 자객인가? 아니면 아버지가 옛날에 철저하게 뭉갠 조직의 잔당?"

"안 알려준다니까? 혹시라도 널 놓치면 내가 혼나잖아. 그런 실수는 안 하겠지만."

귀에 끈적하게 들러붙는 듯한 목소리였다. 가끔 스틸라에서 말을 걸어오는 매춘부가 연상되는 목소리에 츠베이트는 본능적인 불쾌감밖에 느끼지 못했다.

언동으로 그녀가 청부 살인자임을 알았다. 적게나마 얻은 정보를 바탕으로 즉흥적인 허풍을 떨어 일단 상황을 보기로 했다.

"흥…… 만약 양쪽 모두라면, 이런 곳에 있어도 되겠어?"

"……무슨 소리인지 모르겠는걸? 이 상황에서 여유 부리는 태도가 마음에 안 들어……."

"별 의미는 없어. 하지만 생각해 봐. 아버지는 이미 너희가 움직일 걸 예상했어. 한마디로 너희 동향을 꿰고 있다는 뜻 아니야?"

"그게 뭐? 너희 아버지가 아무리 우수해도 우리를 막을 순 없어."

"머리는 별로 안 좋군. 그건 **조직이 남아 있을 때**의 이야기잖아? 지금쯤 사라지지 않았을까? 아버지는 충분히 그럴 인간이거든."

"……."

샤란라는 내심 덜컥 겁이 났다.

표적인 츠베이트의 말이 옳다면 이곳에서 츠베이트를 죽여도 조직이 소멸했을 가능성도 있었다. 실제로 꼬꼬라는 정체 모를 생물을 경호원으로 붙여 두지 않았던가.

이미 정보가 누설됐다고 생각해도 무방했다.

심지어 츠베이트는 시종 무덤덤한 태도며 그곳에서 초조함이 느껴지지 않았다.

'미리 이걸 써 둘까…….'

샤란라가 고민에 빠진 틈에 츠베이트는 제로스에게 받은 애뮬릿을 몰래 기동했다.

표적을 앞에 두고 대화에 빠진 시점에서 초보자임을 간파하고 반드시 파고들 틈이 생길 것이라고 판단했다. 그리고 그 예측은 옳았다. 츠베이트는 속으로 가슴을 쓸어내렸다.

"평소부터 무슨 생각을 하는지 모를 인간이지만 적에게는 무자비해. 너희 아지트를 어느 정도 파악해 놨다고 해도 딱히 신기하지 않아."

그리고 비상수단을 쓴 사실이 들통나지 않게 주의하며 그대로 대화를 이었다.

구조가 올 때까지 시간을 벌려는 목적도 있었지만, 가능한 한 정보를 끌어내는 방향으로 전향한 것이었다.

"네 아버지가 그렇게 유능해? 증거도 없으면 신빙성이 없는데."

"유능하지. 아들인 내가 말하는 것도 좀 그렇지만…… 아버지는 괴물 같은 인간이야. 조직 하나 없애기 위해서라면 날 미끼로 던지고도 남아."

"진짜?! 그럼 이제 난 자유의 몸인가?"

"자유? 너, 예속의 목줄을 보니 범죄 노예지? 대체 무슨 짓을 한 거야?"

목줄을 확인한 츠베이트는 아무렇지 않게 물었지만, 그 노예, 라인하르트는 호들갑스럽게 눈길을 피했다. 그것을 보고 등에 탄 핑크 닌자가 곧바로 대화에 끼어들었다.

"……노예 하렘, 실패."

"아하, 그랬군. 합법 노예에게 억지로 손을 대려다가 신고당했나……. 바보냐? 인권이 박탈된 건 중범죄 노예뿐이라고."

"나도 몰랐다고오오오오오오오오오오오오오!"

"멍청하지……. 나라에는 법이 있기 마련인데 그걸 알아볼 생각도 안 하고 다짜고짜 노예를 사서 손댔다가 이 꼴이라니까."

"그 결과 자기가 범죄 노예로 팔렸다면 동정의 여지도 없군……."

"남자라면 누구나 하렘을 꿈꾸잖아?!"

"아니…… 진심으로 반한 여자 한 명이면 충분해. 여자가 여러 명이면 귀찮아. 아버지가 그렇거든."

"네가 그러고도 남자냐아아아아아아아아아아아아아아아아아!"

라인하르트 13세, 영혼의 통곡. 그러나 나라가 있으면 법이 있고, 법은 지키라고 있는 것이다. 그것을 무시했으니까 자업자득이었다.

"애초에 합법 노예 상인은 인력 알선 조직이야. 나라에서 엄격한 심사를 거쳐 허가를 받고, 노예가 된 사람을 노동력이 부족한 시장에 팔지. 노예는 빚은 반환하면 자유를 되찾고, 원한다면 그 직장에서 계속 일할 수도 있어. 이건 일반 상식이잖아?"

"쉽게 말해서 직업 안내소겠네? 악독한 직종이면 어떻게 돼?"

"노예가 된 자는 각 영지의 명부에 등록돼. 해당 영지에서 나갈 수 없고 빚을 상환할 의무가 있으니까 만약 다른 영지에 갈 일이 있을 땐 허가서를 발행받아야 해. 노예를 산 사람도 인권을 지켜줄 의무가 있지. 평생 노예로 부려먹을 수는 없어. 그런 짓을 했다가는 본인이 범죄 노예로 전락해. 주인을 고소할 수도 있으니까."

"왜 노예에 관한 법률이 이렇게 엄격하냐고! 어떻게 되먹은 법이야!"

"방귀 뀐 놈이 성낸다더니……. 노예라고 해도 사람이니까 인권은 지켜야지. 다른 나라는 어떤지 몰라도 범죄 경력이 없으면 일반인과 다를 게 없어."

노예로 팔린 사람에게도 사정이 있었다. 대개 일이 없어 다른 직업을 알아보는 사람이나 생활이 여의치 않아 별수 없이 노예가 된 사람이 많았다. 노예 제도는 그런 사람들에게 일종의 개인 회생 조치였다. 그래서 딱히 노예라고 해서 인권을 침해받지는 않았다.

비유하자면 자기 몸을 담보로 돈을 빌리는 제도였다. 그 빚을 갚기 위해 얼마간 무상으로 일하고, 노예를 구입한 사람은 그들의 의식주를 모두 부담할 의무가 생긴다.

"너, 노예가 좋아서 팔려 나가는 줄 알아? 다 사정이 있는 법이야."

"하지만 노예잖아? 보통은 주인한테 순종해야지! 키스 좀 하려고 했다고 신고를 해?"

"호의도 없는 상대가 입을 맞추려고 하면 넌 가만히 있겠냐? 예를 들면 너를 산 주인이 비만에 화장 진한 중년 여자라면? 밤일을 하라고 명령하면 할 수 있겠어?"

"……못 하지. 그러면 나는 도망칠 거야."

"네가 신고당한 이유가 그거야. 하기 싫은 일을 강요하니까 신고당했어. 남이 싫어하는 짓을 강요한 주제에 자기가 당하기는 싫다는 건 경우가 아니지."

라인하르트는 아무런 반박도 하지 못하고 시무룩해졌다.

아직 미련이 남았는지 「판타지 세계인데 왜 이렇게 법률이 엄격해……. 지구랑 다를 게 없잖아」라고 투덜대고 있었다. 요컨대 그는 권력 남용과 성추행으로 신고당했을 뿐이었다.

"그래도 하필 범죄 조직에 팔리냐……. 너, 평생 자유가 되긴 글렀어."

"왜?! 네 말이 사실이면 나도 지금 주인을 신고할 수 있을 거 아냐!"

"아니…… 네가 정식으로 국가 공인 노예상에게 팔렸어도 범죄 조직에 팔린 게 문제야. 애초에 합법 노예, 범죄 노예를 불문하고 노예를 매매할 경우 신분증을 제시해야 해. 각 영지의 노예 상인은 자신들의 이름과 가족 구성을 등록한 특수한 신분증을 가졌지. 그러니까 범죄 조직에 노예를 팔면 덜미가 잡혀."

"그게 뭐 어쨌다고?"

"서류라도 위조하지 않는 한 범죄 조직에 팔리지 않는다는 말이야. 게다가 네가 얼마나 실력이 좋은지는 몰라도 주인이 쓰기 편한 노예를 버릴 리 없잖아?"

"그럼…… 나는?"

"범죄자로 등록된 이상 죄를 지은 시점에서 인권은 없어. 뒤로 빼돌려도 문제없으니까 그쪽으로 팔렸겠지. 자주 있지, 범죄 노예를 쓰고 버리는 녀석들."

쓸 만하다면 범죄 조직이 이 소년을 놓아줄 리 없었다. 죽을 때까지 부려먹고 죽으면 버려도 문제되지 않으니까.

노예를 원하던 라인하르트는 본의 아니게 자신이 그 처지로 전락해 버렸다.

“그 예속의 목줄, 【마보석】 색으로 보아 중범죄자용이야. 보통은 성추행으로 그런 걸 달지는 않는데, 너…… 그거 말고도 무슨 짓 했어?”

“나를 잡으러 온 경비병을 패 버렸지……. 강도인 줄 알았는데 공직자였어…….”

“성추행에 경비병까지 폭행했다면 변명의 여지가 없잖아……. 순전히 자업자득 아냐?”

“아무도 안 죽였는데, 제기랄…….”

무릎을 끌어안고 웅크려 버렸다.

“이 멍청한 꼬마가 지금 무슨 상관이야. 미안하지만, 역시 넌 죽여야겠어.”

“역시 이렇게 되는군……. 아버지가 조직을 없애도 결국 너희는 범죄자니까 나한테 얼굴을 보인 시점에서 당연히 처리하겠지.”

“이해력이 좋아서 고마운걸. 저 바보랑 달리 말이야. 그런데…… 무명아?”

“……?”

츠베이트 등에 올라탄 소녀는 갑자기 이름을 불려 어리둥절하게 고개를 갸웃거렸다.

“너, 등에 타고 있으니까 그대로 죽일 수 있지 않아?”

“……안 돼. 체중이 가벼워서 누르고 있지 않으면 도망가.”

“팔 보호구나 옷 속에 무기 없어? 닌자잖아?”

“……옷 속에 넣고 다니다가 넘어지면 큰일 나. 찔리면 위험해.”

“닌자 맞지? 보통 몸 여기저기 무기를 숨기고 다니지 않아?”

"그건 편견……. 닌자는 도망칠 때만 암기를 써. 수도 적고. ……아줌마, 공부해."

닌자는 원래 첩보원이었다. 주된 임무는 정보 수집이며, 전투나 후방 교란 등은 유사시 어쩔 수 없는 경우에만 행했다.

화려한 정면승부는 피하고 은밀 행동을 우선, 기동력을 중시하기에 수리검 같은 장비도 소지 수는 적었다.

"아줌…… 어험. 닌자는 암살 전문가지?"

"아니야…… 스파이. 아줌마가 말하는 건 숨어 다니는 닌자가 아니라 만화에나 나오는 NINJA."

"(또 아줌마라고……) 어, 어떻게 다른데?"

"정보 수집이 전문……. 필살은 다른 사람 일……."

"""……."""

착각하기 쉬운 닌자의 이미지였다. 일본인조차 그림자 속에 숨어 더러운 일을 맡는 집단이라고 생각하기 일쑤지만, 본디 닌자는 고용주에게 돈을 받고 여러 지역에 흩어져 정보를 얻어 일족을 위해 돈을 버는 집단이었다. 실제로는 농민과 다를 바 없었다.

"그럼 어쩔 수 없지……. 그대로 붙잡고 있어. 바로 끝낼 테니……까!"

그러면서 샤란라가 예고도 없이 나이프를 던졌다. 하지만 그 나이프는 도중에 무언가에 튕겨 땅에 떨어졌다.

츠베이트도 순간 식겁했지만, 제로스가 성심성의껏 만든 애뮬릿이 효력을 발휘한 것을 알고 안도의 한숨을 쉬었다. 당분간은 안전하겠지만 방심은 할 수 없는 상황이었다.

“뭐야?! 자동 방어 마도구…… 좋은 물건 가졌는데…….”

“받은 거야. 어지간한 공격은 튕겨낼걸? 제작자가 보통내기가 아니거든.”

“쳇…… 귀찮은 도구를 가졌어. 그래도 마력이 바닥나면…….”

“그게 생각처럼 될까? 제작자가 보통내기가 아니라고 했지? 구체적으로는 알 수 없지만, 장시간 사용이 가능하다더군.”

“그거 말고도…… 다른 게 더 있나 봐? 그 여유가 마음에 안 들어.”

“맞췄어. 머지않아 너희는 전멸이야. 이미 신호는 보냈어. ……최강의 호위가 와줄 거야. 결계를 친 모양이지만 종잇장처럼 찢고 오겠지…….”

샤란라는 속으로 혀를 찼다.

그녀가 사용한 것은【격절(隔絕)의 영역】이라고 불리는 마도구며, 한 번 사용하면 효과가 끊길 때까지 결계 내부에서 나갈 수 없었다. 게다가 구시대의 마도구라서 재구입 또한 불가능에 가까웠다.

츠베이트를 고립시킬 속셈이었건만 자기들도 함께 갇혀 버린 형국이었다. 츠베이트의 마도구가 얼마나 오래 효과를 발휘할지는 모르지만, 이 상황에서는 마음대로 죽일 수 없으므로 장기전은 불가피하며 지원군이 오면 결계 주위를 포위당할 우려도 있었다.

이 시점에서 이미 계획은 거의 파탄 났다.

“언제까지 웅크려 있을 거야? 너도 도와!”

“아니, 샤란라 누님…… 이 녀석을 죽여도 못 풀려난다고 하잖아. 나도 살인은 싫지만 어쩔 수 없다고 생각했어. 그런데 나…… 영영 목줄 차고 살게 생겼어. 하하하…… 의욕이 생기겠냐고…….”

“왜 이래, 정말……. 내가 달링한테 잘 말해주면 되잖아! 그러니까 도와!”

“정말로 믿어도 돼? 말로만 그러는 게 아니고? 살인만 떠맡기고 나중에는 시치미…… 충분히 있을 만해.”

‘괜히 어설프게 지혜만 늘었어. 부하 주제에 건방지게…… 어쩔 수 없지. 나 혼자서라도 이 녀석을 어떻게든…….’

샤란라가 단검을 뽑아 츠베이트에게 휘둘렀다.

—키이이이잉!

그러나 귀를 찢는 소리와 함께 튕겨 나올 뿐, 공격할 수가 없었다.

몇 번 더 공격해 보지만 단검은 모두 튕겨 나왔다.

그쯤 되자 샤란라는 이 마도구가 상상 이상으로 성가시단 걸 깨달았다. 전방위를 포위하는 구형(球形) 결계. 게다가 정확히 공격한 부분에 맞춰 강도가 변했다.

자세히 보니 주위에서 마력을 모아 장시간 운용을 상정한 마도구임을 알 수 있었다. 이거라면 쉽게 마력이 고갈되지는 않을 것이다.

그렇다면 샤란라가 사용한【격절의 영역】과 같은 타입이란 뜻. 다른 점이 있다면 설치형이냐 장비형이냐, 광범위냐 일정 영역이냐의 차이뿐이었다.

“얌전히 죽으면 좋을 텐데…… 정말 사람 귀찮게 하네. 계획대로 되는 게 없어!”

“그걸 나한테 말해서 어쩌자고? 범죄자의 사정이야 내 알 바 아니지.”

"……동감. 일방적인 이유로 사람을 죽이는 건 안 돼……. 미학이 없어."

"무명이 넌 누구 편이야!"

샤란라가 분노하지만, 핑크 닌자 소녀는 마이웨이였다.

"사생취의. 몸을 던져 의를 따르는 것이 닌자……."

"……어려운 말을 아는데? 나이에 안 어울리게."

"……반하지 마. 쉬운 여자 아니야."

"……정말 나이에 안 어울리는군. 그리고 위험한 선을 넘을 생각은 없어."

"위험한 선…… 변태."

"뭐가……?"

목숨이 위험한 상황인데 어쩨선지 맥이 빠졌다.

생사가 오가는 현장에 원래 있어야 할 살벌함은 온데간데없었다.

그래도 츠베이트는 시간을 벌 수 있으면 그만이므로 이 상황이 고마웠다.

"……나, 그냥 너 죽여야겠다."

"왜? 날 죽여도 네 입장은 안 변하는데."

"감히 내가 보는 앞에서 여자를 꼬셔?! 게다가 로리라고?! 부럽잖아, 젠장———!"

트집에 가까운 라인하르트의 질투였다.

"……너, 제정신이냐? 어린애한테 손을 대면 성범죄자나 마찬가지잖아? 나이 차가 많아도 결혼하는 귀족도 있긴 하지만, 대부분 정략결혼이고, 그마저도 나이가 찰 때까지는 잠자리를 가지지 않

아. 예외도 있나 보지만…….”

“나는…… 로리에게 손대고 싶어!”

“당당하게 말하다니……. 진짜 변태였잖아. 노예가 된 이유를 알겠다. 욕망에 너무 솔직해.”

“고마워. 칭찬으로 받아들일게.”

“칭찬 아니야!”

라인하르트는 정말로 글러먹은 인간이었다. 츠베이트는 머리가 아파서 시선을 샤란라에게 돌렸다. 말은 없지만, 츠베이트의 눈에서 어이없어하는 기색이 엿보였다.

“그, 그런 눈으로 보지 마. ……나도 이 정도로 바보인 줄 몰랐어!”

“그래도 동료잖아? 어떻게든 해 봐…….”

“며칠 전에 소개받은 애를 나보고 어쩌라고? 누가 얘 보호자인 줄 알아!”

“나를…… 인간 말종처럼 말하지 마———!”

““아니, 충분히 인간 말종이야…….””

그 말에 역정을 낸 라인하르트가 검을 뽑더니 츠베이트에게 달려들었다.

한편, 츠베이트도 이미 일어난 상태라서 닌자 소녀를 업고 죽기 살기로 도망쳤다.

샤란라에게는 귀찮기 짝이 없는 상황이었지만, 섣불리 츠베이트를 공격하면 라인하르트의 칼부림에 휘말릴 것 같아서 차마 다가갈 수 없었다.

엉망이 된 습격은 생각지 못한 방향으로 귀찮게 변해 가고 있었다.

◇ ◇ ◇ ◇ ◇ ◇ ◇

우케이 일행은 난처했다.

호위 대상인 츠베이트는 결계 안쪽에 있고 주위가 장벽으로 둘러싸여 안으로 들어갈 수 없었다. 강한 사냥감이 바로 앞에 있는데 결계 때문에 아무것도 못 하고 나무 위에서 보고만 있어야 하니까 속이 탔다. 지금 당장 참전해 마음껏 싸우고 싶었다.

"꼬꼬……. (어쩌지? 이대로 있으면 사부의 화를 살 텐데…….)"

"꼬꼬댁. (안으로 들어갈 방법이 없을까? 주위에 있는 녀석들은 약하니까 문제없지만…….)"

"꼬, 꼬꼬. (우선 냉정하게 관찰해야 해. 어디에 구멍이 있을지도 몰라.)"

닭 세 마리는 눈을 크게 뜨고 주위를 관찰했다.

마음이 급하면 중요한 것을 놓친다. 그들은 싸우고 싶은 충동을 억지로 억누르며 장벽을 계속 관찰했다.

그러다가 멧비둘기 한 마리가 결계에서 나오는 광경을 목격했다.

"꼬, 꼬. (봤어? 지금 그거…….)"

"꼬꼬, 꼬꼬댁. (음, 아무래도 하늘에는 벽이 없나 보군.)"

"꼬끼꼬꼬. (그렇다면 위로 들어갈 수 있겠군. 하지만 우리는 저 높이까지 못 날아.)"

닭 세 마리도 날 수는 있으나, 저공뿐이었다. 신체 구조상 하늘 높이 날기에는 몸이 무겁고 너무 컸다.

물론 같은 크기라도 나는 새는 있지만, 꼬꼬들의 날개는 높은 고도를 날기에 적합하지 않았다.

“꼬끼오.(그렇다면 높은 나무에 올라서 침입할 수밖에.)”

“꼬, 꼬꼬.(음, 우리도 활공 정도는 가능하니까.)”

“꼬끼꼬.(바람에 날아가지 않을지가 문제지만, 해 보는 수밖에 없겠군.)”

세 마리는 서로 고개를 끄덕이고 높은 나무를 찾아 이동을 개시했다.

오로지 강적과 싸우겠다는 일념으로…….

◇ ◇ ◇ ◇ ◇ ◇ ◇

“어서…… 어서 야영지로 가야 해! 안 그럼 츠베이트가…….”

“마음은 굴뚝같지만 마물이 이렇게 많으면 앞으로 못 가.”

“귀찮은 걸 썼어. 샘트롤 그 자식, 만나면 죽을 줄 알아…….”

디오 일행은 구조 요청을 위해 야영지로 돌아가던 도중 마물 무리에게 습격당해 전투를 벌이고 있었다.

습격은 사전에 들어서 대비하고 있었지만, 설마 분단될 줄은 몰랐다. 게다가 구조 요청을 하려고 해도 【사향수】로 불러들인 마물에게 가로막혀 철수할 수가 없었다.

“설마 샘트롤이 퇴로에 사향수를?!”

“지금 그 녀석은 하락세니까 그럴 만도 해……. 위기에 빠진 우리를 구해서 지지율을 회복한다는 어설픈 시나리오라도 짰겠지.”

"멍청하니까 말이야. 쉽게 지지율을 올리려고 이런 무리수를 뒀는지도 몰라."

"그러고도 남지. 멍청이니까……."

샘트롤의 성격을 아는 위슬러 파 학생들은 냉정하게 상황을 분석했다. 그 결과, 지금 상황이 샘트롤의 자작극이라는 답을 도출했다.

"야, 떠들지 말고 도와! 우리 두 명으로는 오래 못 버텨!"

"용병 때려치울까……. 수지가 안 맞잖아……."

호위 용병 두 명은 죽기 살기로 마물을 해치웠지만, 수는 점점 늘어나고 있었다.

이대로 가면 힘이 빠져 마물의 먹이가 되는 것도 시간문제였다. 학생들도 기껏해야 중급 마법을 쓸 수 있을까 말까 한 수준이었고, 그마저도 마력 소비가 심해서 함부로 쓸 수 없었다.

그렇게 초조한 그들을 비웃듯 마물의 수는 끝도 없이 불어났다.

"이게 한계인가……. 그럼 강행돌파로 퇴로를 뚫을 수밖에 없어. 다 함께 일제히 마법을 쓰자."

"어쩔 수 없지……. 가능하다면 아껴 두고 싶었는데."

물불 가릴 때가 아니었다. 디오 일행은 구조 요청을 위해서 당장 눈앞에 있는 마물 무리를 반드시 처리해야 했다.

디오는 마법을 구사하려고 지팡이에 마력을 담아 마물을 향해 들었다.

—콰아아아아아아아아아아아아아아아아아아앙!

그런데 그 전에 전방에 무리 지은 마물 집단이 강력한 마법 폭발에 날아가 버렸다.

“대박이야, 대박♪ 소재를 팔면 당분간 생활비 걱정은 없겠어.”

“이리스…… 아무리 나라도 이렇게 많은 마물은 해체 못 해.”

“마석만 가져가도 되잖아? 꽤 비싸게 팔리지?”

“해체할 시간이 없는데……. 마물이 이렇게 많으면 시간이 부족해.”

공격을 가한 사람은 세레스티나 일행을 호위하던 이리스와 쟈네였다.

지원군이 온 것은 기쁘지만, 이리스가 사용한 범위 마법의 위력 앞에 디오와 아이들은 말문이 막혔다.

“이리스 씨, 먼저 가지 마세요. 마물이 많다구요.”

“괜찮아, 괜찮아♪ 이 숲에 사는 마물은 약하니까 나라도 한 방에 해치울 수 있어. 세레스티나도 때려죽이기 쉽지?”

“때려죽인다고 말하지 마세요! 제가 좋아서 둔기를 휘두르는 거 같잖아요~.”

“아니었어? 마도사는 보통 앞으로 안 나가잖아? 메이스를 쓰는 사람도 드물고.”

위기에서 구해준 사람이 세레스티나인 것을 알고 그녀에게 마음을 둔 디오는 속에서 솟구치는 뜨거운 감정을 느꼈다.

사실 구한 사람은 이리스지만…….

“세레스티나 양…… 우리를 구하러 왔구나…….”

사랑은 맹목적이었다. 그의 눈에는 세레스티나 말고는 들어오지 않았다.

“그보다 또 다른 무리가 와요. 어떻게 하실 생각이시죠?”

캐럴스티가 가리킨 방향에서 많은 마물이 급속도로 접근해 왔다. 이곳에 있으면 마물들의 난전에 휘말릴 가능성이 컸다.

그러나 이리스는 잠깐 고민하더니 손뼉을 짝 쳤다.

"좋아, 귀찮으니까 한꺼번에 날려 버려야지♪ 【익스플로드】!"

""""""뭐?!""""""

—퍼어어어어어어어어어어어어어어어어어어어어어엉!

라마흐 숲에 강력한 마법이 작렬해 마물과 함께 숲까지 지워 버렸다.

그 후 산림 화재가 날 뻔하여 이리스가 진땀을 뺐지만, 자업자득이라 하겠다.

이리스는 자신이 차츰 아저씨를 닮아간다는 사실을 아직 깨닫지 못했다.

""""""………………….""""""

샘트롤 일당은 멀리서 강력한 마법 폭발을 바라보며 입을 떡 벌리고 있었다.

디오와 아이들의 예상대로 그들은 구출극을 연출하려고 계획을 짜고 있었는데 여기서 몇 가지 오산이 생겼다.

우선 사향수를 너무 많이 써서 마물이 감당할 수 없을 만큼 불어났다. 마물 따위야 손쉽게 처리할 수 있다고 큰소리치던 그들은 무리 지은 마물의 수에 겁을 집어먹고 말았다.

다음 오산이 이리스의 등장이었다. 어떻게 디오 일행을 구출하려고 작전을 짜던 도중에 뜬금없이 나타나 공적을 가로채 버렸다.

그리고 가장 중요한 것이【익스플로드】였다.

이 마법은 4대 공작가의 비보 마법을 제외하면 일반적으로 상위 전략 마법으로 취급되며 마도사의 비기라고 불릴 정도였다. 그것을 설마 코흘리개 마도사가 쓸 줄은 생각지도 못했다.

심지어 디오와 만날 때까지 수많은 마물을 마법으로 처치했건만 마력 고갈조차 일으키지 않았다. 이 상황에서 어떻게 놀라지 않을 수 있으랴.

사실 마나 포션으로 마력을 보충하며 오긴 했지만, 그들이 그런 사정을 알 리 만무했다.

"……저 계집은 뭐야……. 어떻게 저런 마법을 쓸 수 있지?"

"난들 알아? 아무튼 우리가 나설 기회가 사라진 건 확실해."

"그래……. 아무리 생각해도 궁정 마도사 수준이야. 설마【연옥의 마도사】의 제자 아니야?"

"충분히 가능한 이야기야. 게다가 저거……【익스플로드】지? 분명히 고위 마도사야. 저런 인간을 부하로 뒀다면, 우리 위험하지 않아?"

예정이 모조리 틀어져 샘트롤의 얼굴은 분노로 물들었다.

"이게 뭐야! 젠장! 솔리스테어 공작…… 이런 패를 꺼내들어? 가증스러운 놈."

"일단 철수하는 게 좋겠어. 이미 무슨 짓을 해도 소용없잖아."

"그래. 그냥 돌아가자. 이걸 보면 **저쪽**도 실패할 가능성이 커……."

예상을 훨씬 뛰어넘는 상황을 목격하고 혈통주의자인 그들 사이에 동요가 일었다.

물론 여기 있는 사람이라고 모두 혈통주의자는 아니었다. 브레마이트의 마법에 세뇌된 사람도 많았다. 세뇌 마법은 정신에 큰 충격을 받으면 풀리기 쉬운데, 이들은 이리스의 익스플로드를 보고 충분한 충격을 받은 모양이었다.

그 결과, 그들은 세뇌가 약해져 마음대로 돌아갈 준비를 시작했다.

브레마이트가 있으면 세뇌 마법을 다시 걸어 강화할 수도 있겠건만, 그가 이곳에 없는 탓에 세뇌된 학생들의 행동을 막을 방법이 없었다.

"기다려! 누구 마음대로……."

"시끄러워! 널 믿은 결과가 이거야. 역시 츠베이트가 옳았군."

"그런데 너…… 설마 그럴 리는 없다고 생각하지만, 우리를 세뇌한 거 아니지? 기억에 조금…… 아니, 엄청나게 이상한 부분이 있는데. 말해 봐."

"정말이야……. 지금 생각해 보면 이상한 점이 많단 말이지."

마법 효과가 클수록 그 마법이 풀렸을 때의 반동 또한 크다.

그들은 아직 세뇌 마법의 영향을 받고 있지만, 샘트롤에게 반항할 수 있을 정도의 의지를 되찾아 명확한 적대감을 표출하는 자도 있었다.

샘트롤이 완전히 고립되는 것도 시간문제였다.

"……쳇…… 츠베이트 자식, 이 굴욕은 반드시 갚아주마……."

자기가 잘못했다는 인식조차 갖지 않는 샘트롤은 적반하장으로 원한을 키워 갔다.

제2화 아저씨, 급행 중

샤란라와 라인하르트는 츠베이트에게 끊임없이 칼을 휘둘렀다.

그러나 공격은 모두 장벽에 튕겨 나가 아직 살벌한 대치를 이어가고 있었다.

샤란라는 마도구 효과에 혀를 찼지만, 여기서 물러날 수도 없는 처지였다. 츠베이트에게 이미 얼굴을 보였다. 지명수배라도 당하면 이 나라에서 더는 살아갈 수 없었다.

무엇보다 공작의 아들을 살해하려고 했다. 붙잡히면 사형을 면할 수 없었다.

그러므로 지금 이곳에서 무슨 일이 있어도 처리해야만 했다.

"이제 그만 죽으면 안 되겠니? 나도 돌아가고 싶거든?"

"누가 가지 말래? 뭐, 돌아갈 곳이 남아 있다면 말이지!"

"죽어라, 리얼충! 【브레이브 재퍼】!"

—키이이이이이이잉!

마력을 담은 칼날이 장벽에 튕겨 라인하르트와 함께 날아가 버렸다. 카운터로 상대방의 공격을 되돌리는 효과도 있는 듯했다.

"젠장! 뭐 이런 마도구가 다 있어? 내 공격을 튕겨 내? 아야야……."

"무턱대고 공격할 수도 없겠어. 함부로 강력한 공격을 쓰면 그 충격이 우리에게 그대로 돌아와. 설마 충격 반사 효과도 있을 줄은……."

"응…… 귀찮아."

"무명아…… 너, 그 꼬마 등에 매달려 있기밖에 더했어?"

"……이것도 나름대로 재밌어."

"""…………."""

무명은 놀고 있었다. 심지어 암살에는 눈곱만큼도 도움이 되지 않았다.

지금도 츠베이트 등에 매달려 휘둘리는 상황을 즐기는 눈치였다. 표정 없는 얼굴이 왠지 모르게 붉어 보였다. 무엇이 그리 흥분될 정도로 좋은지 조금 신경 쓰였다.

"남의 등에서 놀지 말고 이제 그만 내려와 주면 고맙겠는데……."

"……싫어."

"네가 애냐? 힘들다고."

"……안 무겁다고 했으면서."

"별로 안 무겁다고는 했지만, 가끔 목이 졸려……. 팔 보호구가 자꾸 목을 파고드는데 어떻게 안 되냐?"

"……말은 그렇게 해도 사실 기쁘지? 여자애가 안아줘서 설레?"

"난 로리콤이 아니야!"

"……부러워. 나도 한 번만이라도 「오빠, 사랑해♡」라면서 안겨 보고 싶어!"

"멍청하긴……. 어린애는 있어 봤자 짜증만 나. 돈이 훨씬 좋아."

""결혼 못 하는 여자다……. 돈만 밝히는 구두쇠…… 인간쓰레기다!""

"누가 인간쓰레기야!"

남자 두 명은 구태여 말하지 않았다. 침묵 속에서 이루어진 묵시적 동조였다.

그나저나 어린아이는 순수하다고 하는데, 그런 점에서 무명은 무슨 생각을 하는지 알 수 없어 무서웠다. 외부의 공격은 애뮬릿의 장벽이 막고 있지만, 아무리 그래도 자객이 코앞에서 칼을 휘두르니 반사적으로 몸이 방어 자세를 잡으려고 했다.

그 탓에 소녀의 팔이 관성과 무게로 목을 졸라 숨이 막혔다.

"그대로 목을 조르면 되는 거 아니야?"

"……어린 나이에 살인범 A양이 되라는 아줌마…… 악녀."

"누구보고 악녀래! 어디서 배운 말버릇이야!"

"……아줌마. 악녀가 안 되면…… 짐승."

"아줌마라고 하지 마. 나 아직 젊어! 그리고 누구더러 짐승이래!"

"……살인자는 다 짐승이야. 몰랐어?"

"……."

맞는 말이라서 반박할 수 없었다.

살인은 짐승이나 할 짓이다. 어린애도 아는 사실이다.

"하지만 이대로 아무것도 안 하는 것도 화나네. ……나도 당하고만 사는 성격이 아닌데."

"그럼 공격해도 돼. 어차피 맞지도 않겠지만."

"괜찮겠어? 잘못하면 죽을걸?"

"하! 저렙 리얼충 주제에 우리를 죽일 수 있다고? 리얼충, 죽여주겠어……."

"아니, 나는 리얼충 아니야. 여자한테 인기 있는 건 내 동생이지…… 젠장…….”

““…………….””

두 사람의 침묵이 오래 이어지고…….

““동지!””

그리고 난데없이 뜨거운 악수를 나눴다.

인기 없는 두 남자 사이에 기묘한 우정이 싹튼 순간이었다.

“그 꼬마가 인기 없을 리가 있어? 공작 가문의 귀하신 아드님이야. 여자를 골라잡을걸? 시간을 벌려는 뻔한 수작인데 그걸 믿니? 멍청하다, 정말…….”

“헉?! 듣고 보니 그러네.”

“골라잡아~? 제정신이냐? 공작가에 접근하는 여자는 거의 권력이나 돈이 목적이잖아! 가문을 장악하려고 남편까지 독살하는, 당신과 똑같은 쓰레기 같은 여자는 사양이야!”

“너 말 다했어?! 네가 나에 대해 뭘 안다고 쓰레기 취급이야! 여자한테 예의도 없어?!”

츠베이트의 영혼이 담긴 거부였다. 귀족의 결혼 사정은 여러모로 복잡했다.

“나는…… 진짜 사랑이 필요해! 착하고 사랑스런 여자가 좋아! 그런 여자가 한 명이라도 있으면 다른 건 아무것도 필요 없어!”

“맞아! 쓰레기가 아닌 순수하게 나를 생각해주는 여자가 한 명 있으면 돼. 누님은 틀림없이 쓰레기야! 난 네 마음을 잘 이해한다, 동지여!”

“알아주는 거냐, 동지!”

“얘들이, 누가 쓰레기야! 나에 관해 아무것도 모르는 주제에…….”

“돈을 위해서라면 무슨 짓이든 하잖아? 편하게 돈 벌면 장땡인 스타일. 그렇지 않으면 이런 곳에 있지 않고 성실하게 일했겠지. 청부 살인이나 하는 시점에서 믿음이 안 가.”

“갤런스 씨에게 접근한 것도 씀씀이가 좋아서잖아? 돈 떨어지면 바로 버릴 거면서……. 돈이 전부라면서 일도 안 해. 누님…… 인간으로서 그건 아니지 않아?”

“………….”

실제로 맞는 말이라서 반박할 수 없었다.

갤런스에게 접근한 것도 돈을 잘 써서 사치스러운 생활을 할 수 있다고 판단했기 때문이며 그러기 위해서는 몸을 파는 행위에도 주저가 없었다. 쓰레기라고 비난받을 만했다.

그리고 사치 부리며 살 수 있다면 남의 목숨이야 어떻게 되든 상관없었다. 언제 어디서나 자기중심적으로 살아왔다.

무엇보다 마도구라도 보석 장신구를 주렁주렁 달고 다니는 여자가 보통 여성처럼 성실하게 일할 리도 없었다. 졸부 취향이 노골적으로 드러났다.

“사실 우리 가문은 검소한 편이야. 백성의 세금을 착복하면 나라를 운영할 수 없어. 그러니까 이렇게 돈 씀씀이가 헤픈 여자는 필요 없어. 공작가에는 그만한 책임이 따라. 자유롭게 쓸 돈 따위 없다고.”

“권력자 집안도 힘들겠군……. 정략결혼이면 어떻게 해? 게다가 상대방이 누님 같은 쓰레기라면?”

“기본적으로는 유폐하지. 어쩔 수 없이 혼인해도 사실상 별거에 가까워. 명목상 결혼은 하겠지만, 그 시점에서 어떤 인물인지 조사는 끝났을 테니까.”

“쓰레기는 필요 없나……. 하긴, 쓸데없이 세금을 낭비하는 정치가보다는 훨씬 낫군.”

“하지만 그런 쓰레기가 공작가에 접근하는 건 애당초 불가능해. 돈이 드는 여자는 우선 후보에도 못 들어, 품행이 중요하니까 말이야. 정적(政敵)에게는 자비를 베풀지 않고 필요하다면 보이지 않는 곳에서 처리하지.”

“무서워?! 공작가, 진짜로 무섭네…….”

츠베이트와 라인하르트는 의기투합했다.

그런 두 사람 앞에서 여자 한 명이 분노에 휩쓸려 어깨를 떨고 있었다.

“쓰레기 타령 좀 그만해, 꼬맹이들이! 그렇게 죽고 싶으면 지금 당장 지옥으로 보내주지!”

““쓰, 쓰레기가 화났다……. 사실을 말했을 뿐인데…….””

“또 그 소리! 사실이라도 면전에서 들으면 열 받는다고!”

““사실이라고 인정했어……. 역시 쓰레기 맞네…….””

“……죽었어.”

““쓰레기가 진짜 화났다아아아아아아아아아아아아아!””

샤란라의 눈빛이 예사롭지 않았다. 정말로 두 사람을 죽일 생각 같았다.

사람은 자기에게 불리한 사실을 들이대면 반성하거나 역정을 낸다. 그리고 샤란라는 후자였다. 감정에 맡겨 휘두른 칼이 장벽에 맞을 때마다 높은 쇳소리가 울렸다.

그러나 츠베이트에게는 닿지 않았고 그것이 그녀의 화를 더 돋웠다.

"죽어, 망할 꼬맹이들!"

"꼬맹이들……? 역시 보기보다 늙었나? 으아아?!"

"장벽이 있어도 심장 떨려…… 으악?!"

"우후후후…… 죽어, 재수 없는 꼬맹이. 사람을 무시하는 데도 정도가 있지……."

"……타산지석. 사실을 받아들이고 자신을 바꿔 나가지 않으면 언젠가 고립돼, 아줌마. ……긴 것 같으면서도 짧은 것이 인생……."

"이 계집애가아아아아아아아! 너까지 날 무시해?!"

"희한하게 인생에 달관했군……. 하는 말이 어린애 같지 않아."

"불에 기름 붓지 마! 저 쓰…… 누님이 슈퍼 모드로 변했어?! 금발로 변하거나 파츠가 열리는 기동병기처럼!"

어디 사는 외계인, 아니면 비상식적인 리얼계 로봇처럼[#1] 전투력이 올라간 느낌이 들었다.

츠베이트와 라인하르트는 전율하며 필사적으로 도망쳐 다녔지만, 감정적으로 변한 여자는 말릴 수 없었다. 게다가 이기적인 성격 탓에 더 감당하기 어려웠다.

"……범죄의 세계에 신뢰 관계 같은 건 없어. 쓸모없어지면 바로

#1 어디 사는 외계인, 아니면 비상식적인 리얼계 로봇처럼 『드래곤볼』에 등장하는 외계종족 사이어인과 『기동무투전 G건담』의 초기 주역 로봇 샤이닝 건담. 금빛으로 빛나는 강화 형태가 존재한다는 공통점이 있다.

버려……. 금방 감정적으로 변하는 아줌마는 이용 가치가 없어…….”

““……?!””

“……마음대로 지껄여. 너희는 얼마든지 대체할 수 있어!”

“……잘 모르겠어. 난…… 아마 세 번째니까#2…….”

““뭐가?!””

무표정으로 신랄한 말을 하는가 싶더니 갑자기 시치미를 떼는 무명.

불에 기름이 아니라 핵탄두를 집어 던졌으면서 무표정으로 귀엽게 고개를 까딱 기울이고 있었다.

노리고 한 행동이라면 이렇게 상대하기 귀찮은 타입도 없을 것이다.

“이제 됐어……. 세상에 믿을 건 나랑 돈뿐이야. 너희는 여기서 죽어줘야겠어……. 나를 위해서…… 우후후후후.”

“큰일났네…… 완전히 눈이 돌아갔어, 저 쓰…… 아니, 누님.”

“그러게 말이야. 사실을 듣고 화낼 거라면 안 하면 될 텐데……. 남을 이용해 먹는 게 일상이겠지. 괜히 찔리니까 화내는 거야.”

“……갱년기 장애?”

““……?!””

연이어 폭탄이 투하됐다. 샤란라에게서 표정이 사라졌다.

그리고 아무것도 없는 공간에서 작은 체스 말 같은 것을 꺼내더니 라인하르트에게 보여주듯 내밀었다.

“…….(지금 그건 스승님의 공간 마법과 같은…….)”

#2 난 아마 세 번째니까. 애니메이션『신세기 에반게리온』의 등장인물 아야나미 레이의 유명한 대사.

“……야, 꼬맹이. 너한테 자유가 있다고 생각해? 이게 뭔지 알겠어?”

“뭐야, 그건? 보드 게임이라도 하려고?”

“이건 말이지…… 네 예속의 목줄과 한 세트인 물건이야. 【감시의 말】이라고 하는데, 여기에 마력을 불어넣으면…….”

“끄아아아아아아아아아아아아아아아아아아아아아아아!”

라인하르트의 몸에 고압 전류가 흐른 듯한 고통과 저릿저릿한 감각이 몰려와 그 자리에서 바닥을 나뒹굴었다. 샤란라는 그 모습을 희미한 웃음을 띤 채 바라보았다. 조금 전과는 태도가 전혀 달랐다.

“더, 더러워…….”

“어린애가 어른을 놀리니까 그렇지. 개는 훈육이 중요하다고 하잖아?”

“그렇군…… 그럼!”

“……?!”

츠베이트는 즉각 【백은의 신벽】을 사용해 샤란라의 팔을 잘라 버렸다. 떨어진 팔에서 【감시의 말】이 굴러떨어졌다.

그러나 그 직후, 샤란라의 팔은 원래대로 붙어 있었다. 마치 팔을 잘린 적이 없었던 것처럼 멀쩡하게 그곳에 존재했다.

“희한한 마법을 쓰네……. 전혀 안 보였어. 귀찮네…….”

“그러는 댁도……. 아마 【대역 인형】이나 【제물 넋전】…… 마력을 담은 마법부(아르카나)나 인형을 대역으로 써서 피해를 무효화하는 주술사의 도구인가? 처음 보는군.”

“【열풍인(烈風刃)】!”

“큭!”

라인하르트가 허를 찔러 날린 바람 참격으로 샤란라를 뒤로 물리고 땅에 떨어진【감시의 말】을 퍼뜩 주웠다.

“이제 난 자유야. ……덕분에 살았어, 동지.”

“싸우기도 싫은데 서로 죽일 필요는 없지. 몸은 괜찮아?”

“움직일 만해. 그나저나…… 히스테리도 상상 이상이군.”

“끝까지 사람을 바보 취급한다, 이거지……. 이제 장난은 끝이야. 너희 다 죽었어!”

샤란라는 땅으로 가라앉듯이 자기 그림자 속으로 사라졌다.

“저건【섀도 다이브】?! 위험해. 어둠 계통 마법은 감지하기 어려운데…….”

“암살자 특유의 기술인가? 발견하기 귀찮겠어. 저 쓰레기 누님, 어디로 간 거지?”

“속성은【그림자】인데 어둠이랑 뭐가 다른 거야? 차이를 모르겠어…….”

“나도 몰라, 구분도 안 되고……. 아, 이런 소리 할 때가 아니지! 쓰레기는 어디 갔어?”

“……저기 있는데?”

등에 매달린 무명이 근처 나무 그림자를 가리켰다.

“뭐? 고마워!【파이어 볼】!”

“처음부터 날 막 부려먹을 작정이셨군! 이거나 먹어라,【홍련참】!”

“큭, 고민도 안 하고 배신해? 이 꼬맹이들, 정말로 성가시네!”

위치를 허무하게 간파당한 샤란라가 즉시 그곳에서 이탈하자 간발의 차로 공격이 작렬했다. 그녀는 꼬일 대로 꼬여 버린 상황에 내심 혀를 찼다.

"잠깐, 무명! 너도 달링에게 입은 은혜가 있잖아? 왜 뜬금없이 배신이야? 등에서 목 졸라 죽일 수도 있으면서!"

"……불법으로 모은 더러운 돈은 안 갚아도 된다고 아버지가 말씀하셨어."

"아까는 의를 따른다며! 은혜를 원수로 갚겠다는 거야?!"

"은혜는…… 목숨을 구해서 갚았어. 쓰고 버리려는 속셈이란 걸 알았으니까 반대로 이용했을 뿐. 돈밖에 모르는 아줌마랑 같아. 난 무슨 수를 써서라도 밥을 확보해."

"……."

"이 애 뭐지……. 엄청 무서운데……."

4차원인가 했더니 무섭도록 교활했다.

세상 물정 모르는 아이인 척하며 범죄 조직을 이용해 식량을 확보하고, 위험해지면 바로 손을 끊는다. 아이가 할 사고방식이 아니었다.

츠베이트와 라인하르트는 영악하고 엉큼한 소녀에게 전율했다.

"그, 그래도 지금까지 살아온 건 달링 덕분이잖아! 조금만 더 의리를 지켜 봐!"

"……할머니가 말했어. 「악인은 이용해 먹어도 된다. 그래도 가난한 사람이 베푼 은혜는 잊지 마라」라고……."

"뭐 하는 할머니야?! 이것들이 하나같이……."

갤런스는 주웠다고 말했지만, 실제로는 어린아이한테 이용당했을 뿐이었다.

“이 애는 무슨 아수라 일족이야?! 전반부가 유난히 하드보일드한데…….”

“어린애의 사고방식이 아니야. 어떤 교육을 받아야 이렇게 교활해지지……?”

어떻게 보면 이곳에 있는 누구보다 현실적으로 살고 있었다.

겉모습은 아이, 두뇌는 어른. 참으로 쿨한 닌자였다.

“게다가…… 아줌마는 졌어. 승산 없는 싸움에 베팅할 정도로 난 바보가 아니야.”

“내가? 상황이 꼬이긴 했어도 너희는 내 상대가 안 돼. 귀찮을 뿐이지…….”

“아니야…… 온다.”

―쉭!

갑자기 하늘에서 예리한 칼날 같은 것이 날아들어 땅에 꽂혔다.

“누, 누구지?”

“누군데?!”

“누구야!”

하늘 저 멀리서 휘날리는 그림자. 흰 날개를 가진 그것은―.

“……꼬꼬♡”

하늘에서 내려온 닭 세 마리. 최강의 호위병이 지금 도착했다.

땅에 꽂힌 것은 꼬꼬의 깃털이었다.

“꼬끼…….(이건…… 무슨 상황이지?)”

"꼬꼬댁?(몰라……. 적 두 명이 배신한 거 아닌가?)"

"꼬꼬…… 꼬꼬오.(흠…… 그럼 상대는 저 암컷인가? 어떻게 하지?)"

그러나 세 마리는 조금 불만스러워 보였다.

기대하고 왔건만 적은 분열되어 한 명만 남은 상황. 그렇다면 누가 싸우느냐가 문제였다.

"꼬꼬, 러뷰———♡"

"꼬꼬?!(크학?!)"

츠베이트의 등에서 급속 이탈한 무명은 그대로 센케이에게 옮겨 붙었다.

""꼬꾝————?!(센케이————?!)""

갑자기 폭주한 무명에게 센케이가 다이빙 허그를 당하며 전선 이탈. 남은 두 마리에게는 바라마지 않는 기회였다.

"꼬꼬…….(센케이가 빠졌군. 남은 건…….)"

"꼬꼬댁…….(소인과 우케이…….)"

"꼬끼꼬끼, 꼭!(가위바위, 보!)"

그리고 우케이와 잔케이는 누가 싸움에 나설지 가위바위보라는 평화적인 방식으로 결판을 냈다.

한편, 센케이는…….

"꼬끼오꼬꼬, 꼬꼬대액!(놔라, 이래서는 내가 싸울 수…… 우오?! 어딜 만져어?! 앗, 아아……♡)"

절묘한 스킨십을 받고 쾌락에 몸부림치고 있었다.

마치 마사지사처럼 테크니컬한 손가락 기술로 센케이를 얌전히 만든 무명은 폭신폭신한 깃털을 마음껏 탐닉하며 「응…… 천국♡」이라고 중얼거리고 있었다.

꼬꼬마 닌자는 꼬꼬들의 천적이었다.

""이것들…… 뭐 하는 거야……. ""

전투광 맹수에게도 약점은 있었나 보다. 센케이는 이미 전투 불능 상태였다. 남은 두 마리의 가위바위보도 끝나 우케이가 싸우기로 결정됐다.

잔케이는 못내 아쉬워 보였다.

"꼬꼬…….(내가 상대다…….)"

"사람을 무시하는 데도 정도가 있지……. 기필코 죽여 버리겠어!"

"꼬꼬? ……꼬끼꼬.(상황이 절박하니 화를 내는 건가? ……시시한 싸움이 될 거 같군.)"

샤란라가 주특기인 【섀도 다이브】를 쓰고자 그림자에 가라앉으려고 했을 때, 우케이는 순보(瞬步)로 거리를 좁히고 강렬한 날개(주먹)를 내질렀다.

서둘러 팔찌형 마도구로 장벽을 펼치지만, 상상을 웃도는 위력에 그림자에서 끌려나온 샤란라는 몇 미터나 튕겨 날아갔다.

"크?! 예상보다 훨씬 빨라……. 이 닭은 뭐야! 지금까지 봐줬던 거야?!"

"……꼬꼬?(……이거밖에 안 되나?)"

반면 우케이는 기대에 못 미치는지 실망한 듯한 표정으로 한숨을 뱉었다.

그 태도에 샤란라가 짜증스럽게 혀를 찼다.

샘트롤이 보여준 영상을 떠올리며 더 확실히 대책을 세워야 했다며 후회했다. 인간을 상대로 한 전투는 서로의 역량을 파악하는 심리전이며 샤란라는 언제나 유리한 상황에서 공격하는 암살자였다. 그녀는 정면승부를 한 경험이 압도적으로 부족했다.

게다가 주위가 결계로 격리되어 도망치고 싶어도 도망칠 수 없는 상황이었다. 자신이 부린 꾀가 자기 목을 조르는 꼴이었다.

"이 웃기지도 않은 닭들이 새 주제에 사람을 우습게 봐……?"

"……꼬끼…….(……빨리 처리할까? 괜히 기대했군.)"

"그 태도가 열 받아……. 닭꼬치로 만들어주겠어."

"꼬꼬…….(진부한 대사군…….)"

진지하게 상대할 필요도 느끼지 못했다. 그러나 그것이 우케이의 마음에 방심을 낳았다.

얻을 것이 아무것도 없다고 판단한 우케이는 【축지】로 샤란라에게 접근해 배에 강렬한 일격을 꽂았다. 내장까지 파괴하는 무거운 공격이었다.

마력도 충분히 실은 틀림없는 회심의 일격이었다. 실제로 충분한 충격도 느꼈다. 그러나—.

"꼬꼬?(음?)"

분명히 공격이 명중했을 텐데 갑자기 그 감촉이 사라졌다.

그곳에는 샤란라 대신 비참하게 부서진 목각 인형이 떨어져 있었다.

그제야 우케이는 자신이 커다란 실수를 저질렀음을 깨달았다.

"꼬끼?!(아차?!)"

"죽어! 닭대가리!"

칠흑의 바람이 된 샤란라는 사방에서 우케이에게 참격을 가했다. 암살 기술 중 하나【영화연격(影化連擊)】이었다. 이 기술은 순식간에 고위력의 참격을 가할 뿐 아니라 자신을 그림자와 동화시켜 순간적으로 물리 공격을 무효화할 수 있었다.

기척 탐지 능력을 방해하기 때문에 어디서 공격이 들어올지도 알기 어려웠다.

어둠 계통 마법과 암살 기술의 무서움은 이런 탐지 능력조차 무시하는 은밀성에 있었다.

덩치가 작은 우케이는 그대로 풀숲으로 나가떨어졌다.

"후후후…… 해치웠어. 남은 건 두 마리. 빨리 처리하……고……."

우케이를 쓰러뜨린 샤란라가 다음 표적을 찾았다. 입꼬리를 올리고 입술을 핥는 모습이 선정적이었다.

그러나, 갑자기 우케이가 떨어진 풀숲에서 방대한 마력이 분출했다.

깜짝 놀라 돌아보자 그곳에는 상처는 조금 입었으나 아직 건재한 우케이가 서 있었다.

"꼬꼬…… 꼬끼오, 꼬꼬꼬꼬.(약하다고 방심했더니 그 허점을 찔렸나……. 나도 아직 갈 길이 멀군.)"

"뭐야?! 분명히 공격이 맞았는데 어떻게 살아 있어……?"

"설마【투기공(鬪氣功)】인가?! 말도 안 돼, 그 눈 깜짝할 사이에 몸을 강화해 버텼어?!"

"……정확하게 말하면【경기공(硬氣功)】. 마력으로 체모를 단단하게 만들어 보호했어. 강해…….”

“어이없는 꼬꼬구만. 역시 스승님이 키운 녀석들다워. 괴물이야…….”

분명히 허를 찌른 공격은 대단했지만, 그 정도로 쓰러질 만큼 우케이는 만만하지 않았다.

오히려 우케이는 상대를 얕본 자신의 무례함을 깨달은 것 같았다.

“꼬꼬, 꼬끼꼬꼬.(사과하마. 내가 무례했다. 나는 지금부터 전력을 다해 그대를 상대하겠다.)”

“왜, 왠지…… 안 좋은 예감이 드는데.”

우케이가 안일함을 버렸다.

작은 몸이 차츰 팽창한다. 흰 깃털은 불길 같은 심홍색으로 물들어 갔다. 게다가 꽁지깃 근처에 뱀처럼 긴 꼬리가 자라고, 다리는 육지에 특화해 굵게, 발톱은 흉악하게 변했다. 부리 안에는 고기를 찢을 것 같은 이빨이 자라고 머리에는 벼슬이 위풍당당하게 섰다.

이런 외관의 변화는 딱히 급속한 성장이나 진화가 아니었다. 진화체로 변모하는 특수 능력. 꼬꼬 아종들이 획득한 능력이었다.

세 꼬꼬는 진화를 통해 강해지길 바라지 않고 마력을 컨트롤하여 신체 변화를 제어했다. 그 결과, 자유자재로 진화 개체로 변신하는 능력을 획득했다.

이런 변신 능력을 가진 마물은 꽤 많았다. 개중에는 인간으로 변하는 마물도 있어서 제법 널리 알려진 능력이지만, 조류 마물 중에서는 이들이 최초였다.

우케이 일당은 꼬꼬지만, 상위종으로 자유자재로 변화할 수 있을 뿐 아니라 꼬꼬의 모습으로도 코카트리스의 능력을 일부 사용할 수 있었다. 예를 들면 독이나 마비 발톱이 그것이다.

참고로 이 변신 능력은 제로스에게 오기 전부터 꼬꼬들이 가지고 있었지만, 아저씨는 이 능력을 본 적이 없어서 몰랐다.

"끼오오오오오오오오오옷!(샤이닝 코카트리스 모드!)"

"잠깐—, 뭐야아——?! 아예 다른 생물이잖아?!"

조금 전까지는 무릎 위에 올릴 수 있는 크기였던 꼬꼬가 지금은 3미터를 넘는 거구로 변모했다. 꼬리까지 합치면 6미터는 될 법했다.

그 거구가 갑자기 흐릿해지더니 어느새 샤란라 코앞으로 이동해 왔다. 그리고 마력을 담은 날개(주먹)가 힘껏 날아들었다.

"힉?!"

샤란라는 간발의 차로 공격을 피하지만, 동시에 무시무시한 것을 목격했다.

쭉 뻗은 날개(주먹)를 따라 폭풍이 일며 그 마찰열로 주위 나무들이 순식간에 잿더미로 변한 광경이었다. 정통으로 맞으면 뼈도 못 추릴 것이다.

그 충격파는 결계를 때려 굉음과 함께 장벽을 요란하게 뒤흔들었다. 잘못하면 결계가 파괴될지도 모를 위력이었다.

"이, 이딴 거랑 어떻게 싸워!"

샤란라가 얼른 그림자 속으로 도망치려고 하지만, 우케이는 적을 놓아줄 정도로 자비롭지 않았다.

한 번 적이라고 판단하면 쓰러질 때까지 싸우는 것이 마물의 본능이었다.

우케이는 주위로【석화 브레스】를 뿜었다. 초목과 꽃들이 순식간에 돌로 변해 부서진다. 설령 그림자 속으로 숨어도 절대로 벗어날 수 없는 최악의 공격을 흩뿌려졌다.

정확하게 따지면 석화가 아니라 마력으로 물질의 분자 결합을 일시적으로 응고시키는 공격이다. 일시적으로나마 육체를 구성하는 물질이 굳어버리면 으스러져서 원상태로는 돌아오지 못한다. 마력 저항이 높지 않으면 막을 방도가 없는 강력한 공격인 반면, 막대한 마력을 사용하므로 여러 번 사용할 수는 없었다.

"으아아아아악!"

당연히 샤란라는 튀어나왔지만, 검은 망토가 석화로 부서지기 시작해 허겁지겁 그것을 벗어던져 석화에서 벗어났다.

"……상태 이상 무효 스킬을 단련해 둬서 다행이야. 석화가 저렇게 강력했다니……."

"……응. 나도……."

"난 마도구 덕분에 살았지만, 뭐가 저렇게 강해……? 괴물이 따로 없군. 내가 아는 꼬꼬가 아냐……. 그보다 저 모습과 능력은 코카트리스 아니야?"

진심이 된 우케이는 감당할 수 없는 힘을 마음껏 발산했다. 그런 비상식적인 존재를 적으로 돌린 샤란라에게는 이미 애도의 말밖에 해줄 수 없었다.

아무리 강해도 작은 방심이 죽음으로 이어진다. 그 사실을 알려줬기 때문에 우케이는 경의를 담아 진심을 다하기로 했다. 샤란라는 이 힘에 맞서야만 하는 처지가 된 것이었다.

"너희, 도와줘야 할 거 아냐! 여자가 괴물에게 공격받고 있다고?!"

"아니, 여자라도 날 죽이려고 한 인간이잖아? 아무리 마물이지만 내 호위병과 싸울 생각은 없어. 그리고 당신은 암살자고 말이야."

"당신, 아까 나한테 무슨 짓 했지? 목줄의 효과를 써서 괴롭혔지? 도와줄 이유가 있어?"

"……싸움을 건 시점에서 죽음을 각오해야 했어. 죽이는 쪽에서 죽는 쪽이 되어도 할 말 없는 입장이야."

구경꾼들은 구해줄 생각 따위 없었다. 당연한 결과였다.

"끼오오오오오오오오오오오오오오!"

이 모습으로 변모하면 마물의 본능이 밖으로 나오는지, 우케이는 집요하게 샤란라에게 달려들었다.

츠베이트의 눈앞에서 처절한 술래잡기가 펼쳐졌다.

참고로 센케이는 이 시점에서 이미 승천해 있었다. 그 후 무명은 어느새 잔케이에게도 달라붙어 승천시켰다. 그녀는 테크니션이었다.

숲 속을 달리는 한 대의 바이크.

마법 장벽을 전개해 피할 수 없는 나무들을 부러뜨리면서 돌진했다.

'서두르자. ……뭐, 그 애뮬릿이 있으면 한나절은 괜찮겠지만, 혹시 모를 사태가 있을 수도 있어. 서두르지 않으면…… 응? 뭐야?'

채굴에 빠졌다가 급하게 【할리 선더즈 13세】를 몰던 아저씨는 전방에 선 벽 같은 것을 발견했다.

반투명하고 안개가 낀 것 같은, 그런 벽이었다.

'결계인가……. 마도구겠군. 하지만 지금 마도사 수준으로 이 정도 규모의 마도구를 만들 수 있나? 구시대의 유물이거나, 아니면…… 나와 같은 전생자일 가능성도 있겠어.'

그 생각대로 같은 전생자가 적이 될 가능성이 있었다.

자신이나 이리스의 상황을 생각하면 전생자 대다수는 【소드 앤 소서리스】에서 가졌던 장비와 힘을 그대로 가졌을 것이다. 그 위력은 이 세계의 상식에서 한참 벗어난 것이었다.

무기의 위력도 그렇지만, 무엇보다 레벨 차이가 문제였다.

전생자 대부분은 【소드 앤 소서리스】 세계에서 해치운 마물에게서 경험치와 포인트를 얻어 능력을 강화하고 스킬을 발전시켜 강하게 성장했다. 이세계인 입장에서 보면 치사하다는 말이 절로 나오리라.

그 외에 신경 쓰이는 부분은 정신적 문제였다.

지구에서 살던 전생자가 자기 방위를 위해 갑자기 살인을 저지를 수 있을까? 제로스는 그렇게 생각하지 않았다. 실제로 이리스는 사람을 죽이는 데 거부감을 가졌다. 그래도 도적 정도라면 쉽게 죽일 힘이 있는데도 그러지 못하고 붙잡혔었다.

그것이 안 좋다는 것은 아니지만, 착하게만 살아갈 수 있을 정도로 이 세계는 녹록지 않았다. 많은 전생자는 이르든 늦든 이 현실에 직면할 운명이었다.

'모든 전생자가 살인에 거부감이 없다고는 단정할 수 없지…….

나는 그런 인물을 적어도 한 명 알아.'

전에 자신과 싸운 검은 옷의 마도사를 떠올렸다. 서로의 역량을 살피는 탐색전에 가까웠지만, 그는 분명히 자신과 호각으로 싸웠다.

아니, 사실 제로스는 지금까지 전력을 다해 싸운 적이 없었다.

가뜩이나 괴물 같은 수준으로 강한 제로스였다. 마음속 어딘가에서 전력을 다하기를 기피하는 듯했다.

'그 마도사, 망설이지 않고 사람에게 검을 들이댔어. 그 힘은 상위 유저라고 봐도 무방하겠지. 성가신걸……. 뭐, 고민해도 소용없지. 단순하게 생각하자. 범죄자는 붙잡거나 처리하면 돼. ……그래도 그 수준의 적이 나오면 귀찮은데~. 우울하다…….'

전생자를 상대할 각오는 어느 정도 되어 있었지만, 막상 그때가 오리라 생각하면 우울함을 주체할 수 없었다.

그도 그럴 것이 사건의 빌미가 된 것이 제로스 본인이었다. 모르고 한 일이기는 하나, 그들은 사신을 해치운 영향에 억울하게 말려들었다. 전생자 중에서는 원한을 품은 사람도 많을 것이다.

뭐, 그렇다고 곱게 죽어줄 생각은 추호도 없지만…….

"지금은 츠베이트 군 보호가 최우선이지. 저 장벽을 파괴해야 하나……. 가능할까 모르겠네."

제로스는 권태로운 말투로 중얼거리면서도 본래 미터계가 있어야 할 곳에 붙인 패널에 마력을 불어넣었다.

바이크의 사이드카에 탑재된 직사각형 금속 박스가 가동 프레임에 밀려 올라와 용의 아가리처럼 위아래로 열렸다. 내부에서 철컹, 철컹, 하고 무언가가 장전되는 소리가 들렸다.

"마력 충전 완료, 마법식 기동 확인…… 정상 가동 중.【벙커 슈터】기동 개시."

박스 내부에는 긴 원통형 총열과 옆으로 회전하는 발사 장치가 들어가 있었다.

여섯 개의 마력 탱크를 전부 소비해 단 한 발의 말뚝을 때려 박는다.【파일 벙커】와 리볼버형 실린더가 들어간 일종의 공성 병기였다.

"【벙커 슈터】, 발사."

왼쪽 사이드카에서 사출된 말뚝은 총알이 되어 침입을 차단하는 결계를 관통했다.

결계를 구성하는 장벽은 마법식으로 유지된다. 한 번이라도 외부 공격이 먹히면 결계를 구성하는 마법식이 파괴되어 장벽을 유지하지 못하고 소멸해 버린다.

그러나 여기서 큰 오산이 발견됐다.

사이드카에 탑재한 박스는 말뚝을 발사한 위력과 충격에 못 이겨 뒤로 날아가 버리고 제로스가 탄 할리 선더스 13세가 그 자리에서 고속 회전한 것이다.

"으어어어어어어어어어어어?!"

더 큰 문제는 발사한 말뚝에 공격 마법이 새겨졌다는 점이었다.

그것도 하필이면 범위 마법인【익스플로드】가……. 착탄하면 마법이 발동해 요새의 방벽까지도 파괴한다.

리볼버 실린더에 든 마력 탱크는 각각 소형이기는 해도 대량의 마력이 압축돼 있었다. 그런 물건이 여섯 발 분량. 그것이 발동시키는 마법의 위력이 얼마나 되냐면…….

—콰과과과과과과과과과과과과과과과과과아아아아아아아아아앙!

지축이 흔들리며 상상을 초월하는 폭발음이 터졌다. 아저씨의 이마에 식은땀이 흘렀다.

"아…… 이 세계에서는 위력도 뻥튀기되나 보네. 망했다……. 이것도 봉인하는 게 낫겠어. 하하하……."

메마른 웃음이었다.

【벙커 슈터】는 분명히 강력한 무기지만, 적어도 게임 안에서 사용했을 때는 착탄 지점을 날려 버릴 정도의 위력은 없었다. 원래는 광범위 마법 하나 수준이었는데 이쪽 세계에서 사용한 결과는 확연히 달랐다. 숲의 일부분에서 초고열로 인한 연기가 자욱하게 피어올랐다.

'또 자연을 파괴해 버렸어……. 그래도 지금은 일단 넘어가자. 츠베이트 군은 무사하려나?'

다른 걱정거리로 도피한 아저씨는【할리 선더스 13세】를 몰아 다시 숲 속을 질주했다.

마음속으로「이제 옛날 무기는 처분하자……. 위력이 너무 세잖아」라고 중얼거리고 있었다.

그런 위험한 무기를 몇 개나 가진 아저씨는 그것들을 분해하려면 시간이 얼마나 필요할지 생각하자 다시 우울해졌다.

개인이 나라를 상대할 수 있는 마도 무기를 다수 보유한 사실을 이제야 깨달은 아저씨였다.

제3화 아저씨, 내면의 광기를 해방하다

"끼요아아아아아아아아아아아!"

코카트리스 형태로 변모한 우케이의 발차기가 거목을 분질렀다.

방심의 위험성을 안 우케이에게 이미 절제라는 말은 존재하지 않았다. 성심성의껏 전력을 다해 샤란라에게 공격을 퍼부었다.

그에 비해 샤란라는 죽을 맛이었다. 몇 번이나 직격을 맞고도 【대역 인형】이나 【제물 넋전】으로 살아남고 있었다.

"무슨 이런 괴물이 다 있어? 마물 퇴치는 내 전문이 아니란 말야!"

샤란라의 레벨은 낮았고 그 부족한 힘을 메우기 위해 강화 계열 마도구를 대량으로 모아야 했다. 아이템 효과로 신체 능력을 끌어올리기 위해서였다.

어렴풋이 눈치채고 있겠지만, 그녀 또한 전생자고 이런 아이템은 대부분 【소드 앤 소서리스】에서 PK로 모은 것이었다. 처음부터 재료를 모아 제작한 장비는 하나도 없으며 전부 상대를 속이거나 빼앗아 모았다.

그러나 실력이 훨씬 뛰어난 유저에게는 무슨 짓을 해도 이기지 못하고 역공을 당하는 일이 많았다.

특히 【섬멸자】를 노렸을 때가 최악이었다. 역공을 당한 것도 모자라 그들은 샤란라에게 저주 아이템을 씌우고 드래곤이 사는 굴에 던져 버렸다.

저주 아이템은 강력한 몬스터를 끌어들였고, 공격을 대신 받아주는 보조 아이템 때문에 죽고 싶어도 죽지 못했다. 게다가 도망치려고 하면 퇴로를 마법 공격으로 막아 벗어날 수도 없었다.

샤란라의 입장에서 보면 악마 같은 집단이었다. PK 동료도【섬멸자】는 노리지 말라고 충고했지만, 무시하고 덤빈 결과가 그것이었다.

우케이의 가차 없는 공격은 당시의 광경을 떠올리기에 충분하고도 남았다.

“저 여자…… 제법 버티는군.”

“그냥 보조 아이템 때문에 죽고 싶어도 못 죽는 거 아니야? 어떻게 보면 저게 더 지옥이야. 그나저나 저 누님, 보조 아이템을 대체 몇 개나 들고 있는 거야…….”

“……강한 꼬꼬, 가지고 싶어…….”

““진심이야?!””

꼬꼬일 때 사용하던【석화】는 어디까지나 인체 조직을 굳히는 독 공격에 가깝지만, 현재 사용하는【석화 브레스】는 물질의 결합을 붕괴하는 공격이었다. 이런 흉악한 생물을 필요로 하는 소녀의 기분을 도통 이해할 수 없었다.

사실 그냥 깃털에 파묻히고 싶을 뿐이지만, 츠베이트와 라인하르트에게는 무시무시한 소리로밖에 들리지 않았다.

그런 소녀 옆에 꼬꼬 두 마리가 신음하며 쓰러져 있는 것은 아무래도 상관없는 이야기다.

“저 격투 꼬꼬 한 마리로 이 모양이야. 남은 두 마리가 가세하면 어떻게 되지?”

“그런 소리 마……. 생각하기도 싫으니까. 적으로 만나고 싶지 않아…… 으으…….”

“저 여자는 격이 어느 정도야? 이 꼬꼬들은 이미 400을 넘었다고 스승님께 들었는데…….”

“격? 레벨 말이야? 그보다 400?! 말도 안 돼, 저 능력은 그 이상이라고! 누님은 내 예상으로 200 전후, 매직 아이템을 사용해 간신히 대응하는 상황인데…….”

기본 종족인 꼬꼬는 우케이처럼 강하지 않았다.

대부분 마물은 일정 레벨에 도달하면 한 단계 높은 상위종으로 진화한다. 어느 종족이나 최소 두 번은 진화하지만, 꼬꼬의 경우 코카트리스가 될 때까지 수차례 진화가 필요하다.

또 상위종으로 진화하면서 무슨 게임처럼 갑자기 모습이 변하지는 않고 뿔이 돋거나 서서히 몸집이 커지는 등 변화는 완만하게 나타난다.

능력 차이는 서식 환경에 크게 좌우되며 가혹한 환경일수록 강력한 상위종이 많고 여러 아종도 확인되지만, 최상위종인 코카트리스로 진화해도 이토록 강하지는 않다.

우케이 삼인방의 경우 꼬꼬 상태로 상식을 벗어난 힘을 가졌고, 거기에 최상위종으로 【변신】하는 능력을 획득했다.

【워 울프】나 【워 타이거】 등 변신 능력을 가진 마물도 존재하지만, 이런 마물은 사냥감의 방심을 유도하기 위해 자신을 약하게 보이도록 변신한다. 애초에 변신보다는 인간으로 의태한다는 인상이 강했다. 모습을 바꾸면 골격까지 변하므로 상당한 마력과 체력을 소모하며 의태를 완료할 때까지 제법 많은 시간을 요한다.

또한 의태할 때에는 능력을 억지로 몸속에 밀어 넣어야 해서 본래 힘의 절반 정도밖에 발휘할 수 없다는 단점도 존재한다.

그래서 무리에서 가장 강한 보스가 미끼로 의태하고 거기에 낚인 사냥감에게 무리 지어 일제히 달려드는 지능적인 작전을 펼친다.

이런 점에서 자유자재로 상위종으로 변신 가능한 꼬꼬 삼인방의 생태는 생물학적으로 봐도 매우 이질적이고 특수한 예였다.

보통 마물은 진화하면 모습이 완전히 고정되어 상위종에서 하위종으로 돌아올 수 없다. 생물학자가 이곳에 있으면 틀림없이 신종 생물로 인식할 것이다.

라인하르트는 이 기이한 진화를 선보인 꼬꼬에게 경악을 감추지 못했다.

'이게 뭐야……? 여긴 【소드 앤 소서리스】 세계가 아니었어?'

이해할 수 없는 현 상황에 관해 생각하는 그의 옆에서 츠베이트는 샤란라를 냉정하게 분석했다.

"마도구만으로 용케 버티는군, 저 여자……. 하지만 몸이 둔해졌어."

"스킬을 단련하지 않아서 아이템 효과가 끊기면 끝이야. 나도 【수습 검사】부터 한계치까지 레벨을 올렸어. 분명히 **날먹 플레이**나 했었겠지."

"노력이라는 말과는 거리가 멀어 보이지, 저 여자……."

"남한테 기생하지 않으면 살 수 없어 보여. 이런 사태가 일어나지 않았다면 나도 엮이기 싫었어. 남을 당연한 듯이 도구로 쓰려고 하질 않나……."

서로의 말에 약간의 인식 차이가 있었지만 신기하게도 대화는 성립했다.

그런 두 사람의 눈앞에서 심홍색 불을 두른 우케이가 날아 차기를 감행해 거목을 무더기로 박살내며 샤란라에게 육박했다.

방심을 버린 우케이는 그야말로 악귀처럼 날뛰었다.

“야, 구경났어?! 살려 달라고! 이렇게 아름다운 여인이 괴물에게 공격당하는데 보고만 있어?!”

우케이에게 집요하게 공격당하는 샤란라는 필사적으로 소리쳤다.

하지만 구경하는 세 사람은『아름다운 여인』이란 한마디에 오만상을 찌푸리며 반응했다.

“아름다운 여인? 그런 사람이 어딨지?”

“껌딱지처럼 달라붙는 애라면 여기 있지만, 그런 여자는 없는데?”

“……자기 입으로 아름다운 여인이라고 하는 사람은 나르시시스트. 낯짝도 두껍지.”

“너도 말이 심하네……. 맞는 말이지만.”

“알고 보면 독설 캐릭? 그 점에 전율해, 동경하게 돼! 그런데 무명아, 슬슬 이 오빠에게 이름을 알려주지 않을래~?”

“……싫어.”

폭풍 같은 공격을 피하는 샤란라 옆에서는 참으로 화기애애한 분위기가 흐르고 있었다.

“너희 진짜 두고 봐! 내가 반드시 갈가리 찢어 버릴— 으갸!”

“본성이 나왔어. 아름다운 여인은 다 얼어 죽었나. 그냥 자기밖에 모르고 책임감도 없는 여자잖아…….”

"그러게. 자기만 좋으면 남을 아무렇지 않게 희생하겠지. 분명히 남자를 속이며 등쳐먹고 살았을걸? 저런 여자랑 만나기는 싫어. 내가 바라는 **에로프**[#3]는 어디에 있는가……."

"그게 뭐?! 사람은 원래 다 남을 이용하면서 사는 거야! 엄마아아아?!"

천성부터 썩은 여자였다. 그 여자는 우케이의 어퍼를 정통으로 맞고 하늘로 떠오른 뒤 발차기를 맞고 날아갔다.

타인의 선의조차 이용하고 단물만 빤 다음 냉큼 도망치는 방식을 당연하게 여기는 밥버러지. 아무도 연관되고 싶어 하지 않을 인간이었다.

—쿠우우우우우우우우우우우우우우우우우우우웅!

느긋하게 수다를 떠는데 갑작스러운 굉음과 땅울림이 발생해 모든 시선이 그곳으로 쏠렸다.

주위를 둘러싼 결계가 사라짐과 동시에 조금 늦게 충격파와 모래 먼지가 몰려왔다.

츠베이트와 라인하르트는 몰려온 충격파를 피하려고 바로 바닥에 엎드렸다.

"뭐, 뭐야?! 무슨 일이 벌어진 거야!"

"아~, 이런 짓을 할 사람은 한 명밖에 없지. 아마 스승님이야……."

"네 스승님?! 이 폭발, 아무리 봐도 익스플로드 이상이잖아?!"

"잘못하면 우리도 휘말렸을지 몰라……. 상황을 보고 행동해주시면 안 되나?"

#3 에로프 에로와 엘프의 합성어.

"……폭신~~~~~♡"

상황을 이해한 츠베이트와 땅에 웅크려 폭풍을 넘긴 라인하르트. 무명은 꼬꼬 두 마리를 동시에 껴안으며 희열에 빠져 있고, 센케이와 잔케이는 아직도 실신 중.

폭풍이 지나간 후 그들이 눈길을 보낸 곳 앞에는 고열을 내는 거대한 크레이터가 파여 있었다.

그 상황에 세 사람은 잠시 입을 쩍 벌리고 있었다.

"그 여자와 우케이는 어떻게 됐지?"

"커다란 닭은 무사해. 그 폭풍에도 끄떡도 없다니, 정말로 어떻게 돼먹은 거야……?"

"……아줌마는, 앗……."

무명이 가리킨 곳에는 왠지 하늘에서 빙글빙글 회전하며 추락하는 샤란라가 있었다. 그녀는 그대로 저항 없이 땅에 처박혔지만, 그와 동시에 나무 파편이 사방으로 튀었다. 【대역 인형】 덕분에 목숨을 부지한 모양이었다.

얼마 안 가 흙먼지를 가르고 칠흑색 바이크가 모습을 드러내더니 드리프트하며 샤란라를 들이받아 날려 버렸다.

노리고 했다는 생각밖에 들지 않는 극악무도한 행위에 츠베이트와 라인하르트가 경악했다.

"후…… 안 늦었나 보군요. 츠베이트 군, 무사한가요?"

""아니, 그보다 당신…… 지금 뭐 했어?""

분명한 살의가 담긴 흉악한 교통사고가 있었는데 정작 본인은 상쾌하기 짝이 없는 목소리로 츠베이트를 불렀다. 마치 아무 일도 없었다는 것처럼…….

◇ ◇ ◇ ◇ ◇ ◇ ◇

결계를 부순 제로스는【익스플로드】의 폭심지를 우회해 할리 선더스 13세로 숲 속을 달렸다.

자신의 실수로 구조가 늦어져 혹시라도 암살당하면 안 된다는 초조한 생각에 필사적으로 바이크를 몰았다.

그곳에서 제로스는 어떤 인물을 발견했다. 아니, 발견하고 말았다.

언뜻 보면 눈꼬리가 살짝 쳐져 순한 인상을 주는 여성이지만, 어떻게 봐도 물장사를 하는 듯한 천박한 의상과 졸부 취향을 노골적으로 드러내는 온갖 장식품을 보고 옛 기억이 떠올랐다.

그곳은 젊은 시절, 회사 사택에서 살던 때의 기억이었다.

『……그 보석이며 반지며, 다 어디서 났어요? 일도 안 하는 누나한테 그럴 돈이 어디 있다고…….』

『예쁘지? 애인이 선물로 줬어. 3층 사는 마스다 씨야.』

『……전무님이잖아요! 아니, 왜 처자식 딸린 유부남한테 꼬리를 칩니까!』

『음? 선의로 준 선물인데 안 될 게 뭐 있어? 식사 한번 해줬더니 통 크게 사주더라.』

『작작 좀 해! 나 해고시키려고 작정했어?! 잘못하면 내가 회사에서 쫓겨난다고, 세간의 눈을 생각해!』

『그럼 네가 나한테 돈 주든가. 일단 500만 엔만 받을게.』

『직접 일하면 되잖아, 밥벌레야!』

그것은 찰나의 회상이었다.

흙먼지 속을 도망치듯 이동하는 그 인물의 얼굴을 보고 제로스 안에 참을 수 없는 충동이 치솟았다. 쌓여 있던 마그마가 단숨에 상승하는 것처럼 격한 감정이 머리를 완전히 장악하고 화산처럼 폭발했다.

충동의 이름은 살의. 지금까지 마음 깊은 곳에 봉인하던 감정이 그 인물을 본 순간 폭주했다. 그때 제로스에게 『다른 사람이면 어쩌지』라는 망설임은 일절 없었고, 스로틀을 끝까지 당겨 할리 선더스 13세를 가속시켰다.

『꺄삐?!』라는 괴상한 소리가 들렸지만 마음에 두지 않았다. 그 인물이 추락한 방향을 확인하고 숨통을 끊어 놓으려고 바이크로 쫓아 고속 드리프트 스핀으로 모든 힘을 다해 받아 버렸다. 고레벨의 힘으로 바이크를 휘두르다시피 꺾은 드리프트였다. 충격이 전해진 순간 십년 묵은 체증이 내려가는 기분이었다.

산산이 조각난【대역 인형】이 허공으로 흩날렸다.

"후…… 안 늦었나 보군요. 츠베이트 군, 무사한가요?"

""아니, 그보다 당신…… 지금 뭐 했어?""

"무슨 일 있었나요? **쓰레기**를 친 것 같은 기분도 들지만, 무슨 문제라도?"

"""……아뇨, 아무것도 아닙니다."""

아저씨의 표정은 상쾌했지만, 그것이 오히려 무서웠다.

사람 한 명을 전속력으로 들이받고 쫓아가서 드리프트로 마무리까지 했으면서 『쓰레기』라는 한마디로 넘겨 버렸다. 샤란라는 엮이기 싫은 여자지만, 이렇게까지 할 필요가 있느냐고 묻는다면 대답하기 고민되는 부분이 있다.

그러나 제로스는 아무런 망설임도 없이 그것을 실행하고도 양심의 가책조차 받지 않는 표정이었다. 인성을 의심받아도 할 말이 없었다.

"끼오…….(죄송합니다, 사부. 마무리를 짓지 못했습니다…….)"

"우케이?! 설마…… 진화?! 몰라보게 달라졌네요. 어쩌다 그렇게 됐죠?"

"끼오아아, 끼오아아!(우리의 특수 능력입니다. 솔직히 이 모습은 별로 되고 싶지 않았습니다만…….)"

"특수 능력? 재미있는 능력이네요……. 놀랐습니다, 정말로……."

"잠깐, 어떻게 의사소통하는 거야! 이상하잖아?!"

"나도 뉘앙스는 대충 알겠지만, 대화는 힘들 거 같은데……. 주인이라서 그런가?"

지금은 흉악한 미스터리 생명체인 우케이와 대화가 성립하는 시점에서 제로스가 대단함을 넘어 상식도 먹히지 않는 인간임이 언뜻 엿보이지만, 굳이 그것을 입 밖으로 내지는 않았다.

츠베이트는 새삼스럽기 때문에 별말이 없는 것이리라.

"어……?"

"……응?"

제로스의 눈에 한 소녀가 들어왔다. 눈에 익은 장비였다.

기억에서 그 이름을 떠올리고 어쩌면 착각일지도 모른다고 생각하면서도 한번 물어나 보기로 했다.

"혹시 안즈 씨 아닌가요? 파티【그림자 6인】의……."

"……응. 오랜만이야,【섬멸자】. 열심히 학살하고 다녀?"

"에이, 요즘은 밭일만 하고 삽니다. 학살은…… 얼마 전에 했네요. 폐광에서……."

"【섬멸자】?! 설마……【흑(黑)】이야?!"

"응? 너는……."

제로스가 라인하르트를 본 순간【감정】스킬이 저절로 발동해 그의 이름을 시야에 띄웠다. 그 이름을 본 제로스가 무심코『풉?!』하고 기침을 터뜨렸다.

딱히 우스워서가 아니라 그 이름이 너무 심각했기 때문이었다.

"그쪽…… 이름이『에로프스키토 무라무라스[#4]』라고 나오는데요…….(더 볼 것도 없이 전생자구만. 닉네임을 웃기게 짓는 타입이군…….)"

"그 이름으로 날 부르지 마아————!"

라인하르트, 아니, 에로프스키토는 닉네임을 웃기게 지었나 보지만, 이세계 전생 탓에 문제가 발생한 모양이었다. 차마 입에 담기 부끄러운 이름이라서 라인하르트라고 자칭하고, 이세계에 노예 하렘을 차리려고 분투하다가 성희롱으로 신고받아 경비병에게 연

#4 에로프스키토 무라무라스 「에로프스키」는 에로프 좋아, 「무라무라」는 불끈불끈하다, 라는 뜻의 일본어다.

행되었다. 붙잡히기 전에도 폭력 사태로 문제를 일으켜 죄가 가중된 결과, 중범죄 노예로 전락…….

참 바보 같은 이유로 인생이 꼬였다. 진짜 이름이 밝혀진 그는 눈물을 흘리며 자신의 과거를 격렬하게 후회했다. 어디 사는 귀족 소년과는 다른 완전한 자업자득이었다.

"인생은 무슨 일이 있을지 모르지……. 생각 없이 던진 농담으로 평생 후회하는 경우도 있어……."

"……바보구나, 에로무라……."

"줄여서 부르지 마아――! 우아아아아아아아아아아아아앙!"

에로무라는 오열했다. 하지만 순전히 자기 잘못이라 누구에게 따질 수도 없었다.

여담이지만, 그의 본명은 【에노무라 이츠키】였다. 사실 별명과 크게 다르지 않았다.

"라인하르트가 아니었어? 괴상한 이름이군……. 부모가 이름을 지으면서 아무 생각도 안 들었나?"

"우아아아아아아아아아아아아아아아아아아아아앙! 라인하르트는 영혼의 이름이라고! 날 그냥 내버려 둬――!"

"그렇게 엘프가 좋아요? 육덕에 섹시한 엘프라……. 저한테는 이해하기 힘든 경지네요."

"좋아 죽죠……. 불타는 남자의 혼이 격렬하게 버닝할 정도로! 저는 육덕한 엘프를 사랑한다고 소리 높여 말할 수 있습니다! 로망을 추구하는 게 무엇이 잘못인가!"

"그렇군. 이름은 사람의 본질을 나타낸다고 했던가……. 굳세게 살아라. 엘프를 만날 수 있길 바라마, 동지…….”

“우아아아아아아아아아앙! 날 불쌍한 사람처럼 보지 마! 과거의 나는 바보였어──!”

사정을 전혀 모르는 츠베이트는 에로무라를 크게 동정했지만, 그 동정이 그를 더욱 비참하게 만들었다.

이 이름은 그가 캐릭터를 생성할 때 직접 붙인 이름이었기에 결국 그 책임은 모두 자신에게 있었다.

동정받으면 받을수록 에로무라의 마음은 격심한 고통에 시달렸다.

장난으로 우스운 이름을 붙인 것까지는 좋지만, 설마 그 이름으로 이세계에 전생하리라고는 그 누가 상상이나 했겠는가. 막 전생했을 무렵, 에로무라는 정말로 울었다.

신에게 정정을 요구했지만 아무 일도 일어나지 않아 에로무라는 진심으로 신을 원망했다. 신이란 4신을 말하지만, 그 사실을 알아도 제로스는 틀림없이 그를 동지라고 생각하지는 않을 것이다.

어디 사는 귀족가 아들과는 처지가 달랐다.

“아야……【대역 인형】이 없었으면 죽었을 거야. 야, 교통사고를 냈으니까 위자료 낼 각오해!”

“앗…… 할망구가 부활했다.”

“츠베이트 군, 저 여자는 적인가요? 만약 적이라면 봐줄 필요도 없는데…….”

“일단 적이야. 여기 있는 두 명도 적이었지만, 지금은 배신자가 됐지.”

“그렇군요……【캘러미티 게일】.”

"꺄아아아아아아아아아아아아아아아아아아아아아아아아아아악?!"

갑자기 바람 범위 마법이 작렬해 샤란라는 부식 효과가 추가된 회오리에 말려들어 하늘 높이 올라갔다. 당연히 바람 칼날도 전방위에서 몰아치므로 무사할 리 없었다.【대역 인형】과【제물 넋전】의 잔해가 주위로 흩날렸다.

"참고로 저 여자, 이름이 뭐랍니까? 인간적으로 비석은 세워줘야 할 테니까 알려주시죠."

"……응. 할망구의 이름은 샤란라. 이기적인 여자……."

"적이라면 죽여도 상관없죠? 왠지 저 인간을 죽이면 속이 후련할 거 같거든요. 저건 이미 죽일 수밖에 없어요, 후후후……."

""왜…… 그렇게 웃어? 얼굴이 엄청 무서운데…….""

츠베이트가 봐 온 제로스는 함부로 마법을 사용하는 인물이 아니었다. 그에 비해 에로무라는【섬멸자】의 무자비함을 알고 있었다.

츠베이트는 제로스와 샤란라 사이에 무슨 관계가 있다고 직감했고, 에로무라는【섬멸자】들이 PK 유저를 무자비하게 응징하던 과거를 떠올리고 짐작했다.「아…… 저 여자는 죽었다」라고―.

서로 생각은 다르지만 도달한 결론은 같았다.

두 사람은 방향성은 달라도 비슷한 사고방식을 가졌는지도 모른다. 똑똑한가 바보인가의 차이는 있지만…….

"잠깐, 당신! 난데없이 무슨 짓이야! 죽으면 책임질 거야?!"

"쳇, 살아 있었나……. 뭐, 수명이 조금 늘어났을 뿐이지. 여긴 참 좋은 세계야…… 크크크."

"여자한테 잘하라고 부모님이 안 가르쳤어?! 왜 다짜고짜 공격하고 난리야! 보통은…….”

“안타깝게도 전 악당은 성별 불문하고 학살하는 사람이라서요. 남녀평등, 좋은 말 아닙니까? 이것도 다 당신 팔자입니다.”

“이런 짓을 하고 내가 그냥 넘어갈…… 어? 너, 설마…… 사토시?!”

“……역시 누나였나요……. 3년 만의 재회군요. 보기 싫으니까 얼른 죽으세요. 제 행복을 위해서요♪”

““남매?!””

제로스는 산뜻한 목소리로 대단히 사악한 웃음을 짓고 있었다. 재회해서는 안 될 두 사람이 재회하고 만 순간이었다.

“너, 너! 동생이라면 누나를 도와야지! 그게 동생의 의무잖아!”

“그런 의무 없습니다. 오히려 범죄 조직에 발 담근 누나를 저세상으로 보내주는 게 동생의 의무 아니겠습니까? 다행히 여기라면 시체도 안 남아요. 마물이 먹어치울 테니까…….”

“저세상?! 심지어 시체 처리까지 계획해?! 너, 사람을 죽이는 게 장난인 줄 알아?!”

““누가 할 소리를…….””

츠베이트와 라인하르트는 진심으로 그렇게 생각했다. 그에 비해 제로스는…….

“예전에는 시체 처리니 법률이니 귀찮은 제약이 있어서 단념했지만…… 다행히 이곳은 생명의 가치가 낮은 약육강식의 세계입니다. 봐줄 필요 없이 마음껏, 흔적도 남기지 않고 없애 드리죠. 아, 감사할 필요는 없습니다. 동생이 친누나에게 베푸는 마지막 자비니까요…… 크크크…….”

누나를 죽이는데 아무런 주저도 없었다. 오히려 살기등등했다.

심지어 이 세계는 샤란라를 처리하기에 최적의 환경이었다.

"그럼 누나…… 어떻게 구워 드릴까요? 미디엄? 웰던? 마녀재판이라고 하면 화형이죠. 오늘의 악의와 살의는 당신을 위해서♪"

"스승님을 저렇게 화나게 한 이 여자, 대체 무슨 짓을 한 거지?"

"글쎄…… 하지만 지금까지 한 행동을 보면 느낌이 오지 않아? 아마도 동생 돈을 빨아먹으며 기생했겠지. 저 누님이 성실하게 일할 리는 없고……."

"그렇군. 씀씀이가 헤퍼 보이니까 빚까지 떠넘겼을 거 같아."

"너희, 도와줘! 이 짐승 같은 놈이 나같이 아름다운 여자를 죽이려고 하잖아?! 살려주면 달링에게 비밀로 하고 서비스해줄게!"

""아니, 그냥 남매 싸움이잖아? 외부인이 낄 여지가 없어. 그리고 아줌마는 좀…….""

"아줌마라고 하지 말라고, 머리에 피도 안 마른 것들이!"

츠베이트도 에로무라도 끼어들 생각은 없어 보였다.

두 사람에게는 샤란라보다 눈앞에 있는 아저씨가 무서웠다. 끼어들지 않으면 안전은 보장되니 샤란라를 구해줄 이유도 없었다. 심지어 이건 남매 싸움이었다. 남의 가족 문제에 참견할 생각은 없었다.

제로스의 시야에 다시 【감정】이 발동해 정면에 있는 누나의 정보가 일부 표시됐다. 직업이 사기꾼이었다. 게다가 현재 이름이 그녀의 성격을 말해주고 있었다.

"……샤란라, 라. 『수수한 옷차림에 모양을 안 내도 나만 보면 모두들 좋아하지요』[#5]입니까? 요술천사 타령할 나이도 아니면서 낯짝도 두껍지. 나이 잡수실 만큼 잡순 아줌마가 주책도 심하시네요~. 살아 있어 봤자 창피하기만 하니까 소각해도 돼죠?"

"샤란라가 그런 의미였어?! 그러고 보니 아저씨 누나라고 했지? 실제 나이는 몇 살이야?!"

"올해로 마흔여섯입니다. 그나저나 겉모습이 젊어졌는데……【회춘의 비약】이라도 썼나? 전에는 잔주름과 여드름을 화장 떡칠로 감추고 다녔으면서……."

"무명…… 아니, 안즈, 대단해! 할망구가 맞았어. 진짜 나이를 한 눈에 꿰뚫어 보다니, 통찰력이 장난 아니야!"

"후훗~~~♪"

무명, 안즈는 참으로 자랑스러워 보였다.

"누가 할망구야, 버릇없는 꼬맹이들아. 여자는 나이를 안 먹어!"

"그런 소리를 하는 시점에서 아줌마인 건 틀림없을 텐데……. 뭐, 됐습니다. 다시 이야기를 돌려…… 저지먼트의 시간입니다. 자, 네 죄를 헤아려라[#6]!"

"싫어! 기껏 젊어졌으니까 사치 부리며 살 거야! 게다가 나한테는 아무 죄도 없어! 바보처럼 속은 주제에 남 탓이나 하는 세상이 이상한 거지!"

"여전하구만. 그나저나 젊어지다니……. 5년 후에는 쭈글쭈글한 노파가 될 텐데 누나 본인의 선택이니까 아무 말도 안 하겠습니다.

#5 수수한 ~ 좋아하지요 애니메이션 『요술천사 꽃분이』의 오프닝 가사. 일본어 원곡 후렴구에 「샤란라」가 반복해서 들어간다. 마법 주문의 일부이기도 하다.

#6 자, 네 죄를 헤아려라 특촬 드라마 『가면라이더 W』에 등장하는 유명한 대사.

10년 후에는 죽을지도 모르겠네요. 장례는 풍장이면 되겠죠?"

"기필코 나를 짐승 먹이로 던져주고 싶다는 거지? ……아니, 그보다 방금 그게 무슨 소리야! 왜 내가 노파가 돼?! 이렇게 피부가 탱글탱글한데!"

""탱글탱글이래……. 말하는 것부터 아줌마 같다…….""

츠베이트와 에로무라의 눈초리가 차가웠다.

아무튼 회춘의 비약은 확실히 사용자에게 젊음을 돌려주는 효과가 있지만, 거기에는 큰 부작용이 따랐다.

생물은 태어날 때부터 죽을 때까지 세포 분열 횟수가 정해져 있다. 회춘의 비약은 육체를 강제로 활성화해 젊은 모습으로 되돌려주는 약이지만, 동시에 육체에 큰 부담을 준다. 그래서 강제로 활성화한 체세포는 몇 년만 있으면 빠르게 약해진다.

그 결과, 젊어진 나이보다 배로 노화가 진행된다. 샤란라의 외견은 20대지만, 실제 연령은 46세. 20년 젊어졌다고 치면 그 부작용으로 최소 마흔 살은 더 늙어 버린다. 본래 모습에 40년 세월의 노화가 단숨에 가중되는 셈이다.

참고로【시간 회귀 비약】은 판매하지 않아 구할 방법이 없었다. 그 이유는 재료를 구하기가 어렵기 때문이었다. 하필이면【드래곤의 보옥】이라고 불리는 특수 희귀 소재가 들어갔다.

그 외에도 여러 가지가 필요하지만, 대부분 입수하기 매우 어려운 소재였다.

"하하하하, 단숨에 80대 노파가 되겠네요♪ 선택한 사람은 누나니까 제 알 바도 아니지만요. 유쾌, 상쾌, 통쾌~♪"

"……눈앞의 욕심 때문에 수명이 줄었어. 자업자득."

"구제할 방법이 없군. 안이하고 편한 길을 가려다가 자폭했어. ……역시 성실한 게 제일이야."

"나도 조심해야지. 그보다 안전하게 젊어지는 마법약은 없어?"

"【시간 회귀 비약】이 안전하죠. 뭐, 【회춘의 비약】을 쓴 시점에서 효과는 없겠지만요. 병용하면 죽으니까……."

샤란라의 얼굴이 차츰 창백해졌다. 이제야 자신이 돌이킬 수 없는 실수를 했다는 것을 깨달은 그녀는 죽음의 공포를 느꼈다. 반대로 제로스는 실로 유쾌한 기분이었다.

그 웃음은 사악한 수준으로 일그러져 있었다. 인생의 훼방꾼이 이제 곧 사라진다는 사실을 알고 진심으로 기뻐했다.

"어, 어떻게든 해 봐! 동생이잖아! 누나가 죽어도 괜찮아?! 가엾다는 생각 안 들어?!"

"전혀요? 게다가 회춘의 비약을 사용한 시점에서 이미 글렀어요. 가령 시간 회귀 비약이 있어도 먹으면 100퍼센트 죽습니다. 저는 아무것도 못 해요. 할 생각도 없고."

"거짓말 마, 넌 분명히 방법을 알아! 알면서 숨기는 거야!"

"모른다니까 그러네. 저는 마도구나 마법 개조가 전문이었지 마법약은 제 분야가 아닙니다. 마법약도 몇 개 만들 수 있지만 그게 전부였죠. 무슨 근거로 그런 말을 하는지 모르겠네요, 이 멍청한 누나는……."

"그럼 왜 회춘의 비약을 그렇게 잘 알아? 이유가 있을 거 아냐!"

"만든 사람이랑 아는 사이니까요. 카논이 「그건 못 쓰겠어…….

젊어지긴 하는데 부작용이 심해. 글렀어, 완전 글러 먹었어~. 실수했네, 헤헷♡」이라고 했었죠. 회춘의 비약을 토대로 【시간 회귀 비약】을 제작할 때까지 돕긴 했지만, 비약 효과를 없애는 연구를 했었는지는 모릅니다. 재고 처분을 위해 회춘의 비약을 어디에 대량으로 팔아넘겼다는 이야기는 들었지만."

그것을 구입한 사람을 PK로 약탈한 사람이 샤란라였다. 남의 물건을 빼앗기만 한 여자는 빼앗은 물건으로 보복당한 셈이었다. 나쁜 짓을 하면 언젠가 벌을 받는다는 좋은 예시였다.

"됐으니까 알려 달라고! 나 죽는 꼴 보고 싶어?!"

"뭘 이제 와서……. 처음부터 그렇게 말했잖습니까? 마법약 효과를 없애는 방법은 저도 모르고, 만약 알아도 알려줄 이유도 없죠. 더군다나…… 누나는 지금 여기서 저세상으로 갈 겁니다."

"그게 동생이 할 말이야?! 위대한 누나에게 잘해야겠다는 생각은 안 들어?!"

"위대? 냄새나는 걸레겠죠. 그럼 기도는 끝났습니까? 안심하시죠. 뼈도 남기지 않고 정성껏 처리할 겁니다. 죽어도 부활할 것 같아서 불안하니까요."

의리도 정도 버리고 친누나를 냉혹하게 처리하겠다는 결의를 가슴에 품은 채 잠재영역(이데아) 내의 마법식을 순식간에 출현시켰다. 세로스의 주위에 무수한 불덩이가 나타나며 완전한 전투태세를 갖추었다.

"【플레임 팔랑크스】."

"잠깐…… 너, 정말로……."

말을 끝내기도 전에 불구슬들이 발사됐다. 【플레임 팔랑크스】는

【플레어 랜스】의 상위 호환 마법. 공격의 횟수만 해도 배를 넘어 융단폭격에 가까웠다.

자비란 일절 없으며 선언한 대로 뼈조차 남기지 않겠다는 의지와 집요한 악의가 담긴 공격이 날아들었다. 도중부터 이대로 공격하면 대규모 산림 화재가 나겠다 싶어 물 속성 마법【콜드 팔랑크스】로 바꿔 진화와 동시에 마법 공격을 끊임없이 퍼부었다.

불길에 휩싸인 숲이 즉각 은백색 세계로 변해 갔다.

일단 냉정함도 남아 있는 모양이었다.

"……윽!"

살의를 느끼고 퍼뜩 마법 지팡이를 꺼내 들자 그곳으로 한 줄기 검광이 번뜩였다. 공격하려던 샤란라를 제로스가 바로 차단해 버린 것이었다.

제로스는 틈을 주지 않고 마법 지팡이에 달린 칼날을 들이밀었고, 감촉이 도중에 사라지자 순간적으로【백은의 신벽】을 마법 지팡이에 부여해 거대한 검으로 바꿔 휘둘렀다.

주위 나무들이 썰려 쓰러지는 와중에도 보이지 않는 검이 샤란라를 덮쳤다. 샤란라는 분명히 반으로 갈라졌고 감촉도 전해졌지만,【제물 넋전】이 피해를 대신 받아 피해는 전무했다.

"너…… 거기 있는 꼬마한테 마법을 알려줬지?! 너 때문에 내가 쓰다버릴 장기 말을 하나 잃었잖아! 날 얼마나 방해해야 성이 차냐고!"

"그거 잘 됐군요. 저는 지금 그 학생의 경호원입니다. 처음부터 죽여야 할 상황이었단 거죠. 어차피 오래 살지 못한다면 여기서 죽어도 똑같잖아요?"

"누나를 공경하는 마음도 없어?!"

"똑같은 소리를 몇 번이나 해야겠습니까? 있을 거 같나요? 마음 구석탱이를 뒤져도 티끌 하나도 없을 만큼 전혀, 눈곱만큼도 없어요! 내 마음에 한 점 흔들림도 없다!"

에로무라는 「역시 써먹다 버릴 생각이었냐……」라며 자신의 처지를 다시 한 번 깨달았다.

영양가 없는 남매의 싸움은 유치한 말다툼과 살벌한 칼싸움으로 발전해 갔다.

강철이 부딪치며 불똥이 튀고 한 번이라도 실수하면 확실하게 치명상을 입을 살육전. 물론 공세는 제로스가 일방적으로 쥐고 있었지만—.

"대체 무효화 아이템을 얼마나 들고 다니는 겁니까? 제발 이제 그만 죽으시죠."

"내가 알려줄까 봐?! 너야말로 작작하고 포기해!"

"죽을 때까지 계속 공격하면 되겠지, 뭐……. 무한히 들고 다닐 수는 없을 테고 편하게 죽이는 것도 성에 안 차. 철저하게 고통을 주지 않으면 내 기분이 안 풀려."

"얼마나 원한을 품은 거야! 속 좁은 남자 다 보겠네. 너 그러다 여자한테 미움받는다!"

"버러지한테 사랑받기도 싫은데요. 특히 누나 같은 여자는 트럭으로 몰려와도 싫습니다. 그러니까 단념하고 죽어어어어!"

제로스의 참격은 하나하나가 즉사 수준이었다. 그 상상을 초월하는 공격력 때문에 샤란라가 소유한 공격 무효화 마도구는 빠르게 소모되어 차례차례 부서지고 찢어져 땅으로 떨어졌다.

원래부터 레벨이 하늘과 땅 차이였고, 아무리 강력한 효과를 가진 마도구라도 부담이 크면 한계에 달하기 쉬웠다. 방어용 장벽이 종잇장처럼 잘리는 것만 봐도 알 수 있었다.

신체 강화 계열 마도구도 항상 한계치를 넘는 마력을 쥐어짜면 효력을 잃는다. 이렇게 되면 그냥 거추장스러운 장식에 불과했다.

"【볼테크 샤인】."

낮인데도 눈부신 빛이 주변 일대를 새하얗게 물들였다. 직시하기 힘든 찬란한 거대 플라즈마 구슬이 샤란라의 정수리 위로 떨어졌다.

'위험해……. 이판사판이야. 비장의 수를 써야겠어.'

샤란라는 최근 입수한 가슴팍 목걸이에 손을 댔다.

마도구 효과가 발휘되자 거울 같은 방패가【볼테크 샤인】을 받아내더니 그것이 반전되어 제로스의 머리 위로 돌아왔다.

"【정령왕의 목걸이】?! 저런 걸 숨겨 뒀나……."

말을 끝내기 전에 제로스는 플라즈마 구슬에 잡아먹혀 폭발 속으로 사라졌다.

정령왕의 목걸이도 무사하지는 못했다. 커다란 보석 두 개에 금이 가고 목걸이는 기능을 완전히 상실했다.

그러나 최대의 훼방꾼이 사라졌으니 앞으로 얼마든지 만회할 수 있었다.

"스승님?! 이럴 리가……."

"다음은…… 너희 차례야. 날 놀린 만큼 갚아주겠어……."

"누님의 레벨로 볼 때 아이템은 많이 소비했을 거야. 지금이라면 우리라도 확실하게 이길 수 있어, 동지!"

"죽어, 꼬맹이들…… 악?!"

츠베이트와 배신자 둘을 죽이려고 움직인 순간 가슴에서 튀어나온 칼날이 몸을 멈췄다. 등 뒤에는 칠흑색 로브를 입은 마도사가 마법 지팡이를 대충 들어 쑤시고 있었다.

"윽…… 어떻게?"

"약해 빠진 누나를 상대로 전력을 다할 리가 있겠습니까? 무엇보다 한 방에 끝내도 기분이 안 풀려요. 지금 마법도 상당히 봐준 거란 말이죠. 게다가 【섀도 다이브】는 누나 혼자만 쓸 수 있는 게 아닙니다. 【섬멸자】를 너무 우습게 보시네요."

"그게 봐준 거라고…… 게다가 【섬멸자】?! 장난치지 마! 게다가 친누나를 죽이려고 하다니……."

"예전에 말했죠? 피만 이어졌지 남남이라고. 뻔뻔하게 기어 나오면 제가 죽여 버릴 거라고 생각해본 적 없습니까? 뭐, 죽진 않겠네요……【마인형】을 썼으니까."

"……이게 얼마짜린 줄 알아? 물어내! 구하려고 얼마나 고생했는데!"

"싫네요. 어차피 훔친 거 아닙니까? 그래도 다음에는 끝입니다. 발견하면 확실하게 끝장낼 테니까. 이건 이미 결정된 일이에요. ……자비를 베풀 거란 생각은 버리십쇼."

제로스가 마법 지팡이를 휘두르자 샤란라는 두 쪽으로 갈라졌지만, 그 직후 목제 마네킹으로 변해 땅에 쓰러졌다.

【마인형】. 이 아이템은 사용자의 의식이나 모습, 모든 능력을 옮길 수 있는 인형이고 이 마도구를 사용한 시점에서 본체인 육체는 동결 보존된다.

인간이 목제 인형에 빙의한 상태지만, 인형의 몸에 받은 피해는 실제로 받는 것과 같고 인형이 파괴되면 정신은 본래 육체에 강제로 돌아간다.

마도구인 이상은 내구성에 한계가 있고 무엇보다 고가였다. 아마 이 세계에서는 두 번 다시 얻을 수 없을 것이다. 그래서 여러 마도구로 보강해 파손을 막았었다.

암살에 실패해도 본체가 무사하면 죽지 않으며【대역 인형】이나【제물 넋전】이 본체에 갈 피해를 경감해【마인형】파손을 막는다.

몇 번이나 쓸 수 있어 사실상 불사신이 되는 것이다.

알리바이 공작에도 이용되며 암살에 이토록 편리한 도구도 없지만, 활동 한계 시간은 약 3일. 휴식으로 마력도 공급할 수 있는 우수한 물건이다.

"놓쳤나……. 뭐, 처음부터 여기 없었으니까 별수 없지만…… 음?"

제로스는【마인형】옆에 떨어진 호화로운 목걸이를 들어 그곳에 박힌 커다란 보석 두 개를 들여다봤다.

그것은 제로스가 찾던 희귀 소재였다.

제로스의 마법을 반사했지만, 위력이 너무 강했기 때문에 마도구의 심장부인【정령 결정】에는 금이 가 있었다. 이래서는 두 번 다시 마도구로 쓸 수 없다.

그러나 다른 재료로 쓰기에는 충분했다.

"정령 결정…… 게다가 자연산이야. 이걸로 호문쿨루스를 만들 수…… 뭐야?!"

갑자기 눈앞에 붉은 보석이 출현했다.

그것은 마치 공명하듯 정령 결정과 동조해 빛을 냈다. 무언가를 전하려는 것일까? 제로스는 그 아이템을 잘 알고 있었다.

'이건 사신 혼백……. 그러고 보니 이 아이템도 정체를 알 수 없었지. 【소드 앤 소서리스】의 사신이 드롭한 아이템 중에 이런 건 없었어. 그럼 언제 얻었지? 주운 기억이 없다면 누가 나 몰래 인벤토리에 넣었나? 대체 누가 그런 짓을? 4신은…… 아니, 그것들은 아니겠지…….'

【사신 혼백】— 상식적으로 생각해 명칭만 봐도 사신의 혼이나 핵심이란 사실을 알 수 있었다.

전에는【사신석】에 반응했는데 이번에는【정령 결정】이었다. 즉, 호문쿨루스의 몸에 사신 혼백을 정착시킬 수 있다고 알려주는 것처럼 보였다. 하지만 문제는 그게 아니었다.

궁금한 점은『누가 이 아이템을 나에게 줬는가?』였다.

이 세계에서 4신이라고 불리는 존재가 자신을 포함한 지구인을 전생시켰다고 가정하면 애초에 적의 혼을 전생자에게 줄 것 같지는 않았다.

4신과는 다른 강대한 힘을 가진 누군가의 의지가 개입했다고 생각하는 게 타당하리라.

'플레이레스인가 뭔가 하는 신이 메일로『고생한 건 너희 세계

신들』이라고 했었지. 그 말을 믿는다면 우리를 전생시킨 건 사실상 **지구의 신들**이야. 그렇다면 왜 **지구에 소생**하지 않고 **이세계에 전생**한 거지? 그밖에도 내가 모르는 사정이 있을 거 같아.'

유저들을 전생시킨 것은 4신이 아니라 지구의 신들이다— 만약 이 예상이 옳다면 지구의 신들이 전생시킬 정도로 큰 힘을 가졌고 유저들을 전생시켜 이세계로 보냈다는 뜻이었다.

죽은 사람을 되살리고, 심지어【소드 앤 소서리스】의 스테이터스를 반영할 정도의 힘을 가졌다면「왜 지구에서 소생시키지 않았나?」라는 의문이 자연스럽게 떠올랐다.

그래도 아직 이 의문에는 답을 낼 수 없어 지금은 일단 넘어가기로 했다.

'그리고 이【사신 혼백】. 내가 이걸 가진 의미는…….'

현재 중요한 것은【사신 혼백】의 존재였다.

사신은 4신에게 천적이며 이 아이템을 제로스가 가졌다는 사실이「4신이 유저들을 전생시키지 않았다」는 가정에 힘을 실어줬다.

더불어【사신 혼백】은 호문쿨루스 제작에 필요한 정령 결정에 반응했다. 이쯤 되자 지구 쪽 신들의 의도가 어렴풋이 보이는 것 같았다.

단순히 4신에 대한 보복이거나 어떤 의도를 가지고 사신을 부활시키려고 한다. 지구의 신들이 그런 메시지를 전달한다는 생각이 들었다.

제로스는 후자라고 생각했지만, 어디까지나 억측에 불과했다. 애초에 지구의 신들과 연락할 수단이 없으니까 확증을 얻기는 불가능했다.

가설은 얼마든지 세울 수 있으나 당장은 어떤 판단도 내릴 수 없는 상황.

정황만으로 추측해야 하는 이 상황이 제로스는 몹시 갑갑했다.

다만, 자신이 모르는 무언가가 조용히 움직이기 시작한 느낌을 받았다.

'흠…… 누구인지는 모르지만, 내가 사신을 부활시키길 바라는 건가? 크크크, 해 볼까……. 사신에게는 묻고 싶은 것도 생겼고 위험해지면 처리하면 그만이지.'

최상위권 유저의 직감이【사신 혼백】의 중요성을 알려줬다.

시각을 바꾼 아저씨는 아주 가벼운 마음으로 위험한 실험을 개시하기로 결정했다고도 할 수 있었다.

"일단 위기는 사라졌으니까 야영지로 돌아갈까요?"

조금 전까지 하던 위험한 생각은 어디로 갔을까. 아저씨는 아무렇지 않게 현실로 돌아왔다.

"그건 그런데…… 스승님, 이건 어쩌지……?"

샤란라가 사라지고 그 후에 남은 것은 엉망진창으로 파괴된 숲.

그리고 배신자가 된 자객 두 명.

츠베이트의 위기는 사라졌지만, 그 흔적은 다양한 면에서 심각했다.

제4화 아저씨, 진지하게 생각 중

【히드라】의 거점은 각지에 존재했고 대개 지하 깊은 곳에 있었다.

그 이유는 이 세계에서는 새로운 도시를 세울 때 오래된 도시를 땅에 묻어 토대로 삼는 것이 일반적인데, 그렇게 묻은 옛 도시는 범죄자들이 숨어 지내기 최적의 장소였다.

구체적으로는 다양한 범죄 조직이 빼돌린 노예들을 사용해 굴을 파서 그곳을 거점으로 이용하는 식으로 각지에 아지트를 만든 것이었다. 출입구도 위장해두었으며 개미굴처럼 지하에 통로가 펼쳐져 마치 하나의 지하 도시로 기능할 정도였다.

이런 범죄 조직은 규모가 작아 지하에서 통로를 넓힐 때 서로 손을 잡았고, 그 과정에서 거대 범죄 조직 【히드라】가 태어났다.

그러나 그 【히드라】도 과거 한 남자에게 괴멸적인 타격을 입었다.

원인은 한 소녀 때문이었다.

소녀의 일족은 대대로 혈통 마법 【미래 예지】를 이어받았고, 히드라는 미래를 보는 힘을 어떻게 해서든 손엔 넣으려고 했다.

하지만 그 소녀의 부모를 포함한 일족은 당시 어렸던 그녀를 구하고자 하나로 뭉쳐 저항했다. 기록으로는 처절한 싸움이 벌어졌다고 한다.

그 결과, 소녀 한 명을 남기고 일족은 몰살당했고 그 소녀의 행방 또한 묘연해졌다.

그러나 히드라는 포기하지 않았다. 【미래 예지】 마법이 있으면 자신들의 번영은 약속받는다. 그들은 소녀를 찾기 위해 혈안이 되어 집요하고 철저하게 조사했다. 그리고 마침내 생존자인 소녀를 찾아냈지만, 그들 앞을 솔리스테어 공작가가 막아섰다.

살아남은 소녀는 솔리스테어 공작가에서 시녀로 일하고 있었다. 그것도 공작가 차기 당주인 델사시스의 전속 시녀로.

당시 델사시스는 학생이었지만, 암흑가에도 이름이 퍼질 정도의 수완가였고 범죄 조직을 차례차례 무너뜨려 산하로 흡수하던 인물이라 적대시하기에는 너무 위험했다.

그러나 소녀만 얻으면 무서울 것이 없다는 생각으로 그들은 납치를 감행했다. 그 계획은 성공하나 싶었으나, 결과적으로 히드라의 중심 거점이 밝혀지며 범죄 사회를 좌지우지하던 거대 조직은 한 달 만에 무참하게 와해하고 말았다.

거점이 발각된 이유는 한 자루 단검에 있었다.

우연히 납치범 중 한 명이 델사시스에게 쓰러지고 무기인 단검을 압수당했는데 조사 결과 그것이 원래 구시대의 어떤 부족이 사용하던 물건임이 판명됐다. 같은 단검이 박물관에 전시되어 있어 어느 도시 지하 유적에서 출토됐는지 밝혀졌다.

그 정보를 통해 조직의 거점이 지하에 존재한다는 사실이 들통나고 말았다.

지하 유적은 미로처럼 꼬여 있어서 유적 조사 후에는 아무도 손대지 않는다. 또한 곳곳에 피난로가 뚫려있어 범죄 조직 거점으로 적합한 장소였다.

델사시스는 동료 몇 명과 함께 그곳에 쳐들어갔고, 결국 경비병과 기사단까지 동원해【히드라】를 철저하게 쳐부쉈다.

◇ ◇ ◇ ◇ ◇ ◇ ◇

갤런스는 소녀를 데리고 숲을 달렸다.

이 소녀의 혈통 마법【미래 예지】는 강력했다. 미래에 일어날 위험을 알면 그것과 다른 선택으로 안전이 확보되고 암거래도 틀 수 있다.

그러기 위해서는 부하 몇 명과 함께 오러스 대하까지 가서 배를 타고 타국으로 도망쳐야만 했다.

이 나라에서 탈출하기만 하면 이제는 이 소녀의 힘을 이용해 재기할 수 있다. 그래서 자신을 길러준 두목까지 죽이고 그녀를 빼앗았다.

그러나 그들의 도주 상황은 좋지 않아 움직일 때마다 포위망은 좁아져 왔다.

짜증을 억누르며 갤런스는 소녀의 손을 억지로 끌었다.

『더 빨리 달려! 놈들한테 따라잡힌다고!』

『못 도망쳐요. 당신은 여기서 죽을 거예요. ……그건 이미 정해진 일이죠.』

『허튼소리를……. 네가 있으면 난 다시 일어날 수 있어! 네 힘이 있으면!』

『그렇게는 안 돼요. 왜냐면…… 이렇게 되도록 유도한 건 저니까.』

『뭐, 뭐라고……?』

갤런스는 소녀가 무슨 말을 하는지 이해하지 못했다.

아니, 제대로 알아듣지도 못했다. 그는【미래 예지】라는 마법이 얼마나 큰 위험을 짊어지는지 생각조차 해 본 적 없을 것이다.

그러나 이 소녀는 달랐다. 확고한 결의를 품은 눈으로 갤런스를 똑바로 바라봤다.

『우리 일족은 단명합니다. 인간의 몸으로 미래를 보는 것 자체가 섭리에 반하기 때문이겠죠. 우리는 스스로 수명을 깎아 미래를 보는 거예요.』

『그, 그래서 어쩌란 거야! 그게 사실이라면 난 더더욱 널 가져야겠어!』

『이해를 못 하시네요. 우리 일족은 이 마법을 세상에서 없애기 위해 오래전부터 포석을 깔아왔어요. 당신들에게 부모님이 돌아가신 것도 그 포석 중 하나에 불과해요.』

『뭐라고?!』

『아직도 모르시겠나요? 당신들은 부모님이나 제 힘을 바랐지만, 그렇게 되도록 꾸민 건 우리라는 말입니다.』

어처구니없는 내용이었다. 그러나【미래 예지】라는 마법을 이은 일족에게는 중대사였다. 이 마법은 스스로 제어할 수 없고 언제나 꿈이라는 형태로 미래를 보여줬다.

그때마다 수명이 줄기 때문에 오래 살 수는 없었다. 그렇다면 어떻게 해야 자신들은 평화롭게 살 수 있는가. 그들은 자신의 수명을 깎아 가며 그 답을 고민했고 결국 찾아냈다.

【미래 예지】능력을 이어받지 않는 자손이 태어나는 미래로 세계를 움직이면 된다는 것. 그것은 헤아릴 수도 없이 오랜 시간을 들

여 찾은 한 줄기 희망, 목숨을 건 절실한 소원이었다.

소녀의 일족은 자신들의 혈통 마법이 두 번 다시 세상에 나오지 않도록 역사의 뒤편에서 행동해 왔다.

그러기 위해서 일족의 인간이 희생되기도 했다. 그중에는 가족을 권력자에게 팔아넘기는 고통스러운 결단도 있었고 때로는 비참한 최후를 맞는 자도 있었다.

모든 것은 자신들의 피가 희망으로 이어지길 바라며, 섭리에 반하는 이 마법이 세상에서 없어지기를 꿈꾼 일족이 모든 것을 걸고 이루어낸 장대한 계획이었다.

그 진실을 알았을 때 갤런스는 등이 차갑게 얼어붙는 기분이었다.

『미, 미쳤군…….』

『이상한가요? 하지만 당신이 그렇게 말할 자격은 없어요. 당신도 우리 일족의 힘을 바라지 않았나요? 그런 악의를 가진 자들로부터 영원히 이 힘을 빼앗기 위해서는 저를 포함한 모든 것을 희생할 수밖에 없어요. 우리 부모님도 그랬죠…….』

소녀는 담담하면서도 감정을 드러내며 말을 이었다.

『우리를 그렇게 몰고 간 건 다름 아닌 당신들 같은 사람이에요. 그렇다면 우리가 반대로 이용해도 되겠죠? 당신들이 자기 이익을 위해 우리를 이용한 것처럼 우리의 행복을 위해 반대로 이용해도 되겠죠? 미래를 알고 싶으시다고요? 이게 우리가 보고 싶었던 미래예요. 이미 바꿀 수 없어요.』

갤런스는 처음으로 인간에게 공포를 느꼈다.

【히드라】의 역사는 길었다. 백 년 하고도 수십 년 동안 사회의

그림자에 존재했던 조직이며, 때로는【미래 예지】를 가진 혈통 마도사를 이용한 적도 있었다.

그러나 그 모든 것이 포석이었다면 히드라라는 조직 자체가 그들의 손바닥 위에서 놀아났다는 말이었다. 이용한다고 생각했지만, 반대로 이 결말로 유도당했다.

그리고 지금 자신이 이곳에 있는 것조차 그들에게 유도당한 결과라고 하는데, 이런 황당무계한 소리를 어떻게 받아들일 수 있겠는가.

『말도 안 되는 헛소리하지 마! 다 네가 지어낸 소리겠지! 넌 시간을 벌어서…… 크악?!』

갑자기 갤런스의 왼쪽 어깨에 화살이 꽂히고 통증에 못 이겨 그 자리에서 몸을 웅크렸다.

즉효성 마비 독을 발랐는지, 서서히 몸의 감각이 사라졌다. 게다가 얼음 마법이 부하에게 꽂혀 그들을 으스스한 얼음 동상으로 바꿔 버렸다.

『밀레나, 괜찮아?』

『미스카, 늦었잖아~. 조금만 늦으면 예지가 뒤집어질 뻔했다고~.』

푸른 머리카락에 안경을 쓴 소녀가 활을 겨누고 경계하면서 밀레나 곁으로 다가왔다. 그리고 밀레나의 이마에 박치기를 먹였다.

『아야~! 미스카, 뭐 하는 거야~!』

『나한테 비밀로 한 벌이야. 정말 섭섭하게…….』

『그치만 미래를 알려주면 전부 물거품이 되는 걸 어떡해~. 나도 입 다물고 있을 수밖에 없었다고~. 그런데 델은?』

『알았다, 알았어. 사이도 좋다니깐. 델은 여기에는 없…….』

『있는데? 나 참…… 귀찮게 하는군. 밀레나, 나중에 잔소리 들을 각오해.』

『아이~, 봐주면 안 돼?』

나무 뒤에서 심홍색 로브를 입은 청년이 나타났다.

나이는 10대지만, 그 얼굴은 청소년이라고 부르기에는 너무 어른스러운 인상을 줬다. 그러나 밀레나의 얼굴을 본 순간 그의 표정이 조금 풀어졌다.

『그건 너 하기 나름이지. 정 싫으면 침대에서 해줄까?』

『어우~, 이런 상황에서 무슨 소리야? 조금 기쁘긴 하지만…….』

『아주 좋아 죽네! 그나저나 어느새……. 델, 너…… 조금 전까지 잔당이랑 싸우고 있지 않았어? 「여긴 나한테 맡겨!」라고 소리치면서…….』

『예상 이상으로 약했어. 파프란 숲에 있는 마물이 열 배는 강해. 이 정도로는 아직 부족해.』

『거기 괴물이랑 똑같이 취급하지 마! 스킬을 찾는 것도 정도가 있지. 하여간, 그렇게 날뛰어 놓고는…….』

『그만둘 생각은 없어. 내 삶의 보람이니까. 그런데, 이 녀석이 마지막이야?』

델사시스는 갤런스를 돌아보며 그 손에 불덩이를 만들어 냈다.

『내 여자에게 손을 댔겠다……. 각오는 됐겠지? 미안하지만, 살려 둘 생각은 없어.』

갤런스는 주위를 돌아봤다.

퇴로가 완전히 차단됐고 만약 잡히면 사형은 불가피한 상황. 그만한 죄를 저질렀다는 것은 스스로도 잘 알고 있었다. 살아남으려면 골짜기 아래 강으로 뛰어내릴 수밖에 없었다.

그러나 마비 독으로 몸이 마음대로 움직이지 않아 빠져 죽을 가능성이 더 크니 이러지도 저러지도 못했다.

달리 방법이 없는 갤런스가 택한 행동은 하나. 도박이었다.

『그렇게 쉽게 죽어줄 줄 알았냐!』

갤런스는 골짜기를 향해 달렸지만, 생각 이상으로 몸이 움직이지 않았다. 그래도 도박에 나서기로 한 그는 사력을 쥐어짰다.

그리고 델사시스가 쏜 마법 폭풍에 날아간 갤런스는 골짜기 아래로 추락했다.

오러스 대하에 떨어진 후의 기억은 없었다. 그러나 갤런스는 하류 강변에 표착하여 목숨을 부지할 수 있었다.

그리고 훗날을 도모하며 어둠 속으로 몸을 숨겼다.

"……꿈인가? 악몽이 따로 없군. 기분 더럽게……."

갤런스는 샤란라의 보고를 기다리다가 잠깐 선잠에 빠져 있었다.

【히드라】의 두목이 되어 정력적으로 활동하던 그는 노예 빼돌리기나 마약 거래 등으로 자금을 벌어 여러 범죄 조직을 무너뜨리고 흡수해 불과 반년 만에 조직을 급성장시켰다.

그는 본래 60대 중반인 중고령자지만, 3개월 전 샤란라에게 받은【회춘의 비약】을 써서 30대의 젊음을 되찾았다.

물론 갤런스도 그 약의 부작용은 전혀 몰랐다.

"그래도 상관없어. 샤란라가 실패할 리 없지. 이걸로 놈에게도 복수할 수 있어. 나의 무서움을 온 나라에 알리기에는 충분하겠지…… 크크크."

다른 사람이 보면 자기 방에서 혼잣말을 중얼거리는 맛 간 아저씨였다. 그러나 공작가 인간을 암살한다면【히드라】는 다시 암흑가에 이름을 떨칠 것이다.

갤런스는 목전으로 다가온 조직 재흥의 꿈에 취해 있었다. 그만큼 그는 샤란라의 암살 실력을 높이 샀다.

갤런스는 탁상 위에 놓인 술병을 잡아 옆에 있는 잔에 따라 벌컥벌컥 들이켰다.

희열에 빠진 웃음을 지으며 다시 잔에 술을 따르려고 했을 때, 갑자기 그 일이 일어났다.

"보스! 큰일 났습니다요!"

"뭐야? 한창 기분 좋을 때에……. 시답잖은 이야기면 죽을 줄 알아."

"기, 기기…… 기사단입니다! 기사단이 쳐들어왔습니다요!"

"뭐라고?! 그럴 리가…… 어떻게 이곳을 알고……?"

"아, 지금 그게 중요합니까? 얼른 튀어야죠! 출구는 완전히 막혔습니다요!"

"쳇, 그놈인가? ……얼마나 날 방해할 셈이냐. 빌어먹을!"

한때【히드라】는 대피용 탈출로를 시한폭탄 마도구로 봉쇄당해 의도적으로 남긴 출구로 몰렸고, 그때 강력한 마법 공격을 받아

비참하게 당한 바 있었다. 마치 생쥐를 퇴치하는 것처럼 냉혹한 방식이었다. 더불어 침입자가 신중을 기해 독까지 뿌려 많은 부하가 고통 속에서 죽어 갔다.

그 경험 때문인지 지금 갤런스도 드러내 놓고 도시 안에 거점을 둘 수 없었다. 수많은 건달이 드나들면 눈에 띌 수밖에 없고 장소가 발각되기 쉽다. 그렇다고 마물이 출몰하는 도시 밖에 거점을 만들 수도 없는 노릇이었다.

그래서 이런 지하에 은신처가 있는 술집을 다수 마련해 며칠에 한 번씩 거점을 바꾸며 추적을 피하고 몸을 지켰다.

"그 공작…… 설마 아들을 미끼로 썼나?! 한 방 먹었군!"

갤런스는 자신의 얕은 생각을 저주했다.

학교의 꼬맹이가 의뢰를 가져온 것까지는 좋았다. 아무리 솔리스테어 공작가라도 학교 연례행사에 참견할 수는 없다고 생각했다. 기껏해야 경호원을 몇 명 더 붙이는 정도라고 예상했다.

만약 경호원을 고용하더라도 그 경호원이 츠베이트를 담당하게 될 가능성도 낮았다. 용병은 학생 그룹에 무작위로 배치된다는 사전 정보를 얻었기 때문이었다.

암살은 확실히 성공한다고 생각하지만, 설마 아들을 미끼로 직접 거점을 노릴 줄은 몰랐다. 델사시스 공작이 히드라를 완전히 뿌리 뽑을 생각이란 것을 분명했다.

"망할 자식, 비정한 것도 정도가 있지! 젠, 거점을 바꾼다!"

"부하들은 어쩌려고요?! 이대로 가면 그 녀석들은……."

"똘마니야 다시 모으면 그만이지! 지금은 이곳에서 탈출하는 게

급선무 아니냐? 머리가 그렇게 안 돌아가?!"

폭언을 내뱉은 갤런스는 뒤쪽에 있는 책장을 움직여 안쪽으로 이어진 통로로 탈출하고자 했다.

복잡하게 꼬인 지하 통로를 앞뒤 생각 없이 무작정 달렸다. 멀리서 검이 부딪치는 소리가 들렸다. 시간은 촉박했다.

긴 통로를 하염없이 달려 겨우 도착한 출구의 문을 열자 그곳은 도시 외곽의 숲이었다. 바깥에서 보면 출구는 평범한 동굴이고 위장용으로 심은 나무로 가려져 있었다.

"여기까지 도망치면 이제는…… 크악?!"

마치 과거를 재현하듯 날아든 화살이 갤런스의 왼쪽 어깨를 꿰뚫었다.

고통에 표정을 일그러뜨리면서도 화살이 날아든 방향을 봤다. 푸른 머리카락에 안경을 낀 여성이 보우건을 겨누고 있었다.

갤런스는 그 여성이 낯익었다. 놀랍게도 그녀의 모습은 옛날과 거의 변함이 없었다. 유일한 차이점은 교복이 아니라 메이드복을 입었다는 점이었다.

게다가 그 옆에는 증오하는 남자가 팔짱을 끼고 서 있었다.

"그리운 얼굴이군. 설마 살아 있을 줄은 몰랐어."

"큭, 역시나 델사시스 공작인가……. 이런 곳까지 납시다니, 수고가 많군……."

"알면 됐어. 네놈들이 이상한 수작을 부리지 않았다면 나도 나설 필요가 없었는데 말이야. 옛날에 널 놓치는 바람에 지금 이 사태가 발생했지. 난 책임은 져. 각오해. 다행히 이곳에는 강이 없어. 옛날처럼 놓칠 거라고 기대하진 말도록."

"칫, 그 여자의 힘을 썼나……. 그러지 않고서야 여길 알아낼 리 없어."

"사람을 뭐로 보고…… 이것도 다 오랜 조사의 결과지. 시답잖은 힘에 기대지 않아도 이 정도는 간단하다고. 안이하게 남의 힘에 매달리는 건 무능한 인간이나 하는 짓이야."

갤런스는 델사시스의 무서움을 이해하고 있었다.

그러나 실제로는 그가 생각하던 이상이었나 보다.

비상 탈출구까지 알려졌다면 자신의 부하 중에 첩자가 있었다는 뜻이었다. 갤런스도 자주 쓰는 수법이지만, 그 이상으로 상대방이 교활했을 뿐이었다.

그러나 지금 눈앞에 선 두 사람을 어떻게든 처리하면 도망칠 수는 있다.

보통은 이미 끝났다고 포기하겠지만, 아직 야심에 홀린 갤런스는 그들을 쓰러뜨리고자 이판사판 도박에 나섰다. 허리춤에 있는 나이프를 뽑아 델사시스에게 달려들었다.

"죽어라!"

"느리군……."

델사시스를 향해 뻗은 나이프가 그의 손에 거꾸로 들린 대거에 튕겨 나가고, 휘청거린 갤런스의 배에 곧바로 무릎이 꽂혔다. 분명히 싸움에 익숙했다.

델사시스는 대거를 양손에 쥐고 마치 사냥감을 노리는 육식동물처럼 그를 빤히 바라보았다. 갤런스는 자신의 선부른 행동을 저주

했다. 적대하면 안 됐다고 후회하지만, 이제 와서는 다 늦었다.

델사시스의 팔은 불규칙하게 움직여 대거의 궤도를 읽을 수 없었다. 다음 공격이 어디로 튈지 도무지 파악되지 않았다.

갤런스는 몇 번이나 나이프로 찌르고 때로는 휘두르지만, 모조리 튕겨 나가고 그때마다 얼굴이나 배에 통렬한 공격이 꽂혔다.

상상 이상의 충격이었다. 일격에 의식이 끊길 것 같은 충격을 견디고 어떻게든 이곳을 벗어나려고 발버둥쳤다.

"친자식을 미끼로 우리를 노려……? 권력자로서는 우수하지만, 부모로서는 인간 미만이군그래?"

"오냐오냐한다고 자식이 크나? 때로는 고난을 겪게 해주는 것도 부모의 의무지. 게다가 내가 아무런 대책도 세우지 않았을 줄 아나? 너는 아껴 둬야 할 수단을 너무 쉽게 써 버렸어."

"과연 그럴까? 내 여자는 실력이 제법 좋아. 지금쯤 네 자식도 처리했을걸?"

"그거야말로 과연 그럴까? 실력 있는 사람을 모은 건 너뿐만이 아니야. 내가 그 녀석에게 호위로 보낸 사람은 나보다 훨씬 강해. 괴물이란 그런 인간을 말하는 거겠지."

"……."

갤런스는 내심 혀를 찼다.

델사시스는 확실히 강했다. 지금 자신의 실력으로도 이길 수 있을지 자신이 없을 정도였다.

그런 남자가 자기보다 강하다고 말하는 경호원에게 샤란라가 이길 수 있으리라는 생각은 들지 않았다. 갤런스가 보기에는 델사시스도 충분히 괴물이었다.

실제로 지금도 공격을 몇 번이나 시도했는데 생채기 하나 내지 못하고 모두 막혀 버렸다. 이게 괴물이 아니면 뭐란 말인가. 심지어 공격 중에 오히려 반격을 당해 피해가 축적됐다. 이길 가망이 보이지 않았다.

"젠장할……. 난 이딴 곳에서 못 죽어!"

"그건 안 돼. 포기해."

델사시스가 대거를 내질렀다. 움직이지 않는 왼팔을 억지로 움직여 막고 오른손에 든 나이프로 목을 노려 찌르지만, 델사시스는 아슬아슬하게 몸을 젖혀 피해 버렸다. 볼이 살짝 베였을 뿐이었다. 동시에 왼팔의 대거가 갤런스의 심장을 노리고 파고들었다.

옆으로 눕힌 대거가 갈비뼈 사이를 비집고 들어가고, 치명상이 될 일격이 흉부를 꿰뚫었다.

"으헉!"

"살아남았다면 여생을 조용히 살았어야지. 쓸데없는 야심을 품으니까 이렇게 되는 거다. 자업자득이야."

"젠……장…… 나는, 이런…… 제기라아아아아아아아아아알!"

갤런스는 마지막 힘을 쥐어짜서 델사시스를 길동무로 삼고자 자살 공격을 감행했다.

하지만 그는 뜻을 이루지 못하고 미스카의 보우건에 미간을 꿰뚫렸다. 현【히드라】의 두목인 그의 인생은 이렇게 막을 내렸다.

숨을 거둔 갤런스의 시체는 차츰 노화되어 몰라보게 여윈 노인으로 변해 갔다.

"이건…… 무슨 비약을 썼나? 너무 젊어 보여서 이상하다고 생각했지만……."

"나중에 제로스 님께 물어보면 어떻습니까? 명색이 대현자인데 뭐라도 알겠죠. 그나저나…… 델! 너, 장난 그만 쳐! 빨리 처리하면 됐잖아."

"그리운 이름이군. 훗…… 나도 젊어진 기분이야."

"넌 충분히 젊어. 다양한 면에서……. 나 참, 밀레나는 왜 이런 위험한 인간을 좋아하게 됐나 몰라. 이해가 안 돼……."

"그건 나도 모르지만…… 생각해 보면 네 모습도 그때부터 전혀 변하질 않았군. 그 말투로 말하니까 옛날 생각이 나. 그 시절은 즐거웠었지."

그리움에 잠긴 델사시스는 눈꺼풀을 살포시 내리고 미스카를 봤다.

그녀의 모습은 옛날과 거의 변함이 없어 시간이 되돌아간 기분이 들게 했다. 그것이 그립기도 하고 섭섭하기도 했다.

"**그 시절도**겠지. 과거를 그리워하면 밀레나가 삐칠걸? 『나도 같이 놀고 싶었는데~!』라면서."

"그건 그거대로 들어 보고 싶군. 하지만 내가 이런 생각이 든 건 다 네 말투 때문이야."

"어쩌겠어. 이래 보여도 나는 하프 엘프인데……. 반대로 순혈 인간이 아니라서 괴로울 때가 있어."

"그래…… 세레스티나 앞에서는 말투를 바꾸지 마. 분명 놀랄 거야."

"지금만 이러는 거야. 네 앞에서는 예의 차릴 필요 없으니까.

……그나저나 나를 꼭 불러야 했어? 그 애가 돌아올 때까지 학교로 돌아가려면 아슬아슬한데."

"확실성을 높이려면 실력자는 많을수록 좋으니까. 하지만 예정보다 시간이 걸렸어. 서두르지 않으면 일이 쌓이겠군."

"나 참…… 빨리 철수하자. 바로 돌아가지 않으면 의심받을 거야. 늦지 않고 배를 타야 할 텐데……."

델사시스는 갤런스의 시체를 마법으로 소각하고 자신이 다스리는 영지로 돌아가고자 선착장으로 향했다. 사전에 준비를 마쳐 뒀기에 기사단을 만날 필요도 없었다.

그의 일은 산더미처럼 쌓여 있고 이러는 동안에도 서류는 쌓여만 간다.

능력 있는 남자는 시간을 헛되이 쓰지 않는다. 그것이 이제는 세상에 없는, 가장 사랑하는 여인이 남긴 마지막 당부이니까.

그는 1분 1초를 소중히 여기고 인생을 즐기고 있었다.

=====================

『스킬을 자동으로 획득할 수 있게 되었습니다. 어떻게 하시겠습니까?(ON/OFF)』

=====================

"………………."

츠베이트를 구출하고 야영지로 돌아온 제로스는 뜬금없이 시야에 떠오른 이상한 메시지를 보고 할 말을 잃었다.

이 세계에서 최근 얻은 직업 스킬은【교사】와【신선인】, 어느샌가 존재하던【초(超)토목공】세 가지였다. 어느 것이고【소드 앤 소서리스】세계에는 없던 직업 스킬이었다.

【교사】직업 스킬은【지도】스킬이 발전한 것이고,【지도】는 세레스티나와 츠베이트를 가르치며 자연스럽게 획득했다.

하지만【신선인】은 조건을 알 수 없었다. 아마【암살신】이나【마도현신】,【약신】,【마도구신】,【야공신】등 생산 계열 직업 스킬과 무술 계열 직업 스킬 중 어느 것에서 파생했다고 짐작할 뿐이었다.

그리고【초토목공】에는 토목업에 필요한【목재 가공】,【기초공】,【석재 가공】등의 기술들이 많았고, 그 외에도【랩】,【댄스】,【비트박스】등 관계없는 기능도 존재했다.

왜 이런 직업이 존재하는지는 수수께끼지만, 그 기능들을 보고 햄버 토목 공사가 원인이라고 확신했다.

좌우지간 스킬 자동 획득은 왜 이제야 생겼는지 모를 기능이었다.『ON/OFF』가 가능하다면 처음부터 이런 항목을 넣어주길 바랐다.

"……일단 자동 획득은 오프로 하겠지만, 이 기능은 대체 뭐지? 왜 갑자기 튀어나와? 이유를 모르겠네. 왜 이제 와서?"

아무튼 설정할 수 있게 됐다니 고마웠다.

이 기능이 있으면 앞으로 자기도 모르는 사이 스킬을 획득하는 일은 사라진다. 이미 획득한 스킬의 레벨 업을 멈출 수 없는 것은 아쉬웠지만.

스킬은 어디까지나 개인의 능력을 보조하기 위해 존재하지만, 레벨이 오를수록 신체 능력에 영향을 미친다. 제로스 정도가 되면 신체 능력은 상식을 벗어날 정도로 상승한다.

예를 들면 목덜미를 쳐서 기절시키는 기술도 제로스가 쓰면 목이 날아간다. 그래서【봐주기】스킬을 상시 발동해서 자동으로 힘을 조절했다.

'이 온오프 기능이 이세계의 섭리인지, 아니면 나에게만 생긴 특수한 능력인지는 넘어가고, 문제는 **그게** 이 세계에 있다는 거야……. 또 거머리처럼 들러붙으면 안 돼. 다음에 보면…… 확실하게 처리해야지…….'

죽어도 만나고 싶지 않은 인물을 만난 아저씨는 살짝 위험한 생각에 빠져 있었다.

옛날부터 별의별 꼴을 다 당한 탓인지 암암리에 묻어 버리겠다는 생각도 망설이지 않을 정도로 살의가 들끓었다.

재회한다면 틀림없이 봐주지 않고 죽이려고 들 것이다. 초인급 체력을 가진 지금의 아저씨에게 사람 하나를 죽이는 것은 일도 아니었다.

전투에 대한 의지나 감정의 강약에 따라 자동으로 발동하는【봐주기】스킬이 없으면 흘러넘치는 살의에 힘을 억누르지 못하고 일상생활에도 지장을 초래할 초인적 육체였다.

여기서 스킬이 더 늘어나면【봐주기】스킬조차 자기 힘으로 제어하지 못할 가능성이 컸다. 좋은 기능을 얻은 반면, 귀찮은 누나를 떠올린 탓에 아저씨는 우울하게 한숨 쉬며 식당 쪽을 돌아봤다.

그곳에서는 안즈와 에로무라가 식사 중이었다.

"……냠냠…… 맛있어♪"

"맛있어———! 이렇게 제대로 된 식사를 먹는 게 얼마 만이야……. 어? 왜 눈물이……."

어지간히 어렵게 살았는지 그들은 마파람에 게 눈 감추듯 음식을 먹어치우고 있었다.

"아저씨……."

"뭐죠, 이리스 양."

"저 두 사람…… 우리랑 같은 처지지? 사신 때문에 죽은……."

"저는 사신 때문이라고는 생각하지 않아요. 오히려 4신 때문이라고 봐야겠죠."

"그치만 4신은…… 이 세계의 신이지? 어떻게 사신을 게임 세계에 봉인했을까? 평범하게 생각하면 진자 세계와 3차원 세계 아니야?"

"글쎄요, 이유나 방법은 마음대로 추측할 수 있어도 확증이 없으니까요……."

"아저씨는 대충 예상하고 있지? 지금 단계에서 그걸 듣고 싶은데."

제로스도 어느 정도 예상하고 있었다. 그러나 증거가 없는 이상 단순한 망상이나 다름없었다.

"사신을 부활시키면 어련히 알게 되지 않을까요? 4신을 상당히 원망했던 것 같으니까 우리는 그냥 그 불똥을 맞았을 뿐이죠. 아니, 어쩌면 평범한 라이트 노벨 같은 전개일 가능성도……."

"지금 「상당히 원망했었다」고 했지? 혹시 사신을 해치운 게 【섬멸자】였어?"

"네. 지금 생각하면 이상한 일이 너무 많았어요……. 우선 사신의 공격 패턴이 달랐죠. 보통은 깨달았을 텐데 왜 그냥 넘어갔을까……."

"그래? 보통 게임에서는 몬스터의 공격 패턴이 정형화되어 있지만, 【소드 앤 소서리스】에서는 불규칙해서 진짜 생물과 싸우는 느낌이었는데?"

"그래도 일정 패턴은 있었습니다. 하지만 마지막으로 싸운 사신은 달랐죠. 몇 번 싸워 봐서 공격 패턴을 알고 있었는데 그때만 전혀 달랐어요……."

사신과의 전투 중에는 다른 공격 모션 프로그램이 들어갔다고만 생각했다.

하지만 유저가 한 번도 쓰러뜨리지 못한 최종 보스 사신을 운영진이 강화한다는 것은 냉정하게 생각하면 이상했다. 【섬멸자】조차 이기지 못한 몬스터를 왜 강화한단 말인가.

그리고 몇 번이나 설명했지만, 제로스는 【소드 앤 소서리스】를 제작한 회사 이름을 몰랐다. 마치 처음부터 없었던 것처럼 기억에도 남아 있지 않았다.

사신이 진짜였다면 자신들이 플레이하던 게임 세계는 무엇이었는가, 하는 의문에 도달한다. 사신에게 실체가 존재했다면 【소드 앤 소서리스】 세계도 현실 세계였다는 뜻이다.

"설마 【소드 앤 소서리스】의 세계도 이세계였어? 그렇게 생각하지 않으면 아귀가 안 맞잖아."

"라이트 노벨 같아 재미없는 패턴이지만요. 이 세계보다는 시스템(섭리)에 맞춰 관리되는 세계였지만, 그렇게 생각하지 않으면 이해할 수 없는 점이 너무 많습니다."

"그렇지만 이 세계와 공통점이 있잖아……. 그건……."

"맞아요. 오히려 이 세계가 바탕이었다고 생각해야 자연스럽죠. 이 세계는 조금 엉성한 부분이 있지만요……."

【소드 앤 소서리스】에서는 서식하는 장소에 따라 몬스터의 레벨과 힘이 달라도 얻는 경험치만은 일정했다. 공격 모션도 몇 가지 패턴이 로테이션으로 돌아가 생김새에 반해 움직임은 기계적이었다.

한편, 이 세계의 몬스터는 경험치에 차이가 있으며 같은 장소에 서식해도 개체마다 차이가 있었다. 움직임도 개체마다 달라 너무나 현실적이었다.

한없이 게임에 가까운 세계지만, 자연스러운 부분이 분명히 존재했다.

반대로 【소드 앤 소서리스】의 세세도 데이터로 이루어졌다고는 생각하기 어렵게 오감이 현실적으로 느껴졌다. 게임적 요소는 분명히 있어도 묘한 현실감으로 넘쳤다.

비상식적으로 높은 기술력으로 정보 관리를 했다고 해도 아무도 그 이상한 기술력에 의문을 품지 않는 것은 이상했다.

마치 세계 그 자체가 【소드 앤 소서리스】의 존재를 은폐하는 것 같은 느낌마저 들었다. 부자연스럽기 짝이 없었다.

그리고 결정타는 사신의 존재—.

"우리는 무슨 일에 말려든 걸까요? 아주 하찮은 이유일 것 같은 기분이 드네요."

"4신이 말하던 재봉인은 쉽게 말해 부활할 것 같은 사신을 【소드 앤 소서리스】 세계에 버렸다는 거지? 너무 무책임하다고 생각해. 다른 세계에 간섭했다는 말이잖아."

"봉인이라고 하지만, 사신은 멀쩡히 부활했습니다. 신나게 난리 치기도 했고…… 4신이 이세계에 간섭할 힘이 있는지도 의심스러워요. 『고생한 건 너희 세계 신들』이라는 말을 남겼으니까 우리를 전생시킨 건 아마 지구의 신들일 겁니다. 그렇다면 4신은 봉인이라는 이름의 불법 투기를 했을 뿐인데, 여기서 문제점은 **왜 봉인했느냐**, 겠죠."

"무슨 뜻이야?"

"부활했다면 쓰러뜨리면 됩니다. 우리가 이겼을 정도라고요. 조금 귀찮아도 불가능하진 않았겠죠. 즉, 4신은 네 명이나 있으면서 사신보다 약하다는 뜻입니다. 싸운 적이 있으니까 사신의 힘은 대충 알지만, 마지막 사신보다 최종 보스인 사신이 두 배는 강하고 귀찮았어요……."

"……뭐? 아저씨…… 지금 이상한 소리 하지 않았어?"

흘려들을 수 없는 말에 이리스는 한순간 경직했다.

제로스의 말을 그대로 받아들인다면 【소드 앤 소서리스】의 사신이 진짜 사신보다 강하다는 말이었다.

게다가 【섬멸자】는 진짜 사신을 해치웠다. 그렇다면 4신보다 【섬멸자】가 더 강하다는 부등식이 세워졌다.

"……아저씨, 최강이잖아? 그런데 끝판 대장인 사신에게는 못 이겼어? 【소드 앤 소서리스】의 사신이 그렇게 강했어?"

"3단 변신까지는 갔는데 거기서부터 말도 안 되게 강해서…… 속수무책이더군요. 베헤모스나 마룡왕이 귀엽게 보일 정도였었죠~. 그런데…….”

“마지막에 만난 사신은 해치웠다……. 진짜 사신은 그렇게 약했어?”

“아뇨? 강했는데요? 행동이 불규칙해서 힘들었지만, 지금 생각해 보면 생물 같다고도 할 수 있겠네요. 프로그램 같은 움직임이 아니었다고 해야 하나? 아주 자연스러웠어요. 그래도 결국 이기긴 했습니다. 아무튼 그건 그렇다 치고…… 크크크, 앞으로 어떻게 할까~.”

돌이켜봐도 부자연스러운 점이 많고 의문만 쌓여 갈 뿐이었다.

그런 반면, 아저씨는 대단히 악랄한 웃음을 짓고 있었다.

“아저씨, 반 재미로 「위험한 짓 해 볼까~?」라고 생각하는 거 아니지……? 무서울 만큼 즐겁게 웃고 있는데?”

“…….”

아저씨는 아무 말도 하지 않고 대답을 회피하듯 담배를 물어 불을 붙였다.

“진짜 하지 마?! 난 모험해야 돼! 라그나로크에 말려들기 싫다고!”

“그렇게 큰일 날 짓은 안 해요. 아마도…….”

“아마도?! 큰일 날 짓을 할 가능성도 있어?! 농담이지? 무슨 생각 하는지 모르지만, 진짜 그러지 마, 부탁이니까———!”

아저씨는 대답하지 않았다.

그 대신 담배의 연기만이 허무하게 라마흐 숲을 흘러갔다.

제5화 아저씨, 라마흐 숲을 떠나다

샤란라는 허름한 여관방에서 정신을 차렸다.

【마인형】이 파괴되어 의식이 마도구에 머무를 수 없었기 때문이었다.

PK로 얻은 【마인형】은 편리하고 귀중한 도구라서 유용하게 쓰고 있었다.

그러나 설마 그것을 파괴당할 줄은 생각지도 못했다.

게다가 그것을 저지른 사람은 친동생인 【오사코 사토시】였다. 누나인 샤란라—【오사코 레미】를 무척 원망해 주저 없이 죽이려고 들 정도였다.

물론 이건 레미 본인의 잘못이지만, 사토시를 이용해 먹기 좋은 돈줄로 보는 그녀는 미안하다는 생각조차 하지 않았다. 반성한다면 남매 관계도 조금은 변할지도 모르겠건만, 그녀의 사전에 반성이라는 말은 존재하지 않았다.

"두고 봐…… 사토시이이이~!"

당연히 적반하장으로 원망하는 것이 그녀였다.

"마인형을 얼마나 얻기 힘들었는지 알아! 심지어 【대역 인형】이랑 【제물 넋전】을 전부 써 버렸어. 완전히 파산이잖아!"

【대역 인형】과 【제물 넋전】은 이 세계에서 구시대의 유물에 해당했다. 당연하지만 만드는 사람은 없다고 봐도 무방해 소비하면 다시 구할 방법이 마땅치 않았다.

이러면 레미는 암살도 직접 해야 하며 위험도 고스란히 부담해야 했다. 무엇보다【회춘의 비약】으로 시한부 인생이 되어 섣부르게 행동할 수도 없었다.

레미는 이 마법약 효과를 없앨 수 있는 사람은 동생 사토시뿐이라고 예상했지만, 남매의 험악한 관계가 발목을 잡았다.

동생이 친누나에게 죽어 달라고 당당히 말하는 것은 모두 레미가 지금까지 해 온 행동의 결과였다. 동생은 쾌재를 부르며 자신을 죽이려고 할 만큼 증오에 휩싸여 있었다. 누구인지 제대로 확인도 안 하고 바로 마도 바이크로 치어 죽이려고 했을 정도였다.

아무리 그래도 지구에서 살해 위협을 느끼진 않았지만, 이 이세계에서는 사람 목숨이 가벼웠다. 마법이나 마도구를 이용하면 완전 범죄도 어렵지 않았다.

심지어 레미는 마도구를 죄다 소진한 데다가「다음 기회는 없다」라고 경고까지 받았다. 만약 다시 사토시 앞에 나가면 끔찍하게 죽을 것이 틀림없었다.

이토록 원망받아도 자기는 잘못이 없다고 단언하는 레미의 성격도 참 대단하다면 대단했다.

"어이없어…… 아무렇지 않게 친누나를 버리는 것도 모자라 죽이려고 해? 뭐 그런 야박한 게 다 있어!"

삶의 보람을 빼앗기고 귀농해야만 했던 사토시가 들으면 적반하장도 유분수라며 노발대발했겠지만, 아쉽게도 레미의 이기심에는 끝이 없었다.

동생의 인생이 망가지든 남의 재산을 전부 탕진하든 그녀는 반성은커녕 신경조차 쓰지 않았다.

그러나 현재 레미는 커다란 문제를 끌어안고 말았다.

“【회춘의 비약】이 결함품이었다니…… 이런 법이 어딨어! 아니, 사토시라면 허세일 가능성이 있어. 그 지지리도 못난 성격을 생각하면 충분히 그러고도 남지.”

사토시가 한 말이 사실이라면 레미는 몇 년 후 노파가 되고 곧 수명을 다한다.

자업자득이지만, 레미의 욕심은 끝이 없었고 누구보다 삶에 대한 집착이 강했다.

“아냐, 됐어. 사토시 친구가 만들었다면 당연히 사토시에게도 책임이 있어. 책임은 지게 하면 되겠지만, 문제는 걔가 【섬멸자】란 거야……. 함부로 다가가면 죽을 게 뻔해. 귀찮게 됐네…….”

그렇게 말하며 【섬멸자】를 노렸을 때 당한 보복을 떠올렸다. 자신이 뿌린 씨였지만, 그 대가는 상상을 초월했다.

정체 모를 장비를 강제로 장착시키더니 대뜸 드래곤들이 서식하는 동굴에 던져 버리고 도망칠 곳이 없는 곳에서 계속해서 싸움을 붙였다. 그것도 끝도 없이.

레벨 차이가 너무 나서 해치울 수도 없고 소비 아이템만 사라져 갔다.

그들에게 『동정심』이나 『자비심』이라는 말은 없었고, 있는 것이라고는 적을 철저하게 몰아붙이고 섬멸한다는 확고한 의지뿐이었다.

시간이 지나면 지날수록 다른 마물이 떼 지어 나타나고 그때마다 절망감이 부쩍 늘어났다. 결국은 죽어서 부활 포인트까지 돌아갈 때까지 철저하게 지옥을 맛봤다.

심지어 저주 아이템 효과가 그대로 남아 그것이 끊길 때까지 마물에게 쫓겨 다니는 신세가 됐다.

【섬멸자】들은 마지막까지 철저하게 물고 늘어졌고 거의 악령이라고 해도 과언이 아닐 정도로 악착같았다.

그녀를 포함한 PK 유저에게【섬멸자】는 공포의 대상일 뿐이었는데 그중 한 명이 설마 친동생일 줄은 생각도 하지 못했다.

우연이라고는 해도 악연으로 단단히 묶인 남매였다.

"혹시라도 방법을 알아내지 못하면【회춘의 비약】효력을 없애지 못하고 난 죽어……. 허세일 가능성도 아예 없다고는 할 수 없지만, 그 녀석이 능글맞게 웃던 얼굴이 이상하게 마음에 걸려. 그렇게 자세하게 아는 걸 보면 분명히 해독약을 가지고 있을 거야. 그럼 어떻게 뺏느냐가 관건인데……"

그녀는 자기에게 한없이 편할 대로만 생각했다. 제로스가【회춘의 비약】의 효력을 없애는 아이템을 알고 있다고 일방적으로 단정지었다. 원래부터 매사를 자기에게 유리하게만 해석하는 성격 탓에 「비약의 효과를 없애는 아이템은 존재하지 않는다!」라고 솔직하게 말한들 믿지 않았다.

그리고 그녀는 나쁜 의미로 돌다리도 두드려 보고 건너는 사람이었다.

일단 향후 방침은 결정했지만 큰 문제도 남았다. 지구였다면 사토시는 평범한 인간이었겠지만, 이 이세계에서 그는 대현자였고 실존하는【섬멸자】이기도 했다.

고레벨에 압도적인 힘을 가진 괴물. 장비 아이템 효과로 능력을 보강한 저레벨 인간은 상대도 되지 않는다. 이것이 성가신 부분이었다.

심지어 암살 스킬까지 보유했다면 승산은 0에 수렴한다.

"우선 소재지를 알아내서 침투해 주위 사람을 내 편으로 만드는 거야……. 어차피 집에 틀어박혀 살 테니까 평소와 같은 수법으로……."

죽기 싫다는 일념으로 흉계를 짜는 레미— 아니, 샤란라.

그녀는 잊고 있었다. 자신을 가장 잘 아는 사람이 동생 사토시란 사실을…….

같은 수법이 통할 상대가 아닌데도 그녀의 머릿속에서는 그 사실이 깨끗하게 지워져 있었다.

그리고 지금 제로스에게는 자제심이 없었다.

지구였다면 모를까 이쪽 세계에서는 적으로 돌리면 몹시 위험한 상대였다.

그러나 기억 속에서 그 경험은 지운 그녀는 즉석에서 면밀하게 세운 계획을 실행해 옮기고자 행동에 나섰다.

이 행동력이 그녀의 무서운 점이었다.

그녀의 머릿속에서는 이미 제로스는 이용당할 뿐인【동생】에 지나지 않았다.

아니, 동생이라고 판명됐기에 이용할 수 있다고 판단했는지도 몰랐다.

심지어 그 계획이 실패할 가능성은 눈곱만큼도 고려하지 않았다.

"두고 봐……. 무슨 수를 써서라도 입을 열게 만들 테니까……후후후."

욕망에 한계가 없는 그녀는 우선 제로스가 어디에 사는지 알아보기로 결심했다.

정말로 끈질기고 속 편한 여자였다. 보기에 따라선 참 부러운 성격이라 하겠다.

◇ ◇ ◇ ◇ ◇ ◇ ◇

츠베이트 구출극으로부터 이틀 후.

실전 훈련을 끝낸 학생들은 이스톨 마법 학교로 돌아가고 있었다.

격이 올라 권태감이 있는 사람은 마차 짐칸에 타고, 그러지 않은 사람은 도보로 이동했다.

제로스와 이리스 파티는 용병용 마차를 타고 가는 중이었다. 이리스와 쟈네는 마물에게 얻은 수많은 소재에 둘러싸여 크게 한 건 올렸다며 기분이 퍽 좋아 보였다. 반편, 레나는 거의 초상집 분위기였다. 눈독 들이던 소년들에게 손을 대지 못해 혼자 시무룩해진 까닭이었다.

그 소년들은 제로스와 훈련을 거치며 왜곡된 정의감에 눈떠서 현재는 츠베이트 패거리를 멋대로 위슬러 개혁파라고 부르며 자신들도 개혁안 짜기에 열을 올리고 있었다.

그런 가운데, 제로스는 종이 다발 위로 펜을 놀리며 어느 여성의 초상화를 여러 패턴으로 그리고 있었다.

“아저씨…… 뭐 해? 초상화 그려?”

“이거 말인가요? 불구대천의 원수를 발견해서 수배서를 만드는 중입니다. 이걸 델사시스 공작님께 건네면 어떻게 될 것 같나요?"

"원수…… 전에 얘기한 누나 말이지? 뭐, 건네면 지명 수배 되겠지? 그나저나…… 그림 잘 그리네?"

쓸데없이 현실감 있는 그림이었지만, 아저씨는 학창시절 미술 성적이 안 좋았다.

그런 제로스가 이렇게 그림을 잘 그리는 이유는 생산직이기 때문이었다. 장비에 따라서 다양한 장식이나 디자인이 필요해 이런 작업에 익숙해졌다.

"맞습니다. 공작가의 후계자를 죽이려고 했다고요. 앞으로 현상금 사냥꾼에게 쫓기고 매일 사람을 피해 다니며 살아야겠죠. 하지만 조만간 반드시 제 앞에 나타날 겁니다."

이미 레미— 샤란라의 행동을 파악한 제로스는 선수를 치기로 했다.

【회춘의 비약】을 마신 부작용을 없애기 위해 반드시 자신을 찾아올 것이라고 판단해 현상금 사냥꾼을 움직여 샤란라의 움직임을 제한하려는 속셈이었다.

"그래도 왜 수배서 종류가 이렇게 많아? 이건 아예 어린애인데?"

"그 멍청한 인간이 【회춘의 비약】을 여러 개 가졌을 가능성도 있으니까요. 선수 쳐서 견제하고 선택지를 줄이는 거죠. 그 여자는 남한테 잘 보이는 법을 아니까 속는 사람이 나오지 않으리란 법도 없어요."

이야기를 듣던 자네가 어이없어하며 끼어들었다.

"뭐 그런 인간이 다 있어? 아저씨도 가족 복이 없구만."

“남들 앞에서는 착한 척하거든요. 쟈네 씨는 아마 바로 속아 넘어가지 않을까요? 루세리스 씨도 그렇고…….”

두 사람 모두 성격이 너무 착해서 샤란라에게 호구 잡히기 좋았다.

푼돈을 빌리면 어느새 거액의 빚으로 불어나고, 최악의 경우 노예로 전락하게 만드는 악랄한 짓도 서슴지 않을 위인이다.

제로스는 초상화를 그리며 그렇게 설명했다.

“세, 세상에, 무서운 여자일세……. 난 만나기도 싫어!”

“겉모습이 동년배거나 어리면 두 사람 모두 속아 넘어갈 가능성이 커요. 그 인간은 목적을 위해서라면 수단, 방법을 가리지 않습니다. 편지나 메모라도 남기면 그걸로 서류를 위조할 정도로 성격이 고약해요.”

“어떻게 돼먹은 여자야?! 고약한 정도가 아니잖아!”

“『착한 사람은 봉』이라고 단언할 정도로 성격이 썩었고 남의 돈은 자기 거라고 믿는 쓰레기입니다. 자기가 사치를 부리며 살기 위해서라면 남의 목숨도 버젓이 희생시킬 만큼 이기적인 여자죠……. 후우…….”

“아저씨, 힘들었겠네…….”

“연고 없는 아이를 납치해서 노예 상인한테 파는 짓도 예사겠죠. 「남은 이용해서 버리기 위해 존재한다」가 그 여자의 지론이니까…….”

근처에 있는 사람을 지키고 싶어서 여러 대비책을 세워 뒀다. 그러지 않으면 쟈네나 루세리스는 쉽게 속아 넘어가 어느 순간 매춘부로 팔려 나갈 공산이 컸다.

가만히 두면 피해자는 하염없이 늘어날 것이다. 다음 기회에 확실하게 처리해야 한다고 아저씨는 다시 결의했다.

"그래도 아저씨는 비약 효과를 없애는 방법 같은 거 모르지? 누나라는 사람은 그래도 와?"

"그 여자는 자기 형편에 좋은 식으로만 생각합니다. 제가 모른다고 해 봤자 그쪽에서 믿지 않으면 의미가 없고 애초에 제 말은 믿지도 않아요. 그 인간은 틀림없이 옵니다!"

"아~, 전에도 들었지만 정말 염치없는 사람이구나……."

"염치없다…… 난 그런 얌전한 말로는 부족하다고 봐. 아무리 생각해도 악당이잖아!"

"요컨대 또 【회춘의 비약】을 써서 이번에는 아이로 돌아가 우리에게 접근할 가능성도 있다는 말이구나?"

"바로 그겁니다. 그래서 이 수배서가 필요한 거고요. 자기는 안 늙는다고 생각하니까 『할망구』나 『아줌마』라는 말에 과민 반응을 보입니다. 본인은 그걸 깨닫지 못했지만요."

쟈네와 이리스는 샤란라가 얼마나 악독한 인간인지 완전히 이해한 것 같았다.

그런 중요한 이야기를 하는 옆자리에서 레나는 여전히 소년들을 보며 눈물짓고 있었다.

"카브루노 군. 역시 귀족과 서민 출신 마도사의 격차는 없어져야 하지 않을까?"

"음, 그렇지만 현실적으로 실현하기 어려워. 책무를 지고자 영재 교육을 받은 귀족 마도사는 자존심이 강해. 출세욕에 빠진 그들은 쉽게 이해해주지 않을 거야. 차남이나 삼남이라면 이쪽으로 끌어들일 수 있을지도 모르지만, 그들이라고 가문을 적으로 돌릴 용기는 없겠지.”

“개혁은 어려운 일이지……. 하지만 우리들은 해내야만 해!”

“당연하지! 미래를 만드는 건 우리 같은 젊은 세대야. 고리타분한 인습에 얽매인 늙은이들은 은퇴할 때가 됐어.”

“카브루노 님——! 너무 멋져요————!”

일부…… 이상한 인물도 섞였지만, 소년들은 보다 나은 미래를 위해 한 몸 바칠 각오가 되어 있었다. 그들은 나라를 개혁하기 위해 지금 가진 지식을 다른 관점에서 바라보며 계획을 강구했다.

이 소년들이 앞으로 어떻게 될지는 모르지만, 적어도 지금은 잘못된 방향으로 가고 있지 않다……고 생각하고 싶었다.

“바로 요전까지만 해도 때 묻지 않은 도련님이었는데 며칠 사이에 저런 어른이 되다니……. 저 아이들을 어른으로 만드는 건 내 역할이었어. 내 역할이었는데…….”

“““아니, 그런 역할 없어!”””

청소년이 참가하는 곳에 레나 같은 발정 난 짐승이 어슬렁거리면 대단히 위험했다.

다행히도 소년들은 좋은 경험을 할 뿐이지만, 행여 아이라도 생기면 일이 복잡해진다.

특히 귀족이나 거상의 아들 사이에서 아이를 얻으면 많은 사람의 인생이 꼬일 수도 있었다.

“레나 씨…… 순간의 쾌락과 생활비, 어느 쪽이 중요해?”

"쾌락! 그걸 빼면 나한테는 아무것도 안 남아!"

"단언하지 마——! 창피해서 못 살겠어! 아이가 생기면 어쩔 셈이야! 네가 뭐 때문에 그러는지 정말 모르겠어."

"그건 쟈네가 숫처녀니까 그런 거야. 제로스 씨에게 어서 처녀딱지 떼 달라고 해. 내 기분이 이해될걸? 게다가 여자애면 그냥 키우면 되고, 남자애면…… 주륵…… 우헤헤♡"

"무, 무슨 쇼리야, 너는——?!"

쟈네는 이런 이야기에는 숙맥이었다. 그것을 알고 이런 이야기를 꺼내는 레나도 제법 뻔뻔한 성격이었다. 그리고 윤리관이 조금 이상했다.

쟈네의 잔소리를 피하기에는 유효한 방법이지만, 레나의 상식은 일반인과 동떨어져 있었다.

"제로스 씨, 이제 그만 진도를 빼면 안 돼? 이대로 가면 쟈네가 노처녀가 되어 버릴 거야. 친구로서 걱정돼."

"저야 언제든지 환영이죠. 이제는 쟈네 씨 마음먹기 나름입니다. 본인이 싫다는데 억지로 들이대면 조금 문제가 있잖습니까……. 가슴 뜨거운 전개라는 것도 부정할 순 없지만요."

"하으으?! 무, 무…… 무슨 짓을?! 그 전에 루도 있는데……."

"일부다처도 인정된다면서요? 루세리스 씨도 함께 결혼하면 되죠, 뭐. 앗, 그러면 양육원은 어떻게 되지?"

"교회 뒤편이 제로스 씨네 집이니까 문제없어. 무슨 일이 있어도 제로스 씨를 부르면 안전하고. 그렇지만 결혼하면 쟈네한테 용병 생활은 기대하기는 어렵겠지……. 그건 좀 곤란한데."

이리스와 레나는 쟈네를 놀리기 시작했다.

문제는 이런 화제를 꺼내면 쟈네는 고집을 부린다는 것이었다. 이렇게 되면 결혼할 생각이 없다고 소리치는 것도 시간문제였다.

그리고 더 심통이 나면 그때부터는 말도 해주지 않는다.

"음…… 한번 루세리스 씨도 불러서 진지하게 이야기하는 게 좋을지도 모르겠네요. 다만, 저처럼 나이 먹을 만큼 먹은 아저씨인데 괜찮을까요?"

"괜찮지 않을까? 레나 씨도 청소년한테 손을 대는데 아저씨는 장래 계획까지 세울 수 있는 어른이잖아. 범죄자보다야 낫지. 반면에 레나 씨는 그런 거 생각 안 하니까……."

"이리스가 날 욕했어?! 맞는 말이지만."

"알면 좀 자제해! 그걸 왜 당당하게 말해?!"

제로스라도 결혼은 쉽게 정할 수 있는 문제가 아니었다. 그것도 한 명도 아니고 두 명을 한 번에 아내로 들인다면 더더욱.

게다가 어릴 적부터 친구 사이라 사이도 좋고 두 사람 모두 제로스에게 호의가 있었다. 쟈네는 부인하지만, 태도만 봐도 뻔히 알 수 있었다.

유일하게 신경 쓰이는 것은 연애 증후군 발병인데, 이것은 아무 전조도 없이 찾아오므로 고민해 봤자 소용없었다.

그저 최악의 폭주가 일어나지 않길 빌 뿐이었다.

"일단 이 문제는 나중으로 미룹시다. 이런 귀여운 쟈네 씨를 보면 본능을 주체 못 할 것 같으니까……. 농담이 아니라 진짜로요."

"우, 우으으…… 내가, 귀여울 리가……."

““아니, 무지막지 귀여워.””

세 사람이 마음속으로 하나가 되었다.

얼굴을 새빨갛게 물들이고 제로스의 얼굴을 힐끔거리는 몸짓은 정말로 사랑스럽다고 느끼기에 충분한 위력을 가졌다.

모르는 사람은 본인뿐이었다.

이스톨 마법 학교로 돌아가는 학생들.

돌아갈 때도 올 때와 마찬가지로 도보 행군. 당연하지만 학생 대부분이 쉬지 않고 걷고 있었다.

귀족과 평민의 구분 없이 평등하며 츠베이트도 그 행렬에 끼어 있었다.

““젠자————앙! 나가 죽어!””

제로스와 여성 파티의 대화를 멀리서 듣던 비인기남 동맹, 츠베이트와 에로무라가 함께 영혼의 외침을 부르짖었다.

모태 솔로인 두 사람은 제로스의 현 상황이 마냥 부러울 따름이었다.

두 사람에게는 이리스도 허용 범위에 있으며, 쟈네나 레나 같은 성인 여성까지 끼고 있는 제로스가 부러워서 화가 날 지경이었다.

“왜…… 어.째.서 저런 아저씨한테 여자들이……. 세상은 불공평해!”

“마음은 이해한다, 동지여……. 하지만 여자만 아는 매력을 우리가 어떻게 이해하겠어? 역시 경제력이나 장래성인가?"

"큭…… 어차피 우리는 새파란 꼬맹이라 이건가? 젊음만으로는 해결할 수 없는 것도 있나……."

"스승님이라면 여러 여성을 한 번에 돌볼 수 있어. 그만한 재력이 있으니까."

"경제력과 힘인가……. 나도 생산직이나 할 걸 그랬어……."

의기투합한 두 사람은 대낮부터 술을 퍼마신 주정뱅이처럼 푸념을 늘어놓으면서 차츰 흥분해 갔다.

이 두 사람에게 제로스의 입장은 그저 부럽게만 보이는 모양이었다.

"츠베이트…… 그보다 슬슬 세레스티나 양과 만날 수 있게 다리를 놔줘. 난 그것만 기다리고 있다고."

함께 걷던 디오가 자기 이야기를 은근슬쩍 꺼냈다.

"굳이 나한테 말하지 않아도 걔는 항상 대도서관에 있어. 마법 연구에 여념이 없으니까. 크로이사스와 이야기 나누는 모습이 자주 보이던데…… 디오, 설마 너, 아직 말도 못 붙였냐?"

"말을 걸 계기가 없어서……. 나는 전투 계열 마도사고 마법을 쓰는 입장이니까. 연구 내용은 이해하기 힘들더라고. 크로이사스가 부러워. 세레스티나 양의 취미라도 알면 좋을 텐데."

"그러고 보면 맥킨토시랑도 자주 이야기하더군."

"마카로프겠지. 제발 이름 좀 외워…… 아니, 잠깐! 걔랑 이야기한다고?! 설마 마카로프도 세레스티나 양을……."

예전 동기가 좋아하는 소녀와 즐겁게 대화하는 모습을 떠올린

디오는 질투로 불타올랐다.

자기도 아직 제대로 대화한 적이 없는데 예상지도 못한 복병이 있다며 덜컥 초조함을 느꼈다.

그리고 그 초조함은 위험한 방향으로 움직이기 시작했다.

"조만간 제거할까……. 세레스티나 양에게 접근하는 해충은 가급적 빠르게 처리해야 해……."

"잠깐, 그 녀석은 마법식에 관해 물으러 갔을 뿐이라고! 그 정도 관계인데 암살까지 하면 네 호감도가 떨어지는 정도로 안 끝나!"

"나도…… 같이 마법 이야기 하고 싶다고오오오오오오오오오오오오오오오!"

디오, 영혼의 절규.

안타깝게도 디오는 마법을 제작하는 사람이 아니라 사용하는 사람이었다. 현존하는 마법을 사용하기 위해 수행하는 것이 전투 특화 마도사며, 연구자와는 입장이나 사고방식이 달랐다. 그들에게 연구란 주로 전술이나 전략 연구로 한정되기 때문이었다.

당연히 생산직이자 연구자인 마카로프와 대화를 나누는데 끼어들 수준이 아니었다. 전략적인 이야기라면 얼마든지 할 수 있지만, 마법식 개량이나 효율성에 관한 의견을 낼 지식은 없었다.

옆에는 같은 연구자인 크로이사스도 있어서 디오는 언제나 근처에서 바라보기만 할 뿐이고 의견 교환 등으로 이야기를 나눌 계기조차 만들지 못했다. 그래서 말 몇 마디만 나누어도 일희일비하는 쓸쓸한 처지였다.

"동지…… 너도 고생이 많군. 그러니까 친구와 동생 사이에 다리를 놓는 거지? 가능하다면 나한테도 소개해주…… 아니, 아무것도 아냐.”

“너, 다음 말을 안 한 건 현명한 판단이야. 만약 했다면…… 뒤통수 조심하고 살아야 했을걸.”

“디오, 너도 남 말 할 처지가 아니야. 우리 할아버지는 어떡할 거야?”

“……당하기 전에 해치우는 수밖에 없겠지? 만약 내가 잘못되면…… 츠베이트, 내 시체라도 거둬줘.”

“설마 목숨을 걸고?! 너, 죽을 각오까지 했어――?!”

“동지의 할아버지가 그렇게 무서워? 그보다 【예속의 목줄】을 어서 풀고 싶은데…….”

에로무라는 경비대로 호송한 후 범죄 조직으로 팔린 사정을 조사할 것이다. 조사에 협력하고 범죄 조직과 연루된 노예 상인을 잡을 수 있다면 감형의 여지도 컸다.

또한, 에로무라는 범죄 노예며 자기 의지로 명령을 거부할 수 없는 입장이었다. 그리고 위법적 상황에서 자기 의지로 탈출한 점을 감안하면 『반성의 여지가 있다』고 평가받을 만했다.

게다가 그는 암살 저지에 한몫 거들어 그것들을 종합하면 자유의 몸이 될 가능성도 충분했다. 그러나 지금 단계에서는 델사시스의 판단을 기다려야 했다.

“동지라고 해서 생각났는데, 한 명 더…… 안즈라고 했나? 걔는 뭐 해? 안 보이는데…….”

“그 애라면 네 스승님이 있는 짐마차에서 자고 있을걸? 왠지 꼬꼬 세 마리가 기절해 있던데…….”

“그 최강 생물을 혼자서……. 사실 그 애가 최강 아니야?”

제로스가 탄 짐마차 한쪽에서 한 소녀가 몸을 웅크리고 잠들어 있었다.

그 주위에서는 기절해 흰자위를 드러낸 꼬꼬들이 힘없이 경련했다.

최강이라고 해도 좋을 힘을 선보인 닭들을 손쉽게 제압한 안즈에게 츠베이트와 에로무라는 할 말을 잃었다.

두 사람의 생각과는 별개로 마이웨이 소녀는 대단히 행복하게 꿈나라를 헤매고 있었다.

◇ ◇ ◇ ◇ ◇ ◇ ◇

“이건……? 정체 모를 소재가 생겼네요. 대체 어떻게 써야 하지…….”

“너, 또 마법약 조합했었냐? 이번에는 이상한 가스 발생시키지 마.”

마차 짐칸에서 크로이사스는 질리지도 않고 마법약 조합에 힘쓰고 있었다.

다행히 묘한 독가스는 발생하지 않았지만, 【감정】을 해 보아도 약의 효능을 전혀 알 수 없었다. 고개를 갸웃거리지 않을 수 없었다.

“크로이사스 님의 【감정】으로도 효과를 모르나요?”

“흠…… 일단 강화제라고 나와 있지만, 그거 말고는 다른 정보가 안 보여요. ……알 수가 없네요.”

"강화제…… 뭘 강화하느냐가 관건이겠어요."

캐럴스티는 마도구가 전문이지만, 마법약에도 일가견이 있었다.

강화제에는 여러 종류가 있지만, 【감정】 능력으로 조사할 수 없을 정도로 복잡한 물건은 아니었다. 설명문도 나오지 않는 경우는 기본적으로 없었다.

"설마 신약일까요? 그렇다면 감정할 수 없는 이유를 설명할 수 있어요."

"그건 저도 생각했습니다, 세레스티나. 정확하게는 【??? 강화제】라고 나와서 어떤 물건인지 몰라요. 우연의 산물이지만, 일단 제조법은 기억합니다."

"그렇다면 더 만들 수 있겠네요? 우리 파벌에 새로운 역사의 한 페이지가 열리겠어요! 바람직한 일이에요."

"그 전에 효과부터 조사해야겠지만요. 크로이사스 오라버니…… 부탁인데 제발 인체 실험만은……."

"안 합니다……. 세레스티나는 절 뭐로 보는 건가요?"

신경 쓰이는 약초와 약용 버섯을 섞어 만든 강화제는 감정 불가능한 미지의 신약이었다.

지금이라면 제로스에게 감정을 부탁할 수도 있으련만, 마도사의 자존심이 그것을 허락하지 않았다. 크로이사스는 뭐든 스스로 알아내지 않으면 성이 안 차는 연구가였다.

"단언하지. 크로이사스가 만든 거라면 절대로 멀쩡한 물건은 아니야!"

"마카로프…… 너무하시네요. 저는 그런 이상한 물건을…… 많이 만들었군요. 하지만 실험에 실패는 따르는 법이죠. 이 실패가 새로운 성과로 이어지는 겁니다!"

"알면서 그랬냐?! 너는 실패하고 끝나는 수준이 아니잖아. 희생자가 꼭 나온다고……."

사망자가 나오지 않는 것이 아직도 미스터리였다.

문제는 사망자는 나오지 않아도 심각한 증상에 시달리거나 무시무시한 트라우마가 생기거나, 혹은 난생처음 보는 크리처를 목격하는 등 다양한 사건, 사고를 일으킨다는 것이었다.

"그러고 보니 전에 캐럴스티 양이 크로이사스 오라버니 방에서 목격한 건 대체 뭐였죠? 자세히 들은 적이 없는데…… 캐럴스티 양?"

"……."

캐럴스티는 말이 없었지만, 그 표정은 죽은 사람처럼 창백했다.

부해(腐海)의 방에서 자던 크로이사스는 눈치채지 못했지만, 그의 방에는 존재하지 않는 동거인이 분명히 있었다.

캐럴스티는 우연히 잠기지 않은 문을 열고 그곳에서 있을 리 없는 존재를 목격했었다.

그리고 그 존재는 그녀의 정신에 사라지지 않는 트라우마를 남겼다.

"아아아아아아아아아아아아아아아아아아아아아아아아아아악!"

절규. 어지간히 무서운 것을 봤나 보다.

"말도 안 돼요! 그런 생물이 이 세계에 존재할 리 없어요! 그런…… 무시무시하고 소름 끼치고 기괴하고 괴이한 형체…… 그러면서 유쾌한 것이……."

사람은 정신적으로 힘든 상황이나 충격적 광경에 직면했을 때, 그런 기억을 뇌 깊은 곳에 밀어 넣어 망각하는 일이 있다. 아무래도 잠재의식 내에 잊었던 기억이 남아 있었던 모양이다.

세레스티나가 별생각 없이 던진 말은 그녀의 기억 속에 봉인된 당시의 정경을 불러일으켜 플래시백으로 선명히 되살려 냈다.

"""유, 유쾌?! 대체 뭘 본 거야?"""

그리고 그녀는 궁금증을 유발하는 정보만 남기고 무언가에 씐 것처럼 마차 안에서 웅크리고 혼잣말을 주절거리기 시작했다. 자세한 이야기를 들으려고 해도 그녀에게는 이곳에 있는 사람들의 말이 들리지 않는 것 같았다. 이래서는 물어봤자 소용이 없었다.

세상에는 모르는 게 약인 것도 있었다.

"정말로…… 네 방에서 뭘 봤길래 저래?"

"글쎄요…… 제가 기억하는 건 복도에서 기절해 사람들에게 간호받는 캐럴스티 양뿐입니다. 뭘 봤는지 저도 알고 싶었는데 말이죠……."

"저 모습을 보면 억지로 묻지 않는 게 좋을 거 같네요. 크로이사스 오라버니 방에 대체 뭐가 있었던 걸까요? 수수께끼예요……."

"그러고 보니 1년 전 크로이사스 방에서 「그만둬, 그만두라고! 맞고 싶냐!」라는 소리가 들렸는데 그때 크로이사스는 연구동에서 숙식할 때였지. 대체 누구였을까?"

"몰라요. 제가 더 궁금합니다."

이스톨 마법 학교의 데인저러스 존, 학생 기숙사에 있는 크로이사스의 방은 미지의 생물이 서식하는 미지의 영역으로 변해 있었다.

모든 사람이 그곳에 발을 들이길 두려워하며 절대로 다가가지 않는 위험지대로 알려졌다.

그런 4차원 방에 왠지 이 린만은 들어가서 청소할 수 있었다.

그런 이 린에게서는 크로이사스 방에서 미지의 생물을 목격했다는 이야기는 듣지 못했다.

“이 린만 아무렇지 않더라……. 정말로 아무것도 못 본 걸까? 캐럴처럼 기억에서 소거했을 뿐인 건 아닐까?”

“그 가능성이 없다고는 못 하겠지만, 저는 지금까지 아무 일도 없었어요. 그건 어떻게 설명하죠?”

“내가 어떻게 알아? 사는 본인이 모르는데 외부인인 우리가 알 리 없지…….”

“맞는 말이군요. 뭐, 지금은 이 강화제만 생각하죠. ……이건 대체 뭘까요?”

미지라는 말에 지대한 관심을 보이는 크로이사스지만, 알 수 없는 문제에 고집스럽게 매달릴 정도의 집념은 없었다.

그는 정체불명의 강화제를 보고 마법약 조합법을 몇 가지 떠올려 머릿속에서 추리기 시작했다.

이렇게 학생과 용병을 포함한 일행은 큰 사고 없이 귀로에 올라 무사히 학원도시 스틸라로 귀환했다.

이번 실전 훈련으로 대부분 학생의 레벨 차이가 줄어들어 훈련 자체는 성공적이라고 할 수 있었다.

개중에는 밑바닥 성적에서 단숨에 상위권으로 올라간 인원도 있었다. 한편으로 그들의 능력이 교사들을 크게 웃돌아 교사들의 걱정거리는 늘었다고 한다.

그로 인해 학교의 교육 방침을 처음부터 재검토하는 사태로 발전하지만, 참가자에게는 솔직히 아무래도 상관없는 일이었다.

좌우간 라마흐 숲에서 펼쳐진 실전 훈련은 이렇게 막을 내렸다.

제6화 아저씨, 대도서관으로 가다

이스톨 마법 학교의 실전 훈련 종료 후, 용병 길드는 전과 같은 한산함을 되찾았다.

연례행사이긴 했지만, 귀찮은 이벤트가 끝나고 내일부터는 평소와 다름없는 일과가 시작된다.

그런 평온함 속에서 한 용병이 길드 마스터의 방을 찾았다.

낯을 가리고 과묵한 용병, 라사스였다.

"……들어가마."

"어머, 어서 와. 그래, 이번 일은 어땠어? 자기♪"

"……**자기**라고 하지 마. ……학생 호위는 무사히 끝났다."

응대하는 사람은 스틸라 용병 길드 지부장, 길드 마스터인 세이폰이었다.

"그래서 어땠어? 제로스 씨의 역량은."

"……솔직히 끝을 모르겠더군. 마도사라고는 생각할 수 없을 만큼 격투전에 익숙해. 게다가 마물을 상대로 진짜 실력의 일부조차 보여주지 않았어. 무서운 역량이야."

"그렇지~? 나도 상대가 안 되더라니깐. 정말로 정체가 뭘까?"

“네가 상대가 안 돼? 네 격이 312는 됐던 거로 아는데, 설마…… 그 이상이란 말인가?”

“싸워 보고 알았는데 그 사람, 자기 힘을 제대로 파악하지 못하나 봐. 제대로 다루기는 하지만, 전력을 다해 싸운 적은 없는 느낌?”

라사스는 용병 길드의 감시 요원으로 이번 호위 의뢰에 참가했다.

그는 잔뼈 굵고 실전 경험도 풍부한 인재여서 이런 중요한 의뢰에 감시 차원으로 참가하는 일이 많았다. 미래에 용병이 될 어린 마도사를 감시하고 때로는 스카우트하기도 하는 역할이었다.

참고로 별명은【무쇠팔 라사스】. 랭크는 S, 한때 세이폰과 함께 파티를 맺고 많은 의뢰를 수행했던 실력자였다.

그는 세이폰의 실력을 알기에 상대가 안 됐다는 말이 믿어지지 않았다.

“……그 정도인 줄은 미처 몰랐군. 평소 태도는 조금 그렇지만, 전투가 벌어지면 위험한 남자다. 특히 생사를 건 환경 속에서는 인격이 일변해. 상당히 호전적으로 변하더군.”

“어머? 혹시 이중인격? 나도 그건 몰랐네.”

“아니…… 굳이 따지자면 마물의 위험성을 알기에 냉혹해지는 것 같았어. 실제로 마물과 싸울 때는 순식간에 처리했지.”

“아하~. 그렇지만 그게 다가 아니다, 이거지?”

“그래……. 느낌상 어떤 흉포성을 내포한 인물이야. 가끔 보면 등이 오싹할 때가 있어.”

“라사스가 그렇게 말하면 아마 맞겠지. 무서워라~♪”

입장 때문인지 라사스는 대단히 감이 좋았다.

하지만 그 예민한 감이 제로스를 위험하다고 판단했다.

"……왜 그렇게 기뻐하지?"

"음~, 아마 내가 더 강해질 가능성을 알았기 때문 아닐까? 마도사가 그토록 강해질 수 있잖아. 우리도 그 이상이 될 수 있다는 생각도 들지 않아?"

"……부정하진 않겠다. 그러나 그 경지에 도달한 자를 인간이라고 부를 수 있나? 마물과 다를 게 없어."

"적이 되지만 않으면 괜찮아. 말이 통하면 남은 건 성의의 문제 아니겠어? 함부로 거절하면 정말로 대립하게 될지도 몰라."

강자란 이유로 밀어내면 적대했을 때 위험성을 헤아릴 수 없었다.

제로스는 분명히 강했다. 단순한 초보 마법【파이어】로 고블린을 태워 죽이는 그였다. 진심으로 마법을 쓰면 어떤 위력이 나올지 상상도 되지 않았다.

무엇보다 그의 주위에는 적잖은 사람이 모여 있었다. 힘만을 추구하는 자에게는 없는, 타인을 받아들이는 도량이 있다는 증거였다.

힘에만 사로잡힌 자라면 필연적으로 타인을 거절하고 때로는 멸시하는 일이 많다.

실력을 보면 위험하지만, 인간적으로는 믿을 수 있는 인물이란 뜻이었다.

하지만 여전히 골치 아픈 인물이라는 사실에는 변함이 없었다.

"그래도 괜찮을 거야. 공작님이 고삐를 쥐고 있고 용병에 관심이 없어 보이니까."

"……그렇다면 괜찮지만, 그가 진심이 되어 움직이면 어떤 사태가 벌어질지 상상이 안 가."

"그래. 하지만 그건 그거대로 보고 싶지 않아?"

"……보고 싶지 않군. 귀찮아질 게 뻔해. 그런 일은 사양이야."

라사스는 길드에서 신병을 육성하는 교관을 맡고 있었다. 그런 입장이 된 것은 결혼했기 때문이었다.

용병은 아내 곁에 있으며 안정된 수입을 얻기에 적합한 직업이 아니었다.

그는 무뚝뚝한 얼굴에 어울리지 않게 한 아내만을 사랑하는 일편단심 애처가였다.

"그럼 일도 끝난 김에 오늘 우리 집에서 한잔할래? 아내들도 반겨줄 거야."

"아니…… 집으로 돌아가지. 아내 얼굴을 보고 싶어. 게다가 너희 집은 불편해. 특히 네 아내들이……."

"그래? 소녀 취향 애들보다는 좋지 않아? 나는 반대로 너희 집이 좀 그렇더라."

"……."

세이폰의 취향은 남자 같은 여자. 달리 말해 보이시하고 근육질인 육체파 여성이었다.

그에 비해 라사스는 몸집이 작고 소녀 같은 여성. 세간에서 말하는 로리 체형의 여성에게 끌리는 경향이 있었다.

참고로 라사스의 부인은 연령에 안 맞는 유아 체형, 속된 말로 합법 로리였다. 심지어 외모가 귀여운 드워프 족이었다.

그렇다고 라사스가 딱히 로리콤이란 말은 아니었다. 왠지 아기

자기한 취향을 가진 여성에게 끌려 필연적으로 작고 귀여운 여성을 찾을 뿐이었다. 그러나 지금까지 무서운 얼굴과 우락부락한 체격 때문에 계속해서 차이기만 했다.

그런 그가 결혼한 것은 불과 수개월 전이며 따끈따끈한 신혼부부였다.

"그래, 신혼집 신랑을 억지로 붙잡는 것도 미안하지. 오늘은 빨리 아내한테 가줘."

"……그렇게 하지. 그나저나 전부터 궁금했는데, 부인이 그렇게 많으면 싸움이 나거나 하진 않나?"

"나지, 왜 안 나겠어. 하지만 그럴 때면 사랑받는다는 실감이 들어♡ 아주 스릴 넘쳐."

"……나는 알고 싶지 않은 취향이군."

위험한 분위기보다는 원만한 가정이 좋다. 자기보다 높은 경지에 있는 전우에게 부럽다는 감정이 전혀 들지 않았다. 라사스는 아직도 세이폰의 성격이 파악되지 않았다.

그래도 남녀 사이가 심오하다는 사실은 충분히 깨달았다.

그 후 지부장실을 나온 라사스는 아내의 얼굴을 보고 싶어 곧장 집으로 돌아갔다. 애처가란 점에서는 그도 전우와 마찬가지였다.

다만, 하나의 고민은 겉모습이 소녀와 구분되지 않는 드워프 여성과 결혼해 길드 내에 로리콤 의혹이 불거졌다는 점이었다.

라사스는 이래저래 고생이 많은 사람이었다.

◇ ◇ ◇ ◇ ◇ ◇ ◇

스틸라로 돌아온 아저씨는 여독을 풀고자 바로 숙소에서 쉬기로 했다.

이리스와 쟈네도 동의하고 쉬기로 했지만, 레나만은 혼자 해 지는 거리로 떠났다.

제로스는 레나가 어디로 갔는지 새삼스럽게 추궁하지 않았다. 그저 희생될 소년들의 명복을 빌며 모든 것을 잊을 뿐.

굳이 솔선해서 귀찮은 일에 발을 담글 필요는 없다. 그렇게 생각하며 만사 귀찮다는 듯 침대로 파고들었다.

다음 날, 평소 같은 회색 로브를 걸친 제로스는 이리스 파티와 길드 식당에 모였다.

그곳에는…….

"우후후후♡ 역시 젊은 아이는 좋아~♪"

매끈매끈한 피부로 기쁘게 중얼거리는 레나가 있었다.

호위 임무를 마친 레나는 다른 일을 한탕 더 뛰고 숙소로 돌아왔다. 흔히 말하는 외박이었다.

그리고 돌아온 레나는 대단히 기분이 좋아 보였다.

그녀의 행동에는 분명 조금만 문제가 있지만, 아무도 깊이 추궁하려고 하지 않았다.

말해 봤자 소용없기 때문이었다.

"소재 환금하느라 시간이 좀 걸렸지만, 마침내 산토르로 돌아갈 수 있겠어. 아저씨는 이제 어떡할래? 우리는 할 일이 없으니까 지금부터 돌아갈 건데."

"저는 스틸라에 하루 더 머물 겁니다. 여기 대도서관에서 조사할 게 있거든요. 산토르로 돌아갈 거면 선착장이 있는 도시까지 배웅해 드릴까요?"

"……됐어. 나는 그거에 탈 생각만 해도 속이 울렁거려."

"동감…… 10년은 늙은 기분이었어."

쟈네와 레나는【할리 선더스 13세】에 타길 거부했다.

정확하게는 그녀들이 탄 것은 거기에 견인된 리어카였지만…….

지구에서는 법정 속도라도 이 세계 사람에게는 견디기 어려웠나 보다.

문명 수준상 마차가 주류인 이 세계에서 시대를 수백 년 앞선 탈 것은 구토 유발제였다. 아마존 원시림에 사는 원주민을 롤러코스터에 태워준 느낌이었다.

익숙해지려면 시간이 필요할 듯했다.

"그 정도로 멀미하는 걸 보면 두 사람은 일찍 산토르로 돌아가는 편이 낫겠어."

"이리스, 너는 어떡할 거야? 제로스 씨랑 이 도시에 남으려고?"

"응. 아저씨랑 있으면 안전하기도 하고, 마법 학교에서 어떤 강의를 하는지 궁금해서."

알다시피 이리스도 제로스와 마찬가지로 전생자였다.

당연하지만 이 세계에 관한 상식이 부족해서 여러 장소에서 정보를 수집할 필요가 있었다. 전에 도적에게 잡혔을 때부터 이리스는 자신에게 이세계의 상식이 부족하다고 절실히 깨달았다.

그래서 강한 제로스 옆에 있으면서 이세계를 조사하기로 결심했다. 정보가 많을수록 유리한 것은 현실이나 게임이나 같았다. 이리스 나름대로 선택의 폭을 넓히려는 노력이었다.

“대도서관은 재학생 말고는 서적 반출이 안 되지만, 일반인이라도 읽을 수 있으니까 조사하기에 좋은 곳이죠. 그런데 정말로 데려다 드리지 않아도 괜찮겠습니까? 배도 공짜가 아닌데 보수를 교통비로 다 써 버리는 거 아닌지?”

“소재를 환금한 돈도 있고 돌아갈 뱃삯도 받았어. 레나랑 느긋하게 돌아갈래.”

“돌아갈 수 있을까요……? 레나 씨인데?”

세 사람의 시선이 레나에게 집중됐다.

취향에 맞는 소년을 발견하면 느닷없이 사라지는 것이 레나였다. 사고 없이 돌아갈 수 있으리라는 생각은 도저히 들지 않았다.

틀림없이 어디선가 사라져 배를 놓치고 말 것이다.

“너, 너무하네, 정말! 나도 때와 장소를 가려. 제로스 씨네 누나랑 똑같이 취급하지 마!”

“‘염치도 없지……. 사냥감을 발견하면 속전속결, 방약무인, 유아독존이면서…….’”

“아무리 나라도 집에 갈 뱃삯까지 써서 보이들과 사랑을 나누지는 않아! 게다가 제로스 씨가 없으면 공작가에서 호위 의뢰 보수를 못 받잖아. 얌전히 있을 거야.”

“‘무조건 거짓말이야!’”

이때 세 사람의 생각은 완벽하게 일치했다.

“……얼마 전까지 돈이 없다고 하면서도 여관에서 나왔죠? 소년들 몇 명을 데리고…….”

“다른 사람이겠지. 아니면 제로스 씨가 헛것을 봤거나. 나는 그런 곳에 간 기억 없어.”

“얼마 전에 교회에 안 들어왔을 때 아닌가? 정말로 잊었다면 소년들이 불쌍해…….”

소년들과의 사정에 관해서는 레나의 발언은 믿을 수 없었다. 의뢰 도중에 홀연히 사라졌다가 여관에서 나오는 모습이 목격되기도 하는데 어떻게 믿겠는가. 돈을 넘기는 것은 위험했다.

“쟈네 씨. 이게 뱃삯입니다. 가는 김에 우리 꼬꼬 세 마리도 호위로 넘길 테니까 레나 씨를 산토르까지 잘 호송해주십시오.”

“……알았어. 책임지고 레나를 연행할게. 희생은 적을수록 좋으니까……. 그 세 마리는 믿고 잘 도움 받을게.”

“그리고 혹시 모를 사태를 위해 숙박비로 이 보석을 드리겠습니다. 레나 씨에게 빼앗기지 않게 조심하세요. 다른 사람과 자기 위해 써 버리면 곤란하니까요.”

“……책임이 막중하군. 내가 이 임무를 완수할 수 있을까?”

“두 사람 다 너무한 거 아냐――?!”

쟈네는 알게 모르게 무거운 짐을 짊어졌다.

레나는 아저씨와 쟈네의 대화를 듣고 몹시 분개했지만, 자업자득이었다. 아니 뗀 굴뚝에 연기 나겠는가.

언제 경비병과 면담하게 될지도 모르는 불장난을 하는 레나에게 선택의 여지는 없었다. 가능하면 멍석으로 말아 상자에 넣고 못을

박은 뒤 사슬로 칭칭 감아서 가고 싶을 정도로 불안했다.

"그나저나 아저씨는 뭘 조사하려고? 마법이나 약재? 앗! 무기나 방어구 재료도 있구나."

"주로 역사입니다. 특히 4신교나 사신에 관련해서……. 제 가설이 얼마나 옳은지 알고 싶기도 하고, 경우에 따라서는 이상한 일에 말려들지도 모르니까요. 알 수 있는 정보라면 뭐든 얻고 싶어요."

"아…… 그것도 있구나. 아저씨는 특히 심각하겠네. 【대현자】니까."

""대현자?! 정말이야?!""

【대현자】— 전설에 나오는 자 외에는 아직 누구도 도달한 적 없다는 마도사의 경지. 사신 전쟁에서 전멸했다고 전해지며 지금은 연극이나 이야기에만 등장하는 환상의 직업이었다.

마법을 자유자재로 다루며 마법약과 특수한 장비를 만드는 궁극의 마도사. 만약 그 존재가 공공연히 드러나면 많은 국가가 스카우트하려고 나설 것이다.

그리고 쟈네와 레나는 지금 이 순간까지 제로스의 직업을 몰랐다. 그래서 이토록 놀라는 것이었다.

한편, 아저씨는 이리스를 아니꼽게 노려봤다.

"이리스 양…… 그거 사생활 침해예요. 저는 제 직업을 밝힐 생각이 없어요. 그걸 왜 말합니까……?"

"아…… 미안."

이리스는 비난의 눈길에 못 이겨 위축됐다. 대조적으로 레나와 쟈네는 놀라서 어쩔 줄 몰랐다.

현재 이 세계에서 【대현자】라는 직업은 확인된 바가 없었다.

어디까지나 전설이나 전승으로만 전해지는 존재며, 거기에서는 하나같이 현자들을 통솔하는 마도사의 관리직처럼 묘사했다. 정말로 실존하는지 의심스러워 실상은 허구라는 것이 아저씨의 견해였다. 인간의 수명으로는 공격 마법뿐 아니라 회복 마법과 연금술, 더 나아가 약학과 공학 등 다양한 학문과 기술에 능통하기란 불가능했다. 자신을 제외하고【현자】나【대현자】가 있을 거 같지 않았다.

그러나 전설은 사람의 동경심을 모으는 법이라 마도사가 아니더라도 현자나 대현자를 꿈꾸는 사람은 적지 않았다. 바꿔 말하면 일종의 신앙이라고도 할 수 있겠다. 그래서 마도사 중에는 현자의 길을 목표로 하는 자도 있었지만, 아저씨에게는 달갑지 않은 이야기였다. 과도한 기대 따위 모으고 싶지 않았다.

'그러고 보니 이 세계에는 회복 마법은 신관이 사용한다는데 마도사도 쓸 수 있나? 내가 쓸 수 있으니까 다른 마도사가 못 쓸 이유는 없겠지만……. 검증해 보고 싶은데 회복 마법은 어떤 나라가 독점한 것 같단 말이지……. 마침 좋은 기회니까 회복 마법에 관해서도 대도서관에서 조사해 보자.'

【소드 앤 소서리스】에서는 마도사도 회복 마법을 배울 수 있었지만, 게임이기에 신관만큼의 효과는 바랄 수 없었다.【직업】보정이 패널티로 적용해 효과가 떨어지기 때문이었다. 즉,【대현자】라도 회복 마법은 필연적으로 전문 분야가 아니었다.

이쪽 세계에서는 어떨지 모르지만, 보정에 관한 검증을 거듭해 조사해 볼 필요가 있었다.

일단 경악하는 쟈네와 레나를 보는 한 이대로【대현자】이야기를 계속하는 것은 좋은 판단이 아니지 싶었다.

이 이상 이야기를 이어가다가 만약 다른 사람 귀에 들어가기라도 한다면 정말로 걷잡을 수 없는 일이 벌어질 가능성도 있었다. 어쩌면 전쟁으로 번질지도 모를 수준이었다. 그도 그럴 것이 전설의 대현자가 발견된 것이다. 자국으로 회유하기 위해 온갖 국가가 혈안이 될 것이 틀림없었다.

'지금은 쟈네 씨와 레나 씨에게【직업】에 관해 입막음해야…… 음?'

이 이야기를 비밀로 하려고 두 사람을 보자 그녀들은 아직 놀라움에서 헤어나지 못해 뭍에 올라온 생선처럼 입을 뻐끔거리고 있었다.

이리스가 두 사람 얼굴 앞에서 손을 휘휘 저어 상태를 살폈다.

""대…… 대, 대대대…….""

두 사람은 겨우 목소리를 쥐어짜지만, 말이 잘 나오지 않았다. 전설의 존재가 눈앞에 있으니까 그럴 만도 했다.

"다이○다[#7]? 앗, 대○마룡 가○킹[#8]도 그랬었나? 리메이크 쪽……"

"이리스 양. 그건 가사가 조금 다르지 않나요? 그보다 옛날 원작도 알아요? 솔직히 말해 보시죠. 사실 몇 살이에요?"

"아니야――! 무슨 소리를 하는 거야! 그보다 이리스! 아저씨가 정말로……."

"깜빡했었어……. 말하면 안 되는 거였나 봐."

#7 다이○다 애니메이션 『폭투선언 다이간다』. 오프닝에 「대대대(ダイダイダイ, 다이다이다이)」라는 가사가 들어간다.

#8 대○마룡 가○킹 애니메이션 『대공마룡 가이킹』. 리메이크작 『가이킹 LEGEND OF DAIKU-MARYU』의 오프닝 가사에 「가이가이가이」가 들어간다.

"어머, 제로스 씨는 유명해지고 싶지 않아? 대현자라면 부와 명예를 마음대로 거머쥘 수 있는데?"

"당연하죠……. 저는 나라의 높은 분이 파견하는 스카우트는 상대하기도 싫어요. 귀찮고, 최악의 경우 루세리스 씨나 여러분까지 말려든다고요. 그런데 떠벌리고 싶겠습니까? 만약 들키면 저는 바로 도망갈 겁니다."

"그래…… 주위 사람이 인질로 잡힐 수 있으니까 비밀로 했구나. 이해했어. 제로스 씨도 고생이 많겠어……."

대현자를 나라의 전속 마도사로 끌어들이면 일기당천의 병사를 얻는 것과 같았다.

더군다나 아저씨는 오버 스펙의 소유자. 군사적으로 보면 혼자서 나라를 상대할 수 있는 위험인물이었다. 자신의 직업을 비밀로 하는 데는 다 이유가 있었다.

그런데 이리스가 그만 말실수를 하고 말았다. 게임에서는 섬멸자 다섯 명이 모두 대현자라는 정보가 유명했던 터라 자기도 모르게 말해 버린 것이었다.

"소박한 의문인데……【현자】나【대현자】가 그렇게 대단한 겁니까?"

"뭐? 그야…… 제로스 씨는 마도의 극한에 이르러 위대한 지혜를 얻었다는 말이잖아? 아무도 도달하지 못한 극한의 경지에 있다면 그게 대단한 게 아니고 뭐겠어."

"바꿔 말하면 그럴듯한 말로 젊은이를 구슬리고 좋은 장면에 나와서 마법 한 방 시원하게 날리는 사람. 그리고 종국에는 미숙한 용사를 위해「여기는 내 한 몸 바쳐서라도 지키겠다! 너희는 어서 가거라!」라고 말하면서 죽는 역할 아닌가요? 이걸 직업이라고 말할 수 있나요? 그냥 희생될 뿐인 불쌍한 사람이잖아요? 전 싫습니다. 생면부지의 인간들을 위해 희생한다니…….”

제로스의 현자에 대한 인식은 치우쳐 있지만, 많은 이야기에서 현자의 역할이 이런 느낌이었다.

위대한 지혜를 얻었다고 하면 듣기는 좋지만, 쉽게 말해 연구에만 골몰하는 폐인이자 구제불능 매드 사이언티스트라고 생각했다. 그런 인간이 남을 위해 싸울 리가 없다.

가령 싸운다면 그것은 자기 연구 성과를 확인하는 실험이지 거기에 「타인을 위해 내 한 몸 희생한다」는 고상한 의지는 존재하지 않는다.

실제로 제로스는 자기희생 정신 따위 찾아볼 수 없는 인간이었다.

““““그, 그건 그래……. 대현자라고 사람을 도울 이유는 없지만…….””””

없지만, 세 사람은 납득하지 못하는 눈치였다. 판타지의 정석을 부정하자 이리스도 실망을 감추지 못했다. 이것도 전설이나 소설 등으로 이미지가 고착된 영향일 것이다.

현실적으로 현자가 무엇을 위해 싸우는지는 아무도 이해하지 못했다.

“뭐, 아무튼 이 사실은 반드시 비밀로 부탁합니다. 알려지면 큰일이 날 테고 만약 이 나라에서 움직이면 그때는…….”

““그, 그때는?””

“이 나라가 지도에서 사라지겠죠. 저는 권력을 휘둘러서 타인을 조종하려는 인간들을 죽도록 싫어하니까 최악의 경우 전쟁도 불사할 겁니다."

"그러면서 세레스티나 집에서 가정교사를 했었지? 권력자를 싫어하는 거 아니었어?"

"욕망에 빠진 인간들이 싫은 거죠. 그 썩어빠진 누나가 연상돼서……."

대현자에게 가르침을 구하고 싶은 사람은 많겠지만, 지금 솔리스테어 마법 왕국은 마법 귀족이 득세한 탓에 욕망을 있는 대로 드러내고 제로스에게 접근할 것이다.

그러면 충돌은 피할 수 없고 결국에는 전쟁으로 발전할 우려까지 있었다.

물론 순수하게 마도사의 극한에 오르고 싶은 사람도 있겠지만, 아저씨에게는 제자 몇 명이 있으면 그걸로 족했다.

명예니 긍지니, 권위를 강요하는 인간들은 귀찮기만 했다.

"……이야기가 옆길로 샜네요. 여러분은 언제 이곳을 떠날 생각인가요?"

"아…… 숙소 게시판을 보니까 정기선은 오늘 저녁에 출항하나 봐. 우리는 지금 바로 떠나야 탈 수 있어. 놓치면 내일 가야 하는데 숙박비도 없어."

"그러게. 지금부터 출발하면 마차로 서둘러도 한나절, 말 휴식 시간까지 포함하면 아마 저녁에 도착……. 어머, 제법 아슬아슬하겠는데? 그리고 숙박비가 없는 게 아니고 쓸데없이 돈 낭비를 할 수 없는 거겠지."

"긴축인가요? 그렇게 시간이 아슬아슬한데 레나 씨는 돈까지 써 가며 뭘 했나 모르겠네요……. 이상하게 피부 탄력도 좋아진 느낌이고……."

"그런 건 묻는 게 아니야. 소년과 여자 사이에는 육욕이라는 이름의 거친 길밖에 없어."

"""그건 레나 (씨)뿐이야!"""

시간이 없다면서 레나는 욕망에 충실했다. 그녀 머리에는 소년과 여자=육욕의 향연이라는 공식밖에 없는 듯했다. 심지어 소년애 지상주의자였다.

앞으로 그녀를 감시할 쟈네의 고생이 눈에 선했다.

"말을 안 듣고 사라질 것 같으면……."

"꼬꼬들에게 부탁할게. 나 혼자서는 레나를 막을 엄두가 안 나……."

"뭐? 그건 좀 심하지 않아?!"

심하지 않다. 오히려 골치 아프다는 점에서 레나는 샤란라와 동급이었다. 연관되지 않으면 무해하지만, 지인의 입장에서는 레나도 머리 아픈 인간이었다.

"배를 타고 가겠지만, 꼭 조심하십시오. 특히 미성년자가 보이면 바짝 긴장하세요."

"알아. 레나가 그렇게 분별없는 사람이 아니라고 믿고 싶지만, 만약을 위해 제압할 인원이 있다면 마음이 편해."

"제압?! 다들 날 어떻게 보는 거야!"

"분별없는 쇼타콤."(이리스)

“어린애한테 욕정을 불태우는 위험인물.”(아저씨)

“끼니는 걸러도 어린애는 거르지 못하는 사람(성적인 의미로).”(쟈네)

“………….”

서로를 너무 잘 아는 것도 탈이었다.

짧은 평이었지만, 사람들이 자신을 어떻게 보는지 알기에는 충분했다.

그렇다고 레나가 뉘우칠 리도 없지만, 일단 지금은 「소년을 사랑하는 게 뭐가 나빠? 전쟁터에서는 나이 먹은 아저씨가 미소년의 엉덩이를 탐하잖아……. 불공평해」라며 풀이 죽었다.

아니, 풀이 죽은 게 맞을까? 살짝 불안했다.

“……쟈네 씨. 정말로 괜찮습니까? 저거…… 말기예요.”

“저거만 아니면 나름대로 믿음직한데……. 왜 불안만 늘어날까?”

“뭐, 레나 씨니까……. 이제 와서 주의해 봤자 반성 같은 거 안 해~. 레나 씨잖아.”

이리스의 한마디에는 충분한 설득력이 있었다.

혼자 동네북이 된 레나는 부루퉁해 있었다. 자업자득이지만.

그로부터 한 시간 후, 쟈네와 레나는 꼬꼬 세 마리를 데리고 스틸라를 떠났다.

여담이지만, 레나가 지나치는 소년에게 눈이 돌아간 것은 굳이 설명할 필요도 없으리라.

당연히 꼬꼬들의 철권을 맞고 질질 끌려갔다.

역시 레나의 버릇은 고쳐지지 않는 것 같았다.

◇ ◇ ◇ ◇ ◇ ◇ ◇

"여기예요, 선생님."

"우와아아……."

"이거 멋지군요…….(노트르담 대성당 같군.)"

쟈네, 레나와 헤어진 후, 제로스와 이리스는 세레스티나에게 안내받아 대도서관에 도착했다.

도서관보다는 오히려 교회나 대성당 같은 건축 양식으로 지어져 있어서 건축 도중 도서관으로 개축한 듯한 어색함을 주었다.

거대한 스테인드글라스 창으로 들어오는 빛이 도서관 내부를 엄숙한 분위기로 연출해 공공장소답지 않은 신성함을 자아냈다.

책을 읽기 위한 공간도 상당히 넓지만, 그 이상으로 늘어선 책장이 압권이었다. 얼마나 많은 서적을 관리, 보관하는지 상상되지 않을 정도였다.

"온 나라의 서적을 모았다더니, 장서량이 어마어마하네요……. 얼마나 진실이 적혀 있을지는 모르겠지만요."

"아저씨, 그런 말 해도 돼? 책은 비싸잖아. 내용의 정확성은 나라나 장소에 따라서 다 다른 거 아니야?"

"그래서 내용이 치우치곤 하죠. 다양한 관점에서 적힌 서적이 얼마나 존재하느냐, 거기 있는 진실을 얼마나 파악할 수 있느냐는 별개의 문제고요."

이 세계의 책은 일반적인 관점에서 봐도 승전국에 유리한 내용만

싣고 알리고 싶지 않은 뒷사정은 생략하는 경우가 대부분이었다.

즉, 뒷사정을 알려면 패배자의 역사를 알아야 하므로 연구를 시작하면 시간이 얼마나 걸릴지 알 수 없었다.

그래서 제로스는 이 세계 종교의 역사에만 초점을 맞춰 조사하기로 했다.

그리고 순식간에 두 시간이 지났다.

“4신교가 대두한 건 사신 전쟁 후. 그렇게 생각하면 지금은 쇠락한 창생신교(創生神教)를 먼저 떠받든 건 이해가 되는군요. 문제는 왜 4신이 태어났느냐, 예요.”

“창생신이 사라져서 아니야? 아니면 종교 전쟁?”

“그런데 조사해 보면 그런 전쟁이 일어난 역사는 없어요. 잘은 모르지만, 창생신교의 신자가 4신교로 개종했나 봅니다.”

“그럼 창생신교가 4신교로 바뀌었단 말이야? 아무 충돌도 없이? 그런 일이 가능해?”

전에 솔리스테어 공작가 서고에서 조사했을 때 두 종교가 충돌한 역사는 발견하지 못했다.

그러나 오늘 조사한 서적에 따르면 사신 전쟁을 기점으로 창생신교가 쇠퇴하는 것과 대조적으로 4신교가 세력을 넓혀 불과 250년 만에 완전히 주류 종교로 자리 잡았다. 심지어 그전까지 사용되던 창생신교 신전은 점차적으로 4신교 신전으로 바뀌어 간 모양이었다.

그런데도 두 종교 사이에 아무 일도 없었다? 아무리 생각해도 부자연스러웠다.

4신교란 지금으로부터 약 2537년 전, 어디에선가 갑자기 나타난 거대 생물에게 세계가 유린되면서 시작된다. 당시에는 고도로 번성했던 마도 문명도 이 생물 앞에서 속수무책으로 파괴되었다. 기록에 의하면 전차나 전투기 같은 현대 병기도 존재했나 보지만, 그럼에도 싸움은 일방적이었다고 한다. 머지않아 사람들은 이 생명체를【사신】이라고 부르게 됐다.

세계 문명의 7할이 붕괴했을 때, 창생신교의 신전에 네 명의 여신, 불의 여신【플레이레스】, 바람의 여신【윈디아】, 물의 여신【아쿠이라타】, 대지의 여신【가이라네스】가 강림해 인간들에게 일곱 신기와【용사 소환】마법진을 내렸다.

그리고 몇 차례에 거듭된 용사 소환과 인해전술을 통한 방어로 사신은 결국 봉인되었고 4신이 강림한 신전을 중심으로 세력을 넓힌 4신교는【메티스 성법신국】이라고 불리는 대국으로 성장해 오늘날에 이르렀다.

"4신교의 교의에는 4신이 세계를 창조했다고 하는데 실상은 어떨지……."

"사신도 정체를 모르겠어. 처음부터 이 세계에 존재했는지, 아니면 다른 세계에서 갑자기 나타났는지…… 정체불명이야."

"의문은『왜 봉인했는가?』군요. 사실은 해치우고 싶었겠죠. 어쩌면 4신에게 사신을 쓰러뜨릴 힘이 없었는지도 몰라요. 게다가 다른 자료를 보면【격】이라는 개념이 나오기 시작한 것도 이 무렵부터더군요. 당시에는 소환된 용사만 가졌었다는 기록도 있는데 지금은 일반적으로 퍼져 있습니다. 이 세계의 섭리가 2500년 전에

바뀐 걸까요? 그런 일이 가능한가?"

"용사…… 신의 메일에도 조금 나와 있었지만, 꼭 게임 같지?"

"소환된 그들은 그 후 어떻게 됐는지 모르겠네요. 살아남은 용사들은 그 이후 역사 속에서 자취를 감추었어요. 귀환했는지, 아니면 위험 분자로 인식해 제거당했는지……."

억측도 있지만, 지금 모인 정보를 종합해 보면 이 정도밖에 유추할 수 없었다.

서적의 기록으로도 조사할 수 있는 내용에는 한계가 있고 시대에 따라 왜곡된 이야기도 있었다.

그리고 제로스가 가장 궁금한 점은 지금 들고 있는 서적에 그려진 유적의 문양이었다.

유적은 메티스 성법신국과의 싸움에서 멸망한 왕국의 폐허였다. 그곳에는 기둥 하나를 중심으로 거대한 마법진 같은 것이 그려져 무슨 의식을 행하는 시설처럼 보였다.

중앙 기둥에 새겨진 마법 문자를 바라보던 제로스는 무의식적으로 그 문자를 해독해 버렸다.

'이게 사실이라면 사신이란 건……. 뭐, 이건 차차 조사하자. 정 안 되면 본인에게 물으면 되지.'

확증이 없으면 입 밖으로 꺼내지 않고, 의문스럽게 생각한 부분만을 조사했다.

"선생님은 왜 옛 역사 자료를 조사하시나요? 4신교에 무슨 의문을 품으신 것 같은데 제 착각인가요?"

지금까지 입을 다물고 듣고 있던 세레스티나의 질문에 제로스는

『흣…….』하고 냉소적으로 웃고는 그녀를 돌아보며 대답했다.

"물론, 마음에 안 드니까……. 정말 하나부터 열까지 마음에 안 들기 때문이에요."

세레스티나는 이해할 수 없겠지만, 제로스는 자신을 이 꼴로 만든 4신을 병적으로 원망했다. 하지만 그렇다고 경건한 신자까지 원망하지는 않았다.

제로스가 알고 싶은 것은『4신은 정말로 신인가?』라는 점이었다. 이 4신의 정체는 아저씨가 행동 방침을 결정하기 위한 요소 중 하나였다.

우선 사신이 무엇인지 알지 못하면 부활한 후 대형 참사가 벌어질 가능성이 있었다. 묻고 싶은 게 있다고 덜컥 부활시키면 세계가 멸망할지도 모른다. 그래서 아저씨는 이 일에 신중할 수밖에 없었다.

그렇다고 이 사실을 제자에게 말할 수도 없지만…….

'4신은 신경 쓰이지만, 숨도 돌릴 겸 회복 마법에 관해서도 찾아볼까.'

아저씨는 대충 대답을 회피하면서 새로운 책장으로 갔다.

긴장감이라고는 없는 가벼운 걸음걸이로…….

"출항한다————!"

석양으로 붉게 물든 선착장에 선원의 목소리가 울려 퍼지고 아직 선적 작업을 끝내지 못한 선원들이 허둥지둥 달려갔다.

상선의 기항지인 세잔은 해 질 녘에도 많은 배가 도착하거나 다른 도시로 출항했다.

크고 작은 배들 가운데, 쟈네와 레나는 중형 상선을 향해 달리고 있었다.

"레나, 빨리 뛰어! 배가 떠난다고!"

"하지만 쟈네…… 무슨 배에 타야 하는지는 알아?"

"【모스트 머스큘러 호】라고 했지? 저 유난스럽게 까무잡잡한 배 아니야?"

쟈네와 레나가 타려던 배는 선체가 방부 처리 된 구릿빛 배였는데 선수에서 꽉 쥔 주먹을 본뜬 황금 조각상이 대단히 힘차고 찬란하게 빛나고 있었다.

보통은 여신상이나 용 모양 조각으로 장식하고 배 이름도 사고를 막기 위해 성인(聖人)이나 여성의 이름을 붙이는 것이 관례였다.

도저히 평범하다고는 말하기 힘든 배며 쓸데없이 눈에 띄었다. 더군다나 선원이 모두 반라라는 믿기지 않는 상태였지만, 두 사람은 배를 고를 여유 따위 없었다.

주로 주머니 사정상…….

"……나, 저 배에 타기 싫어. 너무 천박해."

"저 배를 놓치면 내일까지 배가 없어. 저 모양이라도 정기선이야!"

"선원도 전부 마초야. 손님을 향해 포즈까지 잡으면서 이상하게 웃는 거 봐. 저 사람들 보디빌더야?"

"아니, 선원이겠지. 게다가 다른 손님들도 타잖아."

"……다들 엄청 싫은 표정인데. 당연하지, 보기만 해도 부담스러운걸. 기뻐하는 사모님도 계시지만, 눈이 다른 곳을 보는 거 같아."

마치 배 전체가 상완이두근처럼 보이는 착각이 들었다.

대단히 듬직한 배였다.

"잔말 말고 얼른 타!"

"싫어. 임신할까 봐 무서워. 우리 다른 배 타자."

"그런 돈이 어딨어! 아저씨한테 보석을 받긴 했지만, 바람에 따라서 배가 산토르에 도착하려면 며칠이나 걸릴지 몰라. 가능한 한 지출을 줄여야 해."

"그치만 취향이 아닌 걸 어떡해~. 땀내 나는 남자들뿐이고 전부 반라인데……."

"투정 부리지 마. 나도 이런 상황이 아니면 타기 싫어! 게다가 어떤 배를 타든 선원은 대부분 남자야. 그걸 트집 잡아서 어쩌자는 거야?"

선원이 아름답기까지 한 사이드 체스트 포즈를 잡고 있었다.

선원도 듬직한 배였다.

"꼬꼬.(멋진 근육이군.)"

"꼬끼꼬꼬.(음, 녀석들, 어지간히 수련했나 보군. 우리도 질 수 없지.)"

"꼬끼오.(소인은 저런 근육은 본 적이 없소. 아름답군.)"

꼬꼬들에게는 호평이었다. 이 닭들 또한 육체파. 수련으로 키운 육체에는 아낌없는 찬사를 보냈다.

그런 꼬꼬들의 칭찬에 반응한 것은 아니겠지만, 선원이 멋진 미소로 올리바 포즈를 취해 보였다.

"구시렁대지 말고 얼른 타! 우리에게 낭비할 예산은 없어!"

"이럴 줄 알았으면 어젯밤에 마이 달링들과 사랑을 나누지 않고 참을걸 그랬어. 가난은 죄구나."

"가난이 문제가 아니잖아! 너는 자제하는 법을 배워!"

한없이 욕망에 솔직한 레나였다.

"애초에 저런 근육은……."

레나는 그 뒷내용을 말할 수 없었다.

그녀의 등에 번개 같은 충격이 퍼졌기 때문이었다.

"할아버지, 우리 저 배에 타?"

"그렇단다. 조금 이상…… 아니, 많이 이상한 선원뿐이지만, 메카하마에 가는 배가 저거뿐이라고 하는구나."

"그래? 나, 빨리 엄마 보고 싶어."

"걱정하지 않아도 2, 3일만 참으면 만날 거야. 선물도 많이 사지 않았니?"

"응!"

레나의 옆을 지나친 노인과 손자로 보이는 어린 소녀.

그 소녀를 본 레나는 순간 사냥꾼의 눈빛으로 변했지만, 쟈네는 그 순간을 놓치고 말았다.

그건 작은 실수였다.

연령은 레나의 허용 범위 밖이었을 텐데 그녀의 본능은 어떤 충동에 지배당했다.

"……탈래."

“아니, 레나? 너…… 지금까지 투덜대더니 무슨 바람이 불었어?”

“아무것도 아니야. 예산은 소중하니까. 다음부터는 나도 조심할게. 늦기 전에 어서 타자.”

“그래…….(갑자기 왜 이러지? 이상하게 고분고분한데.)”

레나의 태도에 석연치 않은 쟈네는 미심쩍은 표정을 지으면서도 탑승용 계단을 올랐다.

갑판에서는 마초 선원들이 그녀들을 업도미널 앤 타이 포즈로 웃으며 반겨줬다.

“어서 오십시오. 저희 배에 탑승해주셔서 감사합니다.”

외모는 야수인데 대단히 신사적이었다.

이때 쟈네는 눈치채지 못했다. 레나가 이미 사냥감을 노리는 육식동물로 변했다는 사실을…….

얼마 후 움직이기 시작한 배는 세잔 항에서 멀어져 갔다.

석양이 서쪽 하늘로 저물고 곧 밤의 어둠이 내리깔렸다.

세계가 어둠에 감싸였을 때, 배는 도망칠 곳 없는 사냥터로 변했다.

레나라는 짐승의 사냥터로—.

“할아버지! 악마가, 악마가 저기 있어!”

“응? 아무것도 없는데? 꿈꾼 거 아니니?”

“아니야~! 저기에, 저기에 무서운 얼굴을 한 여자가 있었어……. 분명히 악마야~!”

“피곤한가 보구나. 하는 수 없지. 이리 오려무나.”

"……으, 응."

아이는 할아버지 품에 안겨 잠들었다.

그런 두 사람을 어둠 속에서 엿보는 자가 있었다.

두 사람이 조용히 잠든 어두운 방 안쪽에 희색 섞인 초승달 같은 웃음이 떠올랐다.

호러 나이트의 개막이었다.

제7화 아저씨, 조사하다

태초에 허무가 있었다.

무한한 시간이 지나고 허무의 세계에 한 신이 강림했다.

공허한 흑암의 세계에 지팡이를 세우자 그곳에서 빛이 생겼다.

빛 아래 불이 생기고 그 불에 검을 꽂자 대지가 탄생했다.

대지는 불길에 휩싸였고 그 불에 책을 던져 넣자 물이 생겼다.

물은 대지를 적시고 그 물에 방패를 대자 바람이 태어나 하나의 세계가 탄생했다.

세계가 탄생하고 그 세계에 천칭을 놓자 그곳에서 섭리가 태어났다.

이윽고 뭇 생명이 태어나 세계는 낙원으로 변했다.

그리고 낙원은 지혜를 가진 짐승을 낳고 그 짐승은 세계 각지로 퍼져 생명의 씨앗을 퍼뜨렸다.

생명은 모습을 바꾸어 부락을 이루고 부락이 모여 각지에 나라가 세워졌다.

욕망이 태어나고, 전쟁이 태어나고, 증오가 태어나 퍼져 나갔다.

그 증오는 재앙이 되어 언젠가 이 세계를 뒤덮을 것이다.

종말을 부르는 거대한 전투에 승자는 없다.

대지는 피로 붉게 물들고 시체가 산을 쌓으며 말이 없는 폐허가 바라볼 뿐.

머지않아 살아 있는 모든 것은 멸하고 위대한 자들의 실소를 살 것이다…… 어쩌고저쩌고.

흔해 빠진 종교적 세계관에 한숨 쉬며 아저씨는 각 종족의 전승을 기록한 책을 덮었다.

대도서관 책장에 들어찬 책은 모두 사본이었다. 종교적 이유로 개편된 것을 포함하면 그 수는 방대했다.

아무리 읽는 속도가 빨라도 하루 만에 조사하기에는 무리가 있었다.

그래서 대도서관 조사 이틀째인 오늘은 조건에 맞는 서적을 직원에게 물어 몇 권을 엄선해 온종일 책상머리에 앉아 있었다.

한마디로 당초 예정보다 하루를 초과했다. 이럴 줄 알았으면 일정을 조금 더 여유롭게 잡았어야 했다고, 아저씨는 조금 후회하고 있었다.

"……어째 창세 신화는 비슷한 게 많네~. 왜 항상 마지막에는 종족 전쟁으로 번지고 최후의 전쟁으로 세계가 소멸한다는 식이지? 독창성이 없어……. 결국 사람이 하는 생각은 다 거기서 거기인가?"

“아저씨…… 그렇게 따지지 마. 그러는 아저씨는 세상이 멸망할 때 뭐가 어떻게 되길 바라?”

“아무것도 안 바라요. 그때는 이미 죽었을 텐데 생각해 봤자 무슨 소용입니까. 그것보다 내일 식비가 더 신경 쓰여요. 아니, 세계 평화가 더 신경 쓰인다고 해야 하나?”

“거짓말. 아저씨는 돈 벌고 있잖아. 없어도 서바이벌로 살아갈 수 있고.”

“그럴 리가 있나요. 제가 어디 원주민도 아니고.”

“문명인은 곤충을 안 잡아먹어!”

제로스는 창세신화를 다룬 서적에 손을 댔지만, 대부분 양산형 판타지 설정 같은 4신교 신화뿐이었다. 그것을 수상쩍게 여긴 제로스는 그보다 오래된 종족의 전승을 조사해 보았다.

그 결과, 『창생신은 세계를 창조했지만, 세계를 만들었을 뿐 방관하기만 하는 존재』라고 기록된 서적을 발견했다. 그밖에도 창생신을 『세계를 계속 지켜보는 신』이라고 기술한 책이 몇 권이나 있어 창생신은 4신처럼 신탁을 내리지 않았다는 것을 알았다.

하지만 창생신교의 교의에는 4신이나 사신에 관한 언급이 전혀 없어 그들이 어떻게 나타났는지는 알 수 없었다.

“어느 경전이나 신화에서든 마지막에 라그나로크가 벌어지는 건 그렇다 치더라고, 사신에 관해 전혀 다루지 않는 건 이상하군요. 과거의 전쟁에서 대규모 피해를 입힌 존재인데 말입니다. 애초에 나타난 경위조차 불명이고…….”

“4신도 사신 전쟁에서 나타났다지? 그럼 사신도 4신도 이 세계에 처음부터 있었어야 하지 않아? 다른 세계에서 사신이 왔을지도 모르지만, 애초에 세계의 이치가 다른데 사신이 시공을 찢고 이쪽으로 넘어온다는 게 가능한가?"

"용사를 소환했다는 이야기도 있지만, 이것도 사신 전쟁 후 기록에 적혀 있고 그전까지 용사 소환이 이루어졌다는 기록이 없습니다. 게다가 기록에 남은 용사의 이름이……."

"36명이나 있었던 용사, 그중에 이름이 남아 있는 사람은 손에 꼽을 정도……. 【다이스케 킨죠】, 【유키 미나사와】, 【히로시 야마모토】…… 이거 일본인이지?"

"틀림없이 일본인이네요. 그렇다면 지구에서 소환했다는 뜻인데, 그렇다면 대규모 행방불명 사건이 있었을 겁니다. 저는 그런 사건은 기억이 안 나네요~. 혹시 다른 차원의 지구에서 소환했나?"

"그렇게 생각해야겠지? 다른 세계에서 조금씩 소환하는 것보다는 한 세계에서 소환하는 편이 효율적일 거야. 그것도 같은 장소에서 한 번에……."

단편적으로 기록에 남은 용사들의 이름은 어떻게 봐도 일본인의 이름이었고 36명이나 동시에 소환된 것을 보아 같은 세계에서 불렀다고 생각하는 편이 자연스러웠다.

마법 제작자의 관점에서 생각할 때, 이세계 소환에 필요한 에너지만 따져도 여러 번 나누어 불러들이는 건 비효율적이었다. 차원에 구멍을 내야 하므로 소환술 제어도 어려울 것이다.

"이 소환술은 어느 책에나 4신이 선물했다고 합니다. 구시대 문헌도 읽어 봤는데 차원에 구멍을 내는 마법은 존재하지 않았습니다. 그러니까 4신에게 소환 마법을 받았다는 건 옳다고 봐야 할까요? 그보다 이 소환 마법을 인간이 제어할 수 있을까요?"

"그건 실제로 술식을 보고 조사해 보지 않으면 확인하기 어렵겠지. 나는 못 하지만…… 문제는 역시 사신이겠어. 이 사신이란 건 정말로 뭘까?"

사신 전쟁 시기에 쓰인 전승이나 기록에는 사신이 갑자기 나타나 문명을 파괴하고 모든 종족을 먹어치우려는 양 닥치는 대로 폭식을 거듭했다고 한다. 타도하려고 해도 사신의 일격에 산이 사라지고, 바다가 끓어오르고, 공간이 찢어졌다는 기록까지 있었다.

"이렇게 보면 사신은 무적 아닙니까? 용케 봉인했네요. 정말로 이걸 어떻게 봉인했대…… 만화도 아니고."

"역시 노력, 우정, 승리인가? 머리를 써서 몰아붙였나?"

"이 전승이 사실이라면 지혜와 용기로 어떻게 될 상대가 아니잖아요. 실제로 싸워 봤는데 그 녀석은 귀찮아요. 상태 이상 공격은 완전 무효에 일정 속성 마법은 완전 흡수, 공격에 모으기 동작도 없어서 예고 없이 초대형 레이저가 날아오더라고요. 초광범위 파괴 마법【어둠의 심판】과 전방위 확산 섬멸 마법【그대들에게 죽음의 꽃다발을】 같은 정신 나간 공격을 연속으로 해 오는데 어떻게 정공법으로 이깁니까?"

"적어도 레벨 1000을 넘지 않으면 상대도 못 하지? 용사들이 그렇게 강했을까?"

"신기를 써서 봉인했다고 하지만, 봉인 도중 그 신기가 망가졌다는군요. 신기라면서 약하기도 하지……. 게다가 4신이 직접 싸운 기록이 없어요."

이 시점에서 4신과 사신 사이에 힘 차이가 있었던 것은 쉽게 추측할 수 있었다. 4신이 사신에게 이길 힘이 없었다고 가정한다면 사신은 그 이상 가는 고위 존재일 것이다.

"뻔한 설정이지만, 세계를 안정시키기 위해 힘을 썼던 게 아닐까? 다른 교전에도 그렇게 쓰여 있어."

"별로 믿음이 안 가네요. 용사 소환 마법진을 남긴 게 그들이에요. 세계를 안정시키겠다면 이세계 소환 마법처럼 자연의 섭리에 반하는 건 신중하게 다루지 않을까요? 회수도 하지 않은 걸 보면 세계를 안정시킬 생각 따위 없다고 봐야겠죠."

용사 소환 마법진은 이 세계에 남아 지금도 이용되고 있었다.

"열람용 신문에 『메티스 성법신국 특무 기사단의 용사【스메라기】, 성녀님과 열애 중』이라는 기사가 있더군요. 지금도 이세계에서 용사를 소환하나 봅니다."

"그거 괜찮은 거야? 라이트 노벨에 자주 나오는 패턴이지만, 용사 소환에도 리스크가 따르지 않을까?"

"생각해 볼 수 있지만, 우리가 이곳에서 떠들어 봤자 소용없죠. 가능성뿐이고 확증이 없으니까요. 우리가 모르는 미지의 에너지가 존재할 가능성도 있지 않습니까?"

아무래도 용사 소환은 계속되고 있는 모양이었고 그것이 이 세계에 어떤 영향을 미칠지도 몰랐다. 뭔가 확증이라도 없는 한 조사할 방법도 없었다.

'사신 전쟁 종결 후부터 마물이 늘어난 것도 신경 쓰여. 문명 수준이 떨어졌어도 그게 생태계에 영향을 끼쳤다고 생각하기는 어려워. 다른 원인이 있다고 생각할 수밖에. 내 착각이라면 좋으련만…….'

사신 전쟁 이후 마물이 급속히 증식해 다양한 종족으로 진화했다.

보통이라면 오랜 시간에 걸쳐 진화해 환경에 적응하겠지만, 그 속도가 빨라도 너무 빨랐다.

지금은 전 세계로 서식 영역을 넓혀 마물이 세계의 지배자라고 말해도 과언이 아니었다. 판타지 세계니까, 라는 이유로 이해하려고 해도 이상한 불안이 남았다.

"그런 메일을 보내는 여신이 세계를 정상적으로 관리할 리가 없죠."

"뭐, 그 신들이라면……. 메일 내용을 보면 상당히 무책임한 여신들 같던데?"

"너무 건성이에요……. 마치 요정 같은 성격이더라고요. 향락적이고 호기심이 왕성하며 무책임. 몰염치하고 귀찮은 골칫덩이. 그리고 심하게 짜증 난다. 자기 마음대로 굴고 즉흥적으로 행동하는 악마…… 그 인간이 떠오르네요."

"아…… 요정이란 게 그런 성격이었지. 곧잘 아이템을 훔쳐 가서 위기에 빠지곤 했어……."

"저는 발견 즉시 죽이고 봤죠. 생긴 건 귀엽지만, 조그만 몸에 악의를 꾹꾹 채워 넣은 악마들이니까요. 실제로 분류도 마물이었고요."

"아저씨, 너무하다……."

"요정의 마석인 【요정의 주옥】은 귀한 연금용 재료라서 짭짤했습니다. 부락을 통째로 【감마 레이】로 불태우기도 했죠……. 그때는 귀중한 엘릭서를 여러 개 도둑맞아서 솔직히 열 받았었거든요. 보스 레이드를 앞둔 상황이기도 했고요……. 베헤모스를 어떻게 잡았나 몰라."

"베헤모스?! 아저씨, 너무 무모해! 정말로 어떻게 잡은 거야?!"

【감마 레이】— 전격 마법【플라즈마 레이】의 강화 버전이었다.

감마선은 물질을 투과해 직접 내부에 큰 대미지를 입힐 수 있어서 반실체인 요정들도 죽일 수 있었다. 요정의 몸은 마력과 먼지 같은 물질로 구성되어 붙잡으려고 해도 바로 사라지고 아이템을 계속해서 훔쳐 가는 등 귀찮기 짝이 없었다. 마력체에서 물질을 배제해 투명해지고, 반대로 실체화로 나타나는 신출귀몰함까지 갖췄다.

하지만【감마 레이】는 그런 요정에게도 큰 타격을 입히는 것이 가능했다. 요정의 몸을 구축하는 마력체에 억지로 허용량 이상의 에너지를 쏴 해치우는 원리였다. 이 마법에 당하면 요정은 자신의 마력과 쌍소멸을 일으키게 된다. 게다가 투명화로 도망치려고 해도 감마선이란 에너지이기에 마력체라도 맞출 수 있으므로 절대로 놓치지 않았다. 요정에게는 흉악한 공격이었을 게 틀림없었다.

인간에게 쏘면 순식간에 혈액이 부글부글 끓고 검게 타 버린다. 생물이라면 즉사할 것이다. 방사선 피폭이 무섭지만, 마법은 마법식으로 설정을 바꿀 수 있어서 방사선 피폭을 무효화할 수 있었다.

요정은 마력도 높아 마법 공격이 그다지 의미가 없지만, 마력 장벽조차 통과해 버리는 이 마법은 요정의 특성도 무시했다.

당시 아저씨는 반복되는 아이템 도난에 화가 치밀어 작은 악마를 박멸하고자 이 마법을 만들어 냈다. 제작 경위는 어쨌든 그 위력은 악의가 담겼다고밖에 생각할 수 없는 흉악함을 가졌다. 아니, 악의밖에 없었는지도 모른다. 실제로 이 세계에서 사용하면 어떤 위험한 효과를 발휘할지 모르는 금기 마법이기도 했다.

여담이지만, 이 세계에서 요정은 엄연히 하나의 종족으로 인정받아 무작정 죽일 수 없었다.

그것을 빌미로 요정들은 악질적인 장난을 치니, 평범하게 살아가는 사람들에게는 민폐 덩어리였다. 개중에는 요정 때문에 자식이나 가족, 친구를 잃은 사람도 있어 요정을 옹호하는【메티스 성법신국】을 원망하는 자들도 결코 적지 않았다.

메티스 성법신국을 조사한 학자의 책을 읽던 제로스는 미심쩍게 페이지를 바라봤다.

"흠, 요정을 옹호해? 무슨 까닭으로? 왜 사람에게 해를 끼치는 마물을 보호하지?"

"어쩌면 원래 요정왕이었던 거 아니야? 진화해서 여신이 된 거지."

"그런 설정도 많았죠. 말은 되지만, 요정왕이 이세계에 간섭할 정도의 힘이 있을 거 같지는 않아요. 뭔가 부족한 느낌이 드는데……. 여신이라고 불릴 정도로 강한 힘, 세계를 관리할 힘을 요정왕이 과연 제어할 수 있을까? 정령왕이라면 또 모를까……."

"그래서 네 명 아니야? 각자 분담해서 부담을 줄이는 거야."

"오호, 일리 있네요. 요정을 옹호하는 이유도 동족이기 때문이라고 생각하면 앞뒤가 맞아요."

억측에 가깝지만 가설은 세울 수 있었다. 하지만 확증이 없었다.

정황 증거뿐이고 진실은 여전히 오리무중. 4신이 정말 요정왕이었다고 해도 그들에게 세계를 관리할 권한을 준 자가 누구인지도 의문이었다.

그리고 사신의 정체 또한 여전히 베일에 싸여 있었다.

"그러고 보니 메일에서 사신을 보고 「그렇게 추한 주제에 여신이다」라고 했었죠. 가령 사신이 여신이라면 5신이 아니라 왜 4신일까요? 게다가 세계를 멸망시키려고 하질 않나……."

"혹시 창생신이 실패한 거 아니야? 자기 취향에 맞는 여신을 만들려다가 손이 미끄러졌다거나? 그걸 원망해서 세계를 부수려고 한 거지. 아하하하하."

"에이, 설마 그럴 리가요. 그게 사실이라면 웃음밖에 안 나옵니다…… 하하하."

부정할 근거는 없지만, 그래도 너무 어이없는 이야기였다.

하지만 진실을 모르는 이상 여기서 억측을 나열해 봤자 의미는 없었다.

예상의 옳고 그름은 우선 넘어가고 이 대도서관에서 할 조사는 대강 끝났으므로 다음 행동으로 넘어갔다.

"그럼 책을 원래 위치에 돌려놓고 돌아갈까요? 배도 고프니까 어디서 밥이라도 먹읍시다."

"찬성♪ 아, 피곤해~. 실제로 해 보니까 정보 수집이 꽤 시간을 많이 잡아먹네. 게임이랑 너무 달라."

"현실은 그런 법이죠. 뭐, 도시 주민이 유적의 비밀 같은 정보는 아는 시점에서 【소드 앤 소서리스】 세계도 뭔가 이상했지만요. 「그런 귀중한 정보를 어디서 얻었지?」라고 몇 번이나 생각했었어요."

"듣고 보니 그러네. 만약 그 세계가 게임이 아니라면 그런 이야기는 말이 안 되지. 그렇게 생각해 보면 다른 게임 세계관도 참 이상해."

"애초에 현실 세계와 비교하면 게임 세계는 이상한 부분이 제법 있기 마련이죠. 용사가 남의 집을 뒤져서 아이템을 얻는 것도 엄청나게 부자연스럽고요."

"아…… 맞아, 맞아! 어차피 게임이라고 무시하지만, 현실에 대입하면 말이 안 되지. 용사가 하는 짓은 도둑질이니까 들키면 분명히 체포당할 거야."

할 일을 마친 아저씨와 이리스는 『흔한 RPG 이야기』로 이야기꽃을 피웠다.

분명히 게임의 주인공들은 남의 집에서 당당히 아이템을 가져가거나 허가도 없이 성에서 귀중품을 들고 나온다. 이것을 현실로 놓고 보면 용사라는 이름으로 강도처럼 아이템을 갈취한 꼴이다.

어디까지나 가공의 세계지만, 지금 아저씨와 이리스는 실제로 판타지 세계 속에 있었다. 심지어 게임과 똑같은 행동을 하면 틀림없이 범죄자가 되는 세계였다.

실제로 노예 할렘을 만들려다가 자기가 노예가 된 동향인이 있지 않은가. 현실이란 팍팍했다.

"남의 집에 무단으로 들어가는데 그것도 다 주거 불법 침입이죠. 신고당하지 않는 게 용합니다."

"맞아맞아! 게다가 집에 처음 보는 사람이 들어와서 방을 뒤지는

데 주민은 친절하게 정보를 알려주잖아. 왜 그렇게 착한 사람이 많은지 신기했어. 경우에 따라서는 가족의 유품이라면서 무기를 주기도 하고.”

“그런 일 있죠. 심지어 다음 마을에서 그걸 팔아 버리는 겁니다.”

“아니면 이미 같은 무기가 있다거나. 힘들게 돈 벌어서 샀는데 공짜로 들어오는 건 뭐야? 진짜 고생해서 샀는데. 그때는 정말 배신감 들더라. 장비할 수 있는 캐릭터도 더 없었거든.”

“그거 말고도 이벤트에서 주인공의 목숨을 지키고 부서진 검이 나중에 개조해서 강력한 무기가 되지만, 별로 안 쓰고 창고에서 영영 썩기도 하죠. 상식적으로 부서진 무기를 고치는 것보다 새로 만드는 게 나은데 왜 고철을 재활용하나 몰라요. 심지어 이벤트 아이템이라서 팔지도 못할 때가 있어요.”

“거기다가 무기점에서 그거보다 공격력 높은 무기를 팔고 말이야~.”

그렇게 잡담을 나누면서 두 사람은 책장에서 가져온 책을 원래 위치로 돌려놓으러 갔다.

3층 보관고에 있던 책도 있어서 주위에 피해를 주는지도 모르고 두 사람은 시끄럽게 떠들며 책장을 이리저리 오갔다. 그 광경을 본 대도서관 직원이 엄청나게 무서운 얼굴로 노려봤지만, 두 사람은 그것도 알아채지 못했다.

“당신들, 공공시설에서는 조금 조용히 해주지 않겠나? 아무리 이용자가 적다지만, 최소한의 예절은 지켜야지…….”

""……죄송합니다.""

당연히 직원에게 혼났다.

공중도덕은 지켜야 한다는 사실을 새삼스럽게 깨닫는 사건이었다.

◇ ◇ ◇ ◇ ◇ ◇ ◇

세레스티나는 제로스와 조금 떨어진 곳에서 혼자 마법식 구축에 힘쓰고 있었다.

실전 훈련에서 돌아와도 미스카는 보이지 않고 「주인 어르신이 부르십니다. 찾지 마세요」라고 적힌 편지가 덜렁 놓여 있을 뿐이었다. 생각지도 못한 상황에 세레스티나는 당황했다.

다행히 시중드는 사람이 없다고 생활하지 못할 세레스티나가 아니었지만, 홀로 기숙사 방에서 지내기가 외로워 오늘도 이렇게 대도서관에서 시간을 보내고 있었다.

고독함에는 익숙해졌다고 생각했는데 때때로 홀로 있으면 슬퍼질 때가 있었다. 솔직히 제로스와 즐겁게 대화하며 뭔가를 조사하는 이리스가 내심 부러웠다.

그런 마음과는 별개로 세레스티나는 평소 일과인 마법식 구축, 적층 마법진을 시험 제작하고 있었다. 상하 마법진 크기가 조금이라도 다르면 그사이에 넣을 술식 처리 마법진에 문제가 발생하는 작업이었다.

이 마법진의 난점은 다른 지령 마법식들을 분할하고 하나로 겹쳐 적층형 마법진으로 구축하는 과정이었다. 조금이라도 어긋나면 부하가 걸리고 그것이 마력 운용 효율에 영향을 미친다.

여러 마법진에 새겨진 마법식도 효율화하려면 마법식 개개의 밀도가 달라 균등한 크기로 마법진을 구축하기 어려웠다.

"하려고 하면 원추형으로 구축할 수도 있다고 하지만, 마법식을 각 마법진에 분할하기가 어려워……. 술식을 어떻게 배치하면 좋을지도 고려해야 해서 평면 마법진보다 난이도가 높아."

지금 제작 중인 마법진은 중급 마법인【라이트닝 샷】의 개량형이었다.

【라이트닝 샷】은 플라즈마 탄을 연사하는 범위 마법이며, 정면으로만 공격할 수 있어서 상대가 접근하면 광범위로 펼쳐지기 전에 역공당한다. 단, 발사 전에는 거대한 플라즈마 구슬이 형성되므로 이것을 여러 개 띄우면 방어에 사용할 수 있지 않을까 생각했다.

범위로 발사되는 플라즈마 탄과 발사 전 플라즈마 구슬은 위력이 달랐다.

플라즈마 구슬은 위력이 크지만 단발이고 범위 마법으로 발사되면 무수히 분열해 한 발의 위력은 많이 떨어졌다. 게다가 공격할 때 성질도 변하여 플라즈마 구슬의 폭발성, 플라즈마 탄의 관통력이 뛰어나 용도에 따라 공격을 바꿀 수 있었다.

이 개량형【라이트닝 샷】의 마법식에 자연계 마력을 이용하는 술식을 더하면 왠지 불균형한 원기둥꼴 입체 마법진이 만들어졌다.

제어 술식의 크기를 생각해 안정된 형태를 갖추지 않으면 마법 시전자의 부담이 오히려 늘어나 최악의 경우 마법에 사용되는 마력이 배로 증가해 버릴 수도 있었다.

세레스티나는 그 균형을 잡느라 애를 먹고 있었다.

"어디서 마법식을 채우지 않으면 적층 마법진 형태가 삐뚤어지고, 부담을 줄이려면 어디를 집약해야 할지……."

강사들은 마법식 해독을 못 하므로 상담해도 의미가 없었다.

자신과 비슷한 수준의 스킬을 가진 츠베이트와도 함께 궁리해 보았으나 진척은 없었다. 게다가 현재 츠베이트는 위슬러 파 회합에 출석하느라 시간도 부족했다.

한편 크로이사스는 이 대도서관 내에 있는 실험실에서 실전 훈련 후 발견한【??? 강화제】를 조사 중이었다.

왜 대도서관 내에 실험실이 있느냐면, 자료가 있는 도서관을 놔두고 굳이 멀리 떨어진 연구동으로 책을 나르는 것이 비효율적이기 때문이었다.

조사하며 연구하기에는 이 대도서관만 한 곳이 없지만, 공용 실험실인 관계로 이용 시간에 제한이 있어 장시간 이용하기 위해서는 사전 예약이 필요했다.

다행히 오늘은 같은 생제르맹 파의 지인이 실험실을 빌려 거기에 편승해 그곳에 틀어박혀 있었다. 크로이사스는 의외로 약삭빠른 성격이었다.

자신의 연구실에는 다양한 약품이 많아서 예기치 않게 반응을 일으키면 위험하다고 판단해 급히 대도서관 실험실을 이용하기로 한 것이었다.

뭐, 친구들이 크로이사스를 말린 것이 큰 이유지만…….

아무튼 마법식 해독이 가능한 두 사람에게 도움을 받을 수 없고,

스승인 제로스에게 묻는 것도 민망해 세레스티나는 현재 고민의 늪에 빠져 있었다.

“어려워……. 【토치】 적층화는 쉽게 했는데. 마법 랭크에 따라 술식이 변하는 건 어쩔 수 없다지만, 설마 이렇게 난해한 마법진이었을 줄은 몰랐어…….”

“아이고, 다른 명령 마법식을 너무 분할했네요. 처음 술식에서 세 번째까지를 하나의 마법진으로 묶으면 될 겁니다. 거기서 균일화를 하다 보면 깔끔하게 정리되지 싶네요.”

“앗, 그렇군요……. 하지만 그러면 처리 술식의 크기가…….”

“처리 술식은 마법식을 처리, 통합하니까 마법진의 크기만 바꿔도 괜찮지 않을까요? 딱히 내부 마법식까지 건드릴 필요는 없죠.”

“아, 그래! 마법진이 커지면 마법식을 처리할 마법진의 밀도도 바꿔야 한다고 생각했지만, 딱히 안 해도 되는군요♪”

“어렵게 생각할 필요 없어요. 마법식을 처리할 뿐인 마법진은 그 역할에만 충실하면 됩니다. 나머지는 각 마법진의 크기를 균일하게 해서 겹치면, 짜잔, 적층 마법진 완성♪ 참 쉽죠?”

“아하…… 응? 선생님?!”

돌아보자 그곳에 그가 있었다…….

아저씨는 쥐도 새도 모르게 세레스티나의 작업을 바라보고 있었다. 불을 붙이지는 않았지만 담배를 손가락에 끼우고 있는 탓에 뒤쪽에서는 여성 직원이 엄청나게 노려보고 있었다.

일을 일단락 내고 한 대 피우려던 차에 직원이 험악하게 노려봐서 눈길을 돌렸는데, 우연히 그 옆에 세레스티나가 있었을 뿐이었다.

참고로 이 직원은 방금 제로스에게 주의를 준 사람과는 다른 인물이었다.

"……선생님, 여기는 금연이에요. 담배는 넣으시는 편이 좋을 거 같은데요……."

"하하하…… 잡아먹을 것처럼 노려보네요. 그냥 버릇처럼 꺼냈는데 그걸 걸리고 말았어요. 직원이 없으면 불까지 붙였을지도 모르겠네요. ……습관이란 건 무서워요."

"담배 연기에 책이 상하니까 당연한 대응 아닐까요? 애초에 에티켓이잖아요."

"거의 무의식적으로 한 일입니다. 그런데 조사하는 중에 궁금했었는데, 저쪽 통로 앞에 뭔가 있나요? 아까 학생 몇 명이 들어가던데."

"저쪽은 실험실이에요. 연구동이 없는 학생이 이용해서 마법약을 제작하곤 해요. 아까 크로이사스 오라버니가 다른 분들과 같이 들어가셨어요."

"크로이사스 군이요? 그가 평소 어떤 연구를 하는지 궁금하네요. 지금도 참 유쾌한 일이 벌어지고 있을 거 같아요."

"……부정하지 못하겠네요. 오라버니는 라마흐 숲에서도 한바탕 소동을 벌였으니까……."

"아…… 수상한 연기가 났었지? 그거 세레스티나네 오빠가 한 일이었구나."

"이, 이리스 씨?! 여기에는 언제……."

책을 정리한 이리스가 살금살금 세레스티나의 사각에서 나타나 말을 걸었다.

괜히 사람을 놀라게 하는 두 사람이었다.

"학교에서 연구라…… 나도 조금 관심 있어. 폭발하기도 할까? 폭탄 머리가 되거나 입에서 연기를 뿜거나."

"옛날 콩트도 아니고 그런 짓을 할 리가 있나요. 학생에게 그런 위험한 짓을 시킬 강사가 어디 있겠습니까."

"있어요, 폭발……. 마법약의 반응은 예측할 수 없어서 학생은 언제나 장벽을 치고 실험해요. 연구에 위험은 따르는 법이라고 하니까요."

"의외로 위험한 곳이었군요. 학생에게 무슨 짓을 시키는 건지, 원……. 사상자가 나오면 어쩌려는 건지 모르겠네요."

이세계의 배움터는 데인저러스. 평범하게 강의를 받는 한쪽에서 때로는 폭발, 때로는 유독 가스가 발생하는 곳이 이곳이었다. 군대의 병기 연구 개발을 공공시설에서 당당히 하는 것이나 다름없었다.

게다가 최악의 사태를 상정해 나라의 특수 부대가 항상 감시하며 유사시에는 학생을 구조할 준비가 되어 있었다. 추측하건대 실제로 긴급 사태가 몇 번 발생해 구조 전문 부대가 편성된 것이리라. 위기관리 수준이 지구와는 크게 달랐다.

가령 연구에서 사고사해도 본인 책임으로 치부되는 것도 무서웠다.

"만약을 위한 방위 수단은 마련해 둬야겠군요. 실험 시 안전 확인도 철저하게 교육하는 게 좋지 않나요……? 그것만으로도 위험을 제법 피할 수 있을 텐데."

"하고는 있지만, 그래도 사고가 빈발한다고 해요. 그 대부분이 크로이사스 오라버니 때문이라는 말도……."

"세레스티나네 오빠, 혹시 매드 사이언티스트야? 생각 없이 위험한 물건을 만들어 내는 그런 사람?"

"연구에 살고 연구에 죽는 사람이라서 지금까지 만든 위험물을 다 셀 수도 없다고 해요. 실험이 없으면 진보도 없다고 말하면서 자칫 잘못하면 전쟁이 일어날지도 모를 물건도 제작했다나……. 뭘 만들었는지는 모르지만, 함께 연구한 상급생에게는 함구령이 내려졌다고 들었어요."

듣고 있는 아저씨도 찔리는 이야기였다.

【소드 앤 소서리스】에서 소재를 대량으로 모아서는 마음 가는 대로 실험을 반복해 위험한 장비를 만들어 내고 효과를 확인하고자 PK 유저를 모르모트로 삼았을 정도였다.

동료 중 한 명은 머리가 즐거워지는 마법약을 완성한 적도 있었다.

진지하게 생각하면 인체 실험이었고【섬멸자】전원이 크로이사스와 같은 부류였다. 물론 아저씨도 비슷한 짓을 반복했기에 남을 비난할 자격은 없었다.

"남의 일이란 생각이 안 드네요. 제 악행을 재현하는 것 같아서 양심에 비수가 꽂히는 느낌입니다. 훗…… 나는 악독한 짓을 하고 있었다."

"과거형? 아저씨는 지금도 하고 있지? 특히 그 꼬꼬들의 성장은 비정상이라구."

"매일 훈련을 도왔을 뿐인데……. 자기 일에 진지하게 임하는 태도는 훌륭하다고 생각하지 않습니까? 그것이 설사 마물이라도……."

"그 꼬꼬들, 이미 아무에게도 안 지지 않을까요? 상위 마물을 한 방에 해치우고 상위종으로 변신까지 한다고 들었는데……. 그런 마물은 듣도 보도 못 했어요."

"형태 변화는 드래곤에게서 잘 보이는 현상이죠. 화가 나면 모습이 변하고, 개중에는 아예 다른 모습으로 변하는 개체도 있어요. 【블레이즈 드래곤】가 특히 그렇죠."

【블레이즈 드래곤】은 평소 모습은 보통 드래곤과 다를 바 없지만, 전투가 벌어지면 온몸이 검으로 뒤덮인 모습으로 변화한다.

날개도 무섭도록 예리한 칼날로 바뀌고 보통 무기로는 씨알도 안 먹히는 강도를 가졌다. 비늘 같은 소재는 마력을 불어넣으면 형태가 변해 변형 무기를 만들기 좋은 소재였다.

"선생님…… 용종은 대부분 환상의 마물이에요. 이 부근에서는 볼 수 없어요. 기껏해야 【가브루】 정도일 거예요."

【가브루】는 소형 비룡으로, 솔로 용병이라도 해치우는 수준이었다. 【소드 앤 소서리스】에서는 처음 싸우는 비룡종이며 전투에 익숙해지기 위한 교과서 같은 존재였다.

"아…… 그 비룡종이면서 최약체인…… 발리스타 한 방 맞으면 떨어지는 그거 말이죠?"

"아저씨니까 그렇게 쉽게 말하는 거야. 나도 동료랑 두 번 정도밖에 못 잡았는걸. 아무리 그래도 용종은 정말 강해."

"최강의 종족이니까요. 몸이 큰 만큼 마력과 체력도 남달라요. 거기에 격이 더해지면 당연히 강할 수밖에요. 그밖에도 스킬도 쓰고……."

"드래곤은 정말 너무 강해……. 아저씨는 용왕 클래스도 잡았었지? 단독 파티로 레이드 보스인 그걸……."

"그건 진짜 할 짓이 아닙니다……. 장시간 계속 싸워야 해서 지옥이었죠. 절대로 흉내 내지 마세요. 온 신경을 집중하는 전투가 하루 종일 이어지니까요."

그런 짓이 가능한 것은【섬멸자】뿐이었다.

모습을 감추고 사각에서 약점을 노리는 행위를 장시간 반복해야 해서 맨 정신으로 할 짓이 아니었다.

그 전투에 말려든 파티도 있었지만, 제로스 파티는 그 파티를 태연하게 미끼로 사용했었다. 그때 모습을 드러내지 않고 쓰러뜨려 암살직 스킬이【신】레벨까지 도달했을 정도니까 말 다 했다.

요컨대 정면승부로 덤빈 적은 단 한 번도 없다는 말이었다. 그건 전투라기보다 차라리 사냥이었다.

'선, 선생님…… 이야기만 들었지만, 그건 무모한 행위 아닌가? 흥미는 있지만, 실행할 용기는 없어. 그래도 내용 정도는 듣고 싶은걸.'

세레스티나는 스승의 무용담을 듣고 내심 흥미진진했다.

"뭐, 용종에 관한 이야기는 넘어가고, 크로이사스 군이 뭘 하는지 보고 싶네요."

"실험실은 일반 공개니까 방해만 하지 않으면 견학할 수 있어요. 다만, 비품은 건드리지 말아 주셨으면……."

"실험실 쓰고 있는 사람, 세레스티나 오빠지? 무서워서 어떻게

가. 난데없이 쾅 터지는 건 싫어.”

“아무리 오라버니라도 그렇게 자주 폭발을…….”

—콰아————앙!

“……일으키, 네요.”

“예상을 빗나가지 않는 오빠네. 대체 무슨 실험을 하길래…….”

“이리스 양은 저런 걸 기대하셨어요? 일단 다친 사람이 없는지 보러 갈까요? 치료는 제게 맡겨주십시오.”

“……네. 부상이라면 몰라도 사망자가 나오면 큰일이에요!”

서고에서 통로로 들어가 세레스티나의 안내를 따라 급히 실험실로 향했다.

도중에 싱그러운 과일 향이 감돌아 제로스는 고개를 갸웃거렸다.

마치 혼자 사는 여자 방에서 나는 듯한 그런 냄새였지만, 세레스티나와 이리스는 뭔가를 느낀 낌새가 없었다. 그 점이 또 기묘했다.

얼마 가지 않아 도착한 실험실은 실험 기구가 온 방에 어지럽게 흩어졌고 천장에는 노란색 자국이 넓게 스며들어 있었다. 방 중앙에 놓인, 마녀가 약을 끓일 때나 쓸 것 같은 거대한 가마솥이 유난히 눈길을 끌었다.

그 가마 안에는 천장에 있는 자국과 같은 색의 노란 액체가 반쯤 남아 있었다. 실험실의 상황으로 보아 어떤 화학 반응으로 액체가 폭발했고 그것이 위로 솟구친 것 같았다.

그리고 이번에도 부탁하지도 않은 제로스의 【감정】 스킬이 저절로 발동했다.

========================

【초강력 풍유약(豐乳藥)】

가슴이 없는 여성이 바라마지않는 꿈의 비약.

이것을 마시면 당신도 자신 있는 나이스 바디, 누구나 부러워하는 섹시 바스트로 대변신!

한 스푼 마시면 A컵은 곧 풍만한 Z의 10승 컵으로 변합니다.

이용은 빠를수록 좋습니다.

========================

'……크로이사스 군, 대체 뭘 만들려고 한 거야? 그보다 A컵이 단숨에 Z의 10승 컵이라니…… 대체 어떻게 되는 거야?! 섣불리 마시면 가슴을 땅에 질질 끌고 다니게 되는…… 아니, 지방으로 압사하지 않아?! 어떻게 보면 엄청나게 위험한 약물이군.'

크로이사스는 다른 의미로 전쟁이 일어날지도 모를 약을 만들어냈다.

심지어 효과가 너무 강력하여 쓸 방법이 없었다.

이 세계의 미용업계에 혁명을 일으킬(?!) 시제품의 탄생이었다.

제8화 아저씨, 크로이사스와 실험하다

대도서관에 있는 대여용 실험실.

다행히 폭발에 말려들고도 학생들은 무사했다.

천장에 번진 황색 자국과 주위에 떠도는 귤처럼 시큼한 향이 참

상과 대조를 이루었다.

"오라버니, 괜찮으세요? 어디 다치신 곳은……."

"세레스티나인가요……? 괜찮습니다. 항상 있는 일인걸요. 장벽을 펼쳐서 생채기 하나 없습니다."

"그렇다면 다행이지만, 대체 무슨 일이 있었던 거죠?"

"그 강화제를 대량으로 만들어 실험하려던 차에 옆에 있던 소재가 우연히 떨어졌지 뭡니까."

"그리고 폭발했다고요……? 뭘 넣었길래 이 사달이 납니까?"

"【성장 촉진제】였을 겁니다. 마카로프가 제작하던 식물용……."

아저씨는 그래서 그랬구나, 하고 납득했다.

【성장 촉진제】가 혼입됐다면 【초강력 풍유약】이 된 이유도 이해할 수 있었다. 문제는 정체불명의 강화제 쪽이지만, 아마 완성품에 부속 효과를 주는 약품이지 않았을까.

"어쩜 이럴 수가 있죠……. 설마 폭발할 줄이야……."

"앗, 캐럴도 있었네? 혹시 세레스티나 오빠랑 같은 파벌이야? 아프로 중사[#9]가 되지 않아서 다행이야."

"……캐, 캐럴이라고 하지 말아주실래요? 원래 생제르맹 파는 제 증조부가 세운 파벌이에요. 같은 혈통인 제가 있는 건 당연하죠."

"흐음, 캐럴은 유서 깊은 집안 출신이었구나."

"아, 아니에요. 그저 조상님의 이름에 먹칠을 하지 않고자 항상 조심할 뿐이지요……."

"노력하고 있구나. 나도 어서 던전에 갈 수 있을 만큼 용병 랭크

#9 아프로 중사 애니메이션『개구리 중사 케로로』의 일본어 엔딩곡 제목.

를 올리고 싶어. 열심히 해야지."

"당연한 일을 하고 있을 뿐이에요. 칭찬받을 일이 아닌걸요."

칭찬에 익숙하지 않은지, 캐럴스티의 볼이 발그레했다.

아무래도 그녀는 경도의 츤데레였나 보다.

"그나저나…… 크로이사스 군, 뭘 만들려고 한 거죠? 비상식적인 물건이 만들어졌는데……."

"아, 제로스 님도 계셨군요. 회색 로브라서 못 알아봤습니다. 제가 부끄러운 모습을 보였네요. 설마 폭발할 줄은……. 그런데 제로스 님, 완성된 마법약이 뭔지 아시는 겁니까?"

"골치 아픈 물건이 완성됐네요. 【초강력 풍유약】…… 가슴을 크게 만드는 약이에요. 심지어 효과가 무시무시하게 강력합니다. 경우에 따라서는 위험한 약이겠어요."

""""뭐라고——————?!""""

—번뜩——————!

남학생이 모두 소리쳤다. 그에 비해 여학생은 눈빛이 이상하리만치 빛났다.

"저, 저걸 마시면…… 내 가슴도……."

"멋져……. 여자의 꿈을 이뤄주는 기적의 비약. 가지고 싶어……."

"가슴…… 매혹적인 바스트 업. 안녕, 절벽의 나날이여……. 나는 샴발라로 떠나련다……."

"이걸로 어머니처럼……. 이건 꼭 마셔야 해……."

"저, 저거만 있으면 빈유라고 지껄인 그 녀석을 돌아보게 할 수 있어……."

""""""마실 거야!""""""

여학생들은 좀비처럼 일어나 가마 안에 있는【초강력 풍유약】을 향해 비틀비틀 걸어갔다. 마치 위험한 바이러스에 감염된 중증 환자처럼 눈에 요사스러운 빛을 띠고 자신의 욕망을 이루고자 움직였다. 거기에【이성】이란 말은 존재하지 않았다.

【풍유】라는 매혹적인 말이 정신을 지배해 바이오해저드 상태로 돌입한 것이다.

"아, 안 돼! 남자들, 여자들을 막아요! 지금 저 마법약을 마시면 전부 평생 후회할 겁니다!"

"""""뭐?! 저걸?"""""

"빨리 움직여, 한 순갈이라도 먹으면 끝이야! 무슨 일이 있어도 사수해!"

"""""예, 예썰!"""""

아저씨의 험악한 분위기에 떠밀린 남자들은 상황을 이해하지 못하면서도 여학생들을 막기 위해 나섰다.

그러나 욕망에 사로잡힌 그녀들의 힘은 대단했다. 원래 체력이 더 우수한 남자들이 힘 싸움에 밀려 뒤로 밀려나고 있었다.

여학생들은 마치 육체의 리미터가 풀린 것 같았다.

바리케이드가 되어 막아선 남자들이 모두 서서히 뒤로 밀렸다.

"……왜 방해하시나요? 여자는…… 누구나 ω(오메가)의 각성을 바란다고요……."

"가슴이 커질 수 있다면 여자끼리 딥한 키스를 하고…… 파이널 퓨전까지 할 각오가 돼 있어……. 막아서겠다면 아저씨라도 디스트로이…….”

“방해한다면 전부 때려눕히겠어요……. 가슴을…… 풍만한 가슴을…… 우후후후…….”

“아, 아니, 세레스티나까지……. 그렇게 가슴을 키우고 싶어요?! 미(美)를 향한 여자의 욕구가 이 정도일 줄이야…… 무섭구만.”

“아, 안 돼……. 여자의 완력이 아니야……. 이 집념, 이게 여자력이란 건가…….”

“밀린다……. 이 힘은 뭐야? 으악?!”

“이, 이것이…… ω 파워인가……? 무슨 미궁에 숨겨진 힘[#10] 아니었나?!”

“그런 거 들은 적 없어! 으아아?!”

““““““비켜비켜비켜비켜비켜비켜비켜비켜비켜비켜비켜어!””””””

이미 남자들로 막기는 불가능했다.

크로이사스와 남자들은 태어나서 처음으로 여자에게 전율했다.

가슴을 향한 무서운 집착과 이상적 미를 향한 갈망이 그녀들을 마물로 바꾸었다.

그러나 그 인간 바리케이드 위를 뛰어넘어 아저씨가 가마솥 앞에 버티고 섰다.

“후우…… 그렇게, 가슴이 커지고 싶습니까?”

““““““당연하지!””””””

“절대로…… 후회 안 할 자신 있죠? 막상 마셨는데 자기가 원하던 모습이 아니어도…… 절대로.”

#10 미궁에 숨겨진 힘 게임 『오메가 라비린스』에 등장하는 오메가 파워.

""""""후, 후회? 왜?""""""

"이 마법약…… 효과가 너무 강해서 말이죠. A컵이 Z의 10승 컵이 된다고 하지 뭡니까……. 그래도 마실래요?"

""""""Z의 10승?! 그게 뭐야?!""""""

"아마 마시면 가슴이 너무 비대해져서 몸도 가누지 못하겠죠. 최악의 경우 자기 가슴 무게에 압사할지도 모르고……. 실험자가 돼 보실래요? 선택은 본인들 자유죠, 뭐."

여자들이 멈췄다. 눈앞에는 기적의 비약이 있지만, 동시에 위험도 동반했다.

일시적인 감정의 폭주로 평생 후회할 뻔했다. 마시느냐 마느냐, 그것이 문제였다.

"""""""…………."""""""

"효력을 줄이면 쓸 수 있을지도 모르지만, 아무래도 이상한 반응을 일으킬 거 같네요. 대체 무슨 강화제였나요?"

"아, 처음에 만든 강화제라면 여기 있습니다. 이게 그거죠."

크로이사스가 강화제를 손에 들자 아저씨는 바로 그것을 감정했다.

======================

【여성 호르몬 강화제】

이것을 마시면 당신도 평생 젊고 아름다운 미녀가 된다!

알약으로도 가공 가능. 영양제와도 궁합이 좋아 건강 보조 식품으로도 안성맞춤!

성장기 소녀는 사용 설명서를 잘 읽고 사용해주세요.

농도가 높으니까 희석해서 써. 절대로 남자는 복용하진 말고.

나처럼 돌아올 수 없게 되어 버리니깐~. 우훗♪

========================

"안 마셔! 그보다 누구야?!"

"……가,【감정】으로 뭔가 보였나요? 마시면 안 되는 효과가……."

"남자가 마시면 위험하겠네요. 학생들은 효과를 확인하기 위해 성전환할 각오가 있나요? 돌이킬 수 없을 텐데……."

""""""성전환? 왜?!""""""

크로이사스는 무시무시한 물건을 만들고 말았다.

어떻게 보면 위험한 물건이었다. 특히 남성에게는 유해 물질에 불과해 함부로 생산해도 될 것이 아니었다. 보아하니 이미 늦은 사람도 있는 듯했다. 사전 대책 없이 바로 판매에 돌입하면 틀림없이 이 강화제를 구하려고 전쟁을 벌이는 인간이 있을 것이다.

유사 이래 미를 추구하는 인간은 많았다. 클레오파트라가 그렇고 양귀비가 그랬다.

그리고 아내가 언제까지나 아름답게 있기 바라는 권력자도 많았다. 그 욕망은 때로 상상도 못 한 폭력을 낳기도 한다. 아저씨는 그것을 감안하여 효능을 설명했다.

"""""""여자에게는 꿈의 비약."""""""

"""""""남자에게는 위험한 마약(魔藥)."""""""

결론은 이렇게 났다. 여자에게는 꿈만 같은 효과를, 남자에게는 최악의 효과를 주는 약. 이런 종류의 마법약은 효능을 확인하기 위해 학생이 스스로 마시는 경우가 종종 있었다.

하지만 그 학생이 남자일 경우, 마시면 가슴이 부푸는 효과가 나타난다. 이렇게 무서운 일도 없으리라. 심지어 원래대로 돌아오지도 않는다.

"……하, 하마터면 큰일 날 뻔했어."

"그러게……. 효능을 모르면 시험 삼아 마셔 보기로 했었잖아. 저 사람이 없었으면 우리는 지금쯤 전부 마담으로……."

"시음했으면 제3의 성이 되는 거였나……. 무섭군. 가까스로 목숨을 부지했어."

"신은 계셨어……. 회색 로브를 두른 수상쩍은 신이……."

남학생들은 하마터면 본의 아닌 성전환을 하게 될 뻔한 자신들을 구해준 아저씨에게 깊이 감사했다.

그러나 아저씨와 크로이사스의 반응은 달랐다.

"제법 재미있는 효과네요……. 조금 나눠주실 수 있을까요? 시험해 보고 싶은 게 있어서요."

"오호, 제로스 님이 시험을 하신다고요? 관심이 생기네요. 어디에 쓰려고 하십니까?"

"실은……(소근소근)……라는 마법약이 있거든요. 이걸 섞으면 어떻게 될지 궁금해서……."

"그거 재미있군요. 정말로 흥미로워요. 시험해 볼 가치는 있겠는데요. 후후후……."

손을 잡아서는 안 될 두 사람이 움직이고 말았다.

덥석. 힘주어 손을 맞잡은 제로스와 크로이사스. 완전히 의기투합해 버린 모양이었다.

그리고 난감하게도 둘 다 매드 사이언티스트였다.

“그럼 바로 시험해 봅시다. 우선 강화제부터 희석하는 게 좋겠네요.”

“알겠습니다. 크크크…… 재미있는 결과가 나올 것 같군요. 대단히 흥미로워요. 이렇게 설레는 게 얼마 만인지…….”

“으흐흐흐흐흐흐흐흐……”

그리고 두 사람은 주위 학생들을 무시하고 실험을 개시했다.

한 번 행동하면 멈추지 않는 것이 생산직의 천성이었다. 이래서 위험물은 함께 두면 안 된다.

“아저씨, 힘내! 절벽 가슴에 희망을…… 우리에게 꿈과 희망을 줘!”

이리스는 잔뜩 흥분해 콧김을 거칠게 뿜었다. 하지만 그런 그녀의 말이 들리지 않을 정도로 아저씨는 실험에 몰두했다. 크로이사스와 함께 무척 환한 웃음을 지은 채…….

◇ ◇ ◇ ◇ ◇ ◇ ◇

위험인물 두 명이 행동한 지 한 시간째, 실험을 반복하는 매드들의 손은 멈추지 않았다.

“됐다……. 드디어 완성했어. 남자도 한 번은 꿈꾸는 환상의 비약.”

“설마, 정말 만들어지다니……. 제로스 님, 정말로 좋은 경험이었습니다.”

“아직 멀었습니다. 제대로 검증해 보지 않으면 효과는 모르는 법이죠. 효과를 줄였는데 과연 어떤 결과가 나왔을지……【감정】.”

========================

【단시간 성별 변환약(여성화 한정 하위 호환)】

이것을 마시면 일시적으로 남성은 여성으로 변할 수 있다.

효과 시간은 약 한 시간. 단, 효과 중에 복용하면 효과 시간이 늘어난다.

성별은 변하지만, 인격에 변화는 없다. 일정 시간만 이어지는 예능용 아이템.

하아~, 처음부터 이걸 만들었으면 나도……. 하지만 늦었어~, 이미 떼 버렸는걸…….

========================

"그러니까 누구냐고, 댁은———!"

【감정】스킬의 상태가 이상했다. 누가 봐도 제3자가 개입하고 있었다. 보통은 뇌 속에 효능이 떠오르지만, 이번에는 걸걸한 음성이 들려 왔다.

권태롭게 한숨 쉬는 것이 괜히 더 열 받았다.

"그나저나 설마 20배로 희석해야 한다니, 얼마나 농도가 높았던 걸까요? 뭘 넣어서 이렇게 고농도가 됐는지도 여전히 수수께끼고요."

"한 번 더 조합 레시피를 처음부터 검토해 보죠. 그보다 정말 완성할 줄은 몰랐습니다. 실은 전부터 흥미는 있었습니다. 내가 이성으로 태어나면 어떤 모습이었을지……."

"남자라면 한 번은 생각해 보지 않을까요? 저는 사양하고 싶지만요……."

""""""뭐라고————————?!""""""

"뭐, 일정 시간 여성이 될 뿐이니까 여자가 마셔도 효과는 없겠네요. 농도가 높으면 성전환해서 돌아오지 않아서 꽤 많이 희석해야 했지만……. 원액은 위험하니까 제가 몰수하겠습니다."

"성별 전환약 원액은 완전히 여성이 되니까 실수로 마시지 않게 조심해야겠군요. 그래도 필요한 사람이 있다면 양보하겠습니다. 아무나 완벽한 여자가 되어 보지 않으실래요? 마카로프는……."

"나, 나를 기대에 찬 눈으로 보지 마―――!"

효과를 확인하기 위해서라면 크로이사스는 친구라도 실험에 사용하는 남자였다.

그는 훈훈한 외모와는 달리 연구에 한해서는 악마였다.

"정말로 여성이 되고 싶다고 바라는 사람은 나중에 따로 모집하면 됩니다. 그보다 【단시간 성별 변환약】은 누가 쓰죠? 크로이사스 군, 직접 효능을 확인해 보실래요?"

"소박한 의문이지만, 왜 이 마법약을 만들려고 하셨죠? 제로스 님도 혹시 모를 자신의 모습에 흥미가 있으신 건 아닌지?"

"저는 우연히 재밌는 약품을 가지고 있어서 「어쩌면 만들 수 있지 않을까?」라고 생각했을 뿐입니다. 완성한 후에는 관심 없어요."

"흠, 결과에는 관심이 없으시다……. 과정을 즐기는 연구자셨군요. 하지만 이 양을 어떻게 처리해야 좋을지……. 희석하면 상당히 늘어나겠어요."

"음…… 저도 이렇게 많이는 필요 없습니다. 게다가 효과 시간이 한 시간이라……. 차라리 여기 있는 사람이 다 같이 마시는 건 어때요? 여자는 제외하고."

탁상에 놓인 마법약은 50개를 가뿐히 넘었다.

효과를 줄인 결과, 원액보다 양이 배로 늘어나 이 예능용 아이템이 탄생할 때까지 시제품이 몇 개 남았다.

원액인 【완전 여성화 성전환약】은 실수로 마시기라도 하면 위험하므로 안전을 위해 라벨을 붙여 구분해 다른 테이블에 뒀다.

참고로 장난용 아이템을 모으는 것이 취미인 제로스는 학생 연구용으로 어느 정도 양을 남기고 인벤토리 안에 【단시간 성별 전환약】과 원액인 【완전 성전환약】을 넣었다.

그래도 이 자리에 있는 남자들이 시음할 양은 남겨 놓았다. 솔직히 너무 많이 만들었다.

"누구 시험해 보고 싶은 사람 있나요? 저도 마실 테니까 관심 있는 사람은 참가하세요."

""""""맡겨줘! 여자가 된 나를 보고 싶어! 원래대로 돌아온다면 우리는 도전하겠어!""""""

"생제르맹 파가 연구자 파벌이라고 듣기는 했지만, 설마 이 정도일 줄이야……. 거의 전부 아닙니까? 틀림없군요. 저들은 용자입니다."

연구자는 미지에 대한 호기심이 강하다. 이곳에 있는 남학생은 다함께 참가 의지를 표명했다. 실험실을 이용하던 다른 학생까지 참가해 그 수는 32명에 달했다.

그들은 정말로 연구밖에 모르는 바보였다. 그리고 그들에게 모두 시험관에 든 【단시간 성별 전환약】이 돌아가자 크로이사스가 대표로 입을 뗐다.

"모두 받으셨죠? ……응? 마카로프도 참가하려고요?"

"왠지, 이 분위기에서 혼자 빠지기도 좀 그렇잖아. 따돌림 당하는 거 같아서……."

"그런가요……. 그럼 다시 이야기를 돌려서, 마법약의 새로운 역사에, 건배!"

""""""건배!""""""

"……딱히 경사스러운 일도 아니지 않나? 뭐, 아무렴 어때."

연구자에게 새로운 약품을 발견하고 완성한 것은 기쁜 일이었고 그들은 자처해서 자기 몸을 실험에 사용했다. 다행히 고 레벨【감정】덕분에 안전성은 판명됐으나, 보통은 뭔가 문제가 있어 돌이킬 수 없는 사태가 될 수도 있었다.

상식적으로 그들의 행동은 정상이 아니었다.

남학생들은 일제히 옆구리에 손을 짚고 시험관에 든 녹색 액체를 쭉 들이켰다.

그러나 이들은 미처 생각지 못하고 있었다. 애초에 남성과 여성은 신체 구조도 골격도 달라 성별이 전환되면 신체에 강렬한 통증이 따른다.

한마디로 어떻게 되냐면—.

""""""끄아아아아아아아아아아아아아아아아아!""""""

—격통에 못 이겨 절규하게 된다.

급속도로 골격이 변화하는 소리와 무언가가 찢어지는 듯한 아픔에 몸부림치며 순식간에 아비규환의 지옥이 펼쳐졌다.

그 몸의 변화에 견디지 못해 그들은 지옥 같은 고통을 맛봤다.

"응. 어쩐지 이렇게 될 거 같더라니……. 변신이란 신체 구조를 재구축한다는 뜻이니까요."

"아저씨, 그걸 알고 안 마신 거야?"

"설마요. 다만, 우리 집 꼬꼬들 같은 능력이 인간에게 있을 리 없으니까 신체 구조가 정착된 사람이 저런 마법약을 사용하면 아마 위험하지 않을까, 하고 막연히 예상했었죠. 안 마셔서 천만다행이다."

"예측은 했었구나? 아저씨도 못됐어……. 자, 차 마셔."

"어이쿠, 고맙습…… 응?"

이리스가 건넨 차를 무심코 받아 마셨는데, 자세히 보니 그것은 녹색 액체가 든 비커…….

즉, 이 안에 든 액체는…….

"이리스 양…… 속였구……나…… 우오오오오오오오오오오오?!"

"미안, 아저씨……. 나 아저씨가 여자가 된 모습을 너무너무 보고 싶었어~♪"

"으…… 이이익, 여성……은 무슨, 끄오오! 그냥…… 아줌마가 될…… 뿐인…… 크아아아아아아악!"

"선생님이 여성으로? ……상상이 안 돼요. 조금, 기대되네요."

"저는 이리스 씨가 더 못됐다고 생각해요……."

""""""으헝허호힝로헤히레히하핵——————————!""""""

뭐라고 하는지 잘 모를 절규가 실험실에 메아리치길 15분. 괴로운 고통에서 해방된 그들은 마침내 변신을 마쳤다.

"……크, 크로이사스…… 너, 크로이사스냐?!"

"흠, 마카로프인가요……? 귀엽게도 변하셨군요."

크로이사스는 금발 생머리에 눈매가 예리한 지적인 미녀로, 마카로프는 단발에 살짝 탄 피부를 가진 활발한 스포츠 걸로 변신했다. 어느 쪽이건 매력적인 변신이라고 할 만했다.

"오, 오라버니…… 아니, 지금은 언니……? 예쁘다……."

"젠지———앙! 왜 네가 남자로 태어났어! 엄청난 미인이잖아! 반할 거 같다고!"

"마카로프, 그 모습으로 그 대사를 하면 이상하게 들립니다. 지금 자기 모습을 보고 충분히 생각한 후에 말하는 게 좋을걸요? 자신을 객관적으로 보고 말을 고르도록 하세요."

"그 언동부터가 이미 언니야! 성별이 다를 뿐인데 이렇게 차이가 난다고?!"

같은 언동이라도 성별이 다르면 듣는 쪽의 인상도 크게 다른가 보다.

주위에서도 여성화한 남자들은 저마다 여자에게 거울을 빌려 다양한 각도에서 자신의 모습을 확인했다.

평범하게 예쁜 사람부터 『아무리 그래도 이건 아니다』 싶은 모습으로 변모한 사람까지, 대단히 버라이어티한 변신이었다.

"앗, 아저씨는?"

"아, 맞아요. 선생님은 어디에……."

"으, 죽을 맛이었…… 이, 이게 뭐야아———————?!"

가슴에 풍만하게 매달린 두 개의 과실. 이성으로서는 아주 좋아하지만, 자신이 여자가 되자 이렇게 무서워 보일 수 없었다. 그리고 아무렇게나 기른 머리에 가늘고 처진 눈매가 묘한 퇴폐미를 줬다.

마흔 살 먹은 여성이라고는 생각하기 어려울 정도로 젊고, 무엇보다 쓸데없이 미인이었다. 아무도 입을 떼지 못했다.

꾀죄죄한 회색 로브가 오히려 숙련된 마도사 같은 인상을 줘서 떠돌이 고위 여마도사처럼 보였다. 게다가 섹시한 모습에 어른스러운 요염함이 풀풀 풍겼다.

여성화한 남자가 무심결에 눈을 크게 뜰 정도로…… 완벽한 동안 미녀였다.

"아저씨…… 엄청 미녀가 됐어. 여기, 거울……."

"아주…… 아름다우세요! 선생님……."

"어머, 아예 다른 사람이네요……. 생각하기에 따라서는 무서운 약 아닐까요?"

"…………."

거울을 받은 제로스가 자기 모습을 확인했다.

하지만 그 순간 표정이 창백해지더니 왠지 몸을 부들부들 떨기 시작했다.

"크…… 죽여어!"

허스키한 여자 목소리에서 나온 말은 적에게 붙잡힌 여자 첩보원이나 여기사 같은 대사였다. 속되게 말하면 「크, 죽여라」.

""""왜———?!""""

"설마 여성화로 그 인간과 판박이가 되다니…… 이건 내 정신이 못 버텨! 기억에서 지우고 싶은 악몽이야! 이런 기억이 계속 남아 있을 바에야 차라리 죽고 말지!"

"누나가 그렇게 미인이야?! 그런데 누나를 얼마나 싫어하는 거야?!"

"죽여서 으깬 뒤에 핵융합로에 던져서 핵폐기물을 블랙홀에 버리고 싶을 정도로 싫습니다. 철저하게 절망감을 준 다음에 말이죠……. 이건 악몽이야……."

제로스에게 여성화는 악몽에 불과했다.

아저씨— 아니, 아줌마는 샤란라를 세상에서 지워 버리고 싶을 만큼 미워하며, 자신이 그런 샤란라와 닮은 모습으로 변했다는 사실을 용납할 수 없었다.

"……죽자. 누가 목 좀 쳐주세요……. 절망했습니다."

"자, 잠깐, 할복을 각오할 정도로 싫어?! 그런 짓까지 할 정도로 싫어했어?!"

"소인은 이런 굴욕, 견딜 수 없소이다. 이 배를 갈라 결백을 증명하겠소. 누가 목을 쳐주시오. 할복할 테니 목을 쳐주시오!"

죽음을 각오할 정도의 굴욕이었다.

"그렇지만 선생님, 아주 아름다우신걸요…… 퐁♡"

"……?! 이젠, 다 끝이야……."

아저씨는 왠지 부채를 꺼내더니 노래를 불러 대기 시작했다.

"인생살이~~~ 50년을~~ 만고천하에~~~ 비한다면~~~ 덧없는~ 초로와 같나니~~~. 세상에 나~~ 죽지 않을 이~~ 누가 있으랴~~~."

"아쓰모리(敦盛)[#11]?! 아쓰모리 부르면서 춤출 정도로 싫어?! 여

#11 아쓰모리 일본 전통 연극인 노(能)의 한 작품. 사극에서 오다 노부나가가 혼노지에서 죽기 직전 부르곤 한다.

긴 혼노지가 아니야!"

"죽지 않을 이~~ 누가 있으랴~~~. …………시작합시다!"

"『시작합시다!』가 아니야! 하지 마, 나이프에 종이를 말아서 할복 준비 하지 마————!"

"소인은 원수와 닮은 얼굴로 살아갈 자신이 없소……. 무사의 정이 있다면 죽여주시오!"

그런 정은 아무에게도 없었다. 애초에 이 나라에 할복 같은 자해 의식은 없었다.

주위 사람들은 곤혹스러울 따름이었다.

"그렇다면…… 별수 없구려!"

"잠깐, 검을 뽑아서 뭐 하게……. 설마, 직접 목을 치려고?! 하지 마! 누가 같이 좀 말려줘! 나 혼자선 못 해!"

"놔라———! 난 죽어야겠다——————!"

"고정하십시오! 제로스 나리, 제발 고정하십시오!"

주위에서 지켜보던 이들이 이제야 사태를 파악하고 허겁지겁 달려왔다.

그 후, 학생들에게 강제로 구속당한 아저씨는 약효가 끊길 때까지 묶여 있어야 했다. 끊기지 않는 통곡은 아저씨가 누나를 얼마나 혐오하는지 여실히 말해줬다.

누나에 대한 아저씨의 병적인 혐오를 이리스는 이때 확실히 이해했다.

이리스가 장난으로 저지른 짓은 아저씨가 죽음을 바랄 정도의 사건이었다.

이리스는 이 세상에는 해서는 안 될 짓이 있다고 배웠다…….

◇ ◇ ◇ ◇ ◇ ◇ ◇

"젠장, 젠장! 젠자아아앙! 츠베이트, 그 자식……."

라마흐 숲에서 돌아올 즈음부터 샘트롤 주변에는 사람이 없었다.

원래 그의 주위에 있던 사람은 구시대부터 핏줄을 통해 이어받은 마법을 긍지로 여기고 그 혈통에 기대던 혈통주의자와 브레마이트의 세뇌 마법으로 조종하던 자들밖에 없었다.

흔히 혈통주의자라고 하는 이들이 샘트롤에게 접근한 이유는 그저 그의 가문이 가진 권위에 이용 가치가 있다고 생각했기 때문이지 샘트롤 본인이 필요해서가 아니었다.

또한, 세뇌 마법 피해자들은 브레마이트가 없어서 세뇌가 약해져 결국 자아를 되찾고 말았다.

그것은 자신들의 동년배면서 범위 마법 【익스플로드】를 사용하는 소녀 마도사를 목격했기 때문이었다. 심지어 그 소녀는 용병이었던 터라 자신들이 얼마나 노력을 게을리했는지 깨달았다. 이리스에게는 그럴 의도가 없었지만, 세뇌받은 학생들에게 그것은 충격이었다.

분명히 용병 중에도 마도사는 있지만, 【익스플로드】 같은 상위 전략 마법을 쓰는 사람은 있을 리 만무하다. 그렇게 당연하게 생각하던 현실이 무너졌을 때, 세뇌 효과에 거대한 충격이 와서 마법 효과가 풀려 버린 것이었다.

원래 세뇌 마법은 정신이나 감정의 기복에 따라 약해지기 쉬웠다. 감정의 급격한 변화에 쉽게 풀릴 정도로 섬세하여 다루기 어려운 마법이었다.

몇 번이나 마법을 덮어씌우지 않으면 효과가 나오기 어렵고 사소한 일로 쉽게 효과가 사라져 버린다. 그렇게 되면 다시 세뇌하기도 어려웠다.

그리고 브레마이트도 종적을 감췄다. 브레마이트는 샘트롤의 심복이었건만, 그가 사라지자 불과 며칠 사이에 샘트롤은 급격히 설 곳을 잃어 갔다. 그것도 다 자업자득이지만…….

그런 그는 현재 스틸라의 뒷골목 불량배에게 싸움을 걸었다가 오히려 호되게 당해 쓰레기처럼 바닥을 나뒹굴고 있었다.

"힘이…… 힘이 있으면 그따위 녀석들에게……."

"쭉 지켜봤는데, 귀족 도련님 꼴이 아주 말이 아니군. 어차피 남의 힘에 기대고 살다가 버림받은 거지? 꼴좋다~."

"넌 또 뭐 하는 놈이야……. 꺼져!"

"성질부리지 마, 더 꼴불견이니까. 게다가 난 네 소원을 들어줄 물건을 가졌다고. 어때? 사 볼래?"

누가 봐도 수상한 차림새의 남자였다. 그런 자가 능글능글 웃으며 샘트롤의 반응을 기다렸다.

"……소원을…… 들어줄 물건이라고?"

"그래. 사용하면 힘이 넘쳐나지만, 오남용은 위험하지. 뭐, 네 하기 나름이야."

"위험한 물건이겠지. 그딴 걸 어떻게 써!"

"마법약이니까 남용하면 위험하지. 하지만 위험을 감수하지 않고 강해질 수 있겠냐? 세상이 그렇게 만만해?"

샘트롤이 홀로 라마흐 숲에서 귀환하자 본가인 위슬러 후작가에서 절연을 알리는 서한이 도착해 있었다. 시녀들도 기숙사를 떠나 널따란 방에 샘트롤 혼자만 남아 있었다.

서한에는『학교를 졸업할 때까지 학비는 지불하지만, 그 후에는 마음대로 살아라. 위슬러 가문의 권위와 이름을 사용하는 것은 허락지 않는다. 원래는 처형해야 마땅하나 공작가의 자비로 살려 두는 것이니 감사히 여겨라』라는 내용이 적혀 있었다.

본가가 암살 사건에 관해 안다는 것은 브레마이트가 배신했다고 봐야 했고, 동시에 자신이 모든 것을 잃었음을 의미했다. 이 지경이 되어서도 츠베이트를 원망하는 것을 보면 샘트롤은 정말로 구제불능이었다.

원망하는 큰 이유는 츠베이트가 왕족의 친척인 것처럼 샘트롤에게도 왕족의 피가 흐르기 때문이었다. 그의 외할머니는 선왕의 이복동생이었다. 왕위 계승권 순위를 빼면 츠베이트와 그는 입장이 비슷했다.

그러나 그 어머니가 임신해 조만간 동생이 태어날 예정이었다. 만약 남자라면 가문을 이을 예비 후계자로 키우면 되니까 재능에 따라서는 차남인 샘트롤의 가치가 낮아질지도 몰랐다.

위슬러 후작가는 실력주의인 경향이 있었다. 그래서 샘트롤은 본가의 권력과 왕족의 혈통을 방패로 써서 실적을 남기려고 혈안이었다.

차남이지만 왕족의 혈통, 왕위 계승권도 있는데 후작가조차 이을 수 없다. 자존심 강한 그의 마음이 같은 왕족의 피를 이은 츠베이트에게 과도한 적개심을 심었다.

더구나 츠베이트는 공작가의 후계자였다. 그만큼 질투는 심해지고 적의도 부풀어 올랐다. 그래서 브레마이트를 써서 파벌을 점령하려고 했었다. 세뇌당해 자기 마음대로 움직이는 츠베이트를 봤을 때는 실로 유쾌했지만, 여름휴가가 끝나고 돌아온 츠베이트는 세뇌가 풀려 있었고, 그것도 모자라 지금까지 샘트롤이 장악하던 파벌을 송두리째 빼앗아 세력을 키워 갔다.

마음이 급해짐과 동시에 츠베이트의 재능을 시기한 샘트롤은 결국 마지막 선을 넘어 버리고 말았다. 그 결과가 지금 이 상황이었다. 그에게는 이미 아무것도 남지 않았다.

"……좋다. 그 마법약, 내가 사지."

"헤헤헤…… 고마워. 아, 이건 격을 높일 때 써야 해. 위험한 약이니까 과다 복용은 금물이고. 난 분명히 충고했다?"

"내가 샀으니까 어떻게 쓸지는 내 마음이야!"

"아, 그러셔? 하긴, 내 알 바는 아니지. 그럼 간다."

더는 용건이 없다는 듯 남자는 바로 그곳에서 사라졌다.

혼자 남은 샘트롤은 남자에게 받은 마법약의 포장을 풀어 가루를 입 안에 털어 넣었다. 그 효과는 놀라웠다.

"히, 히하하하하하하! 이게 뭐야? 굉장해……. 힘이, 힘이 흘러넘쳐. 기분 끝내주는데. 히헤헤헤헤헤…… 우선은 아까 그 녀석들부터 시작해 볼까……."

샘트롤은 거리로 달려 나가 곧 자신을 때려눕혔던 불량배들을 발견했다.

그리고 그는 그들이 빈사 상태에 빠질 때까지 두들겨 팼다.

샘트롤을 멀리서 바라보는 자들이 있었다.

수는 세 명. 한 명은 남자 마도사, 남은 둘은 여자 마도사와 마검사였다.

"약을 바로 썼네……. 주의사항을 안 들었나?"

"나도 몰라. 그래도 이걸로【사신석】을 처분했어. 멍청이가 하나 사라지겠지만, 그게 이 나라에도 이득 아니겠어? 우리는 좋은 일을 한 거야. 그나저나 저 바이어…… 수완이 좋은데."

"리사…… 우리 목적은 이런 하찮은 게 아니야. 정말로 쓰러뜨려야 할 상대는……."

"놈들이지. 그리고 표적은 그 나라……. 이사라스 왕국 녀석들은 잠깐 이용당해 줘야겠어. 양심이 아프지만, 수단을 고를 여유가 없으니까. 이용하는 건 피차일반이기도 하고."

"솔직히 소국이 대국한테 이길 수 있을 리가 없으니까 말이야. 뭐, 가난한 나라니까 땅을 빼앗지 않으면 운영이 안 된다는 건 이해해. 그래도 아도 씨는 악당이야."

그들에게 협력하는【이사라스 왕국】은 일찍이 통일 국가를 세운 왕족들의 후예가 사는 나라였다. 한때는 영토를 대규모로 넓히고

복권해 거대 제국을 이뤘지만, 결국 나라를 유지하지 못하고 붕괴해 다시 약소국가로 전락했다.

최근에는 대산림 지대에서도 마물이 빈번히 나타나 가난한 백성들의 생활도 위험에 처해 있었다.

안전하게 살려면 토지 확보가 급선무여서 살아남기 위해 타국에 전쟁을 걸어야 하는 상황까지 이른 것이었다. 그래서 각지에 첩자를 보내 지형이나 군사 정보를 모으고 있었다.

"이 나라에 침공하기는 어렵겠어. 오러스 대하 상류에 그런 기둥을 세워 버렸으니……."

"애니메이션 캐릭터나 로봇을 조각해 뒀다며? 그런 걸 만드는 사람이라면……."

"전생자겠지……. 전생자로 보이는 인물과 한판 붙었는데, 버거웠어……. 그보다 레벨을 조금 올려 둬야 하지 않을까? 그 나라는 고 레벨이 많아. 전쟁은 혼자서 할 수 없으니까."

"시간이 없는데 어떻게 올려? 그리고 난 고향 사람과 적대할 생각 없어. 똑같은 희생자잖아."

"나라고 싸우고 싶어서 싸우나……. 그보다는 선결 과제는 수인이야. 그들의 자유를 되찾아야 해. 그리고 그들의 신뢰를 얻는 거야."

그들의 목적을 위해서는 병력이 필요하며 병력을 모으려면 또 준비가 필요했다.

다행히【솔리스테어 마법 왕국】은 그들의 표적이 아니었다. 무엇보다 같은 전생자가 있는 나라와 전쟁을 벌이고 싶지 않았다.

그 후로도 아도 일행은 범죄 조직에 넘긴 마법약의 효력을 알아

보고자 샘트롤을 미행하며 관찰했다.

가능한 한 이 세계 주민에게 피해가 나지 않도록 조정하기 위해서—.

제9화 아저씨, 딴 길로 새다

“선생님, 이제 돌아가시나요?”

“네. 밭을 너무 오래 방치하면 위험하니까요. 지금쯤 어떻게 됐을지 상상하면 겁나네요.”

“스승님, 너무 일찍 돌아가는 거 아냐? 조금만 더 머물고 가도 되잖아?”

“그러기도 힘든 게 꼬꼬들도 돌봐야 해서요.”

이튿날, 제로스와 이리스는 산토르로 돌아가고자 대도서관 앞에서 세레스티나와 작별 인사를 나누고 있었다. 그녀 외에도 츠베이트와 크로이사스, 닌자 복장의 소녀도 함께 있었다. 제로스와 같은 전생자, 안즈였다.

아저씨는 태평하게 담배를 피우면서도 츠베이트 옆에 있는 안즈를 신경 썼다.

“안즈 양, 정말로 여기 남으시게요?”

“응…… 츠베이트 옆에 있으면…… 밥은 안 굶어.”

“오라버니…….”

“형님…….”

"츠베이트 군……."

"……."

세 사람의 눈길이 츠베이트에게 집중됐다. 아무것도 모르는 소녀를 추악한 욕망으로 길들인 게 아닌가, 하는 의심의 눈초리였다.

이리스도 말은 없으나 차갑게 식은 눈빛으로 보고 있었다.

"왜…… 날 보지?"

"형님, 아무리 그래도 그건 위험합니다. 이렇게 어린 소녀인데…… 하다못해 몇 년만 더 참으시죠."

"크로이사스, 난 로리콤이 아니야!"

"하지만 남성은 때로는 어린 소녀에게 욕정을 품는다고 어떤 책에서 본 적이 있습니다."

"넌 무슨 책을 읽고 다니는 거야?! 난 그런 취향 없어!"

안즈는 왠지 츠베이트 방에 눌러앉아 버렸다. 게다가 당당히 먹을 것을 요구할 정도로 뻔뻔했다. 미안한 티도 내지 않으니 츠베이트는 기가 찰 노릇이었다.

"혹시 경호해주는 건가요?"

"……응. 재워주고 먹여준 은혜……."

"안즈라면 안심해도 되겠다. 그치만 좀 쓸쓸하겠어."

"이 녀석…… 그렇게 대단해? 그냥 어린애로만 보이는데?"

"강하고말고요. 제가 인정하는 몇 안 되는 고수 중 한 명이니까요. ……그런데 에로무라 군은 어디 갔나요?"

또 다른 전생자인 기사 소년, 에로무라 군.

그는 경비대에 넘겨져 사정 청취를 받고 있었다. 범죄 조직을 배신하고 츠베이트에게 붙어 그의 처분은 츠베이트의 아버지인 델사시스에게 달려 있었다.

물론 츠베이트도 에로무라를 두둔하는 편지를 보냈다. 비인기남들의 아름다운 우정이었다.

"그래도 경비병에게 폭력을 행사했다고 하니까 델사시스 님의 지시가 떨어질 때까지는 옥살이를 해야겠죠……."

"나쁜 애는 아닌데 말이야……. 착각해서 저지른 일이라니까 좀 생각하고 행동하면 좋겠어."

"그 사람, 바보구나……."

이리스는 직설적이었다.

"그 아이라면 조만간 「속세의 공기는 좋구나~♪」라면서 나오겠죠, 뭐. 그나저나 여러분과 다음에 만나는 건 겨울 휴가 때인가요? 그때까지 열심히 공부하세요."

"또 실전 경험을 쌓으러 가고 싶어……."

"저는 사양하고 싶네요. 그 시간에 차라리 연구를 하는 게 나아요."

"크로이사스 오라버니…… 연구에도 마력을 쓰니까 격은 올려야 해요."

골방지기 체질인 크로이사스는 레벨 올리기보다 연구가 중요했다.

하지만 레벨을 올리면 연구에도 다소 도움이 되는 것은 사실이었다.

크로이사스에게는 고민스러운 문제일 것이다.

"그럼 겨울 휴가 때 또 만납시다."

"세레스티나, 또 봐~!"

제로스와 이리스는 스틸라 북쪽 문으로 걸어갔다.

네 사람은 제로스와 이리스가 보이지 않을 때까지 그들을 배웅했다.

◇ ◇ ◇ ◇ ◇ ◇ ◇

"저기, 아저씨…… 혹시 바이크로 돌아가?"

스틸라 북문으로 나와 도시에서 어느 정도 떨어지자 제로스는 인벤토리에서 【할리 선더스 13세】를 꺼내려다가 이리스의 말을 듣고 멈췄다.

"그럴 생각인데, 왜요?"

"뭐어~? 재미없게 바로 돌아가려고? 기왕 이세계에 왔으니까 천천히 돌아가자~."

"바이크로 가도를 달리면 편하게 산토르에 도착할 겁니다. 천천히 돌아가도 도중에 있는 마을은 두 군데 정도밖에 없어요. 지도를 보면 작은 농촌이겠군요. 화물 운반은 배가 더 빠르니까 가도를 따라 난 마을이 발전할 리 없을 테니까요. 숙소는 있으려나 몰라."

"우회로 같아 보이네? 배라면 물살 때문에 속도도 느리니까 어느 쪽이 특별히 빠르진 않겠어……. 그보다 아저씨, 모험하자. 여기 이세계라구."

"모험이라……. 두 마을에 뭔가 재미있는 게 있으면 좋겠는데……."

제로스는 다시 【할리 선더스 13세】를 끌어내 뒷자리를 시트로 교환하고 검은 차체 위에 앉았다. 산토르까지는 기본적으로 가도를 따라서 쭉 달리면 되지만, 이번에는 산악 지대를 우회해 파프란 가도로 합류하는 경로를 택했다. 산토르까지 멀리 돌아가는 길이었다.

이 경로는 광대한 대산림 지대를 피해 안전을 도모한 결과, 가도가 숲에서 거리를 두고 구불구불하게 나 있었다. 이 경로를 마차로 갈 바에야 배를 타고 가는 편이 빨랐다.

"일단 마을로 가 봅시다. 밟으면 하루 안에 산토르에 도착하겠지만, 천천히 법정 속도를 지키면서 가면 이틀 후 점심쯤에 도착할 겁니다."

"법정 속도……? 이 바이크, 속도계가 없는데?"

"속도를 너무 내지 않으면 문제없습니다. 느긋하게 돌아가죠."

"와~♪ ……하고 순수하게 기뻐할 수 없는 건 분명 이 바이크 때문이겠지. 이세계인데 전혀 판타지 느낌이 안 나……."

잡담이 길어졌지만, 【할리 선더스 13세】는 조용히 모터를 울리며 산토르를 향해 달려 나갔다.

"두목…… 이 가도에서 상인을 노려 봤자 소용없지 않습니까?"

"그럴지도 모르겠군. 지나가는 건 요새로 가는 어용 마차뿐이라 함부로 습격하면 도리어 우리가 위험해."

"애초에 상인들은 배를 쓰지, 이 길로는 웬만하면 안 다니지 않습니까? 이대로 가면 우리가 굶어 죽게 생겼습니다."

"으음…… 하지만 상인들이 많이 오가는 가도는 다른 녀석들 영역이라 잘못 끼어들면 죽어. 거기는 간혹 마도사 출신도 있다고……."

"약소 세력은 서럽네요……."

세상에는 무슨 일을 해도 잘 풀리지 않는 사람이 제법 있다.

지금 스틸라 가도에서 희생양을 기다리는 도적들도 그런 엎어져도 코 깨질 자들이었다. 대부분 농가 출신이지만, 옛날부터 성질이 난폭해 마을 주민들에게 미움을 사고 쫓겨나 갈 곳 없는 이들의 집단이었다.

작은 마을에서 아무리 강한들 밖으로 나오면 자기보다 강한 사람은 발에 차일 만큼 많았다.

우쭐해서 설치던 그들은 마을에서 추방된 후 세상의 무서움을 알았지만, 그래도 옛날의 영광을 잊지 못하고 세월만 허비하는 건 달패였다.

사실 과거의 영광이라고 해 봤자 조그만 마을에서 힘 좀 쓴다고 으스대던 이야기지만, 그런 그들은 「언젠가 크게 성공해주겠다!」라는 허황된 꿈에서 아직도 헤어나지 못한 채 타성에 젖어 사는 불쌍한 인간들이었다.

"두목! 앞에서 뭔가 오는뎁쇼? 마도구 같은데 뭐가 저렇게 크지?! 뭐야, 저거?!"

"뭐?! 나도 보자!"

없는 돈을 긁어모아 산 망원경을 보초에게서 빼앗아 두목이라고 불린 남자가 가도를 확인했다.

확실히 낯선 검은 물체가 가도를 빠른 속도로 달려오고 있었다.

"이제야 팔자가 펴려나 보다. 저걸 팔아치우면 우린 떼부자야."

"헤헤헤…… 이제 이 거지 같은 생활과도 안녕이구만. 좋았어~, 해 보자고~! 할머니한테 틀니를 만들어주겠어~! 이가 없어서 딱딱한 걸 못 드시니까……."

"돈이 들어오면 여동생 혼례복을 맞춰줄 수 있어……. 기다려라, 오빠가 간다!"

"엄마…… 나, 드디어 생활비를 보내줄 수 있을 거 같아……. 나 힘낼게, 엄마."

의외로 나쁜 사람들은 아닌지도 모르겠다. 하지만 하려는 짓이 범죄라서 두둔할 수도 없었다.

어쨌든 안타깝게도 그들이 지금 기습하려는 사람은 최악의 인물이었고…….

"좌우로 갈라져! 활도 준비해!"

"두목~, 화살이 거의 없는데요? 돈이 없어서 얼마간 보충을 못 했더니……."

"……있으면 됐어. 없는 거보단 낫지."

"으, 검이 녹슬었어. 싸구려는 이 모양이라니까……."

"손질을 잘했어야지. 자, 대신 내 나이프를 빌려줄게."

"이제…… 가족에게 돈을 보낼 수 있어. 오래 걸렸어……."

"네 딸이 올해로 열 살이랬지? 이번 일을 성공하면 귀여운 옷이라도 사줘."

나쁜 사람이 아니라 의외로 좋은 사람들인지도 모르겠다.

좌우지간 표적인 검은 물체는 마차보다 빠르게 이쪽으로 다가오고 있었다.

도적들은 허둥지둥 좌우로 퍼져 언제든 습격할 수 있도록 준비했다.

그리고…….

―부우우우우우우우우우우우웅…….

"와, 왔다!"

높은 소리를 내며 달리는 정체불명의 검은 물체.

그 물체에 인간 두 명이 탄 것을 보면 아무래도 탈것 같았다.

다만, 이 물체를 어떻게 멈추느냐가 문제였다.

"밧줄을 쳐! 놓치지 마!"

"""넷!"""

밧줄 세 개가 가도를 가로막았다. 보통 마차라면 이걸로 멈출 수 있겠지만, 이 검은 물체는 달랐다.

오히려 가속하여 가도 옆 경사를 타고 밧줄을 뛰어넘어 버렸다.

―부와아아아아아아아아아아아아아아아아아아아앙!

""""""……?!""""""

그와 동시에 주위에 굉음이 울리는가 싶더니 도적들은 몸이 붕 뜬 느낌에 휩싸였다. 그리고 정신을 차리자 정말로 공중을 날고 있었다.

한편, 검은 물체는 밧줄을 넘어 아무 일도 없었던 것처럼 그들 아래를 통과했다.

""""""구헤에에에에에엑!""""""

그리고 당연하지만 그들은 땅에 처박혔다.

다행히 모두 숲에 떨어져 크게 다친 사람은 없었다. 땅에 부엽토가 부드럽게 깔려 쿠션이 되어준 덕분이었다. 하지만 무슨 일이 일어났는지는 여전히 이해할 수 없었다.

"아야야…… 어떻게 된 거야?"

"두모옥…… 저거……."

"뭔데…… 허억?!"

일어난 도적 우두머리가 본 것은 가도에 친 밧줄을 묶은 거목을 남긴 채 좌우 숲이 도려져 땅이 들춰진 광경이었다. 방금 지나간 인물이 가도 좌우에 숨어 있던 자신들에게 대규모 마법을 쐈다는 것을 바로 이해했다.

전원 무사해 다행이었지만, 그것은 분명히 상대가 봐줬기 때문이었다.

만약 죽일 작정이었다면 지금쯤 한 명도 살아 있지 못했을 것이다.

"……나, 앞으로 성실하게 일할래. 저런 게 가도를 오간다면 이걸로 먹고살긴 글렀어."

"시골로 돌아가서 부모님에게 사과해야지……. 내가 멍청했어. 그렇지만 부모님 생활비는 어쩌지……."

"마누라가 용서해줄까……. 집 나온 지 3년이나 지났는데…… 선물을 살 돈도 없어."

"생각해 보면 애들을 떳떳하게 만나지도 못할 일이지……. 아이들에게 뭘 사주더라도 더러운 돈이라서……."

"평범하게 사냥꾼이 되면 되잖아? 우리도 요 몇 년 사이 실력이 좋아졌으니까."

""""""그거다————!""""""

가능하다면 일찍 알아차리길 바랐다.

좌우지간 이날 하나의 도적단이 모두 손을 씻고 사냥꾼으로 전직했다.

훗날 그들이 가져오는 털가죽은 최고의 품질을 자랑해 고액으로 거래되었고, 큰돈을 번 그들은 대규모 수렵단을 조직했다.

그 시작으로 그들은 3일간 사냥한 다양한 가죽을 대상(大商)에게 들고 가서 신뢰를 얻었다. 당연히 그에 합당한 돈이 들어와 도적질을 할 때보다 생활이 윤택해졌다.

그들의 가족도 독불장군처럼 날뛰던 자가 갱생했다며 울며불며 기뻐했다.

그때 전직 도적들은 참으로 자랑스러워했다고 한다.

"……아저씨, 왜 갑자기 공격했어?"

"아니, 가도 좌우에 제법 많은 사람이 진을 치고 길을 막듯이 밧줄을 쳐 놨더라고요. 이건 보나 마나 도적이잖습니까? 공격해도 상관없겠다 싶었죠."

"그렇다고 갑자기 【토네이도】 마법을 쏴? 위력이 너무 강하잖아……."

"그럼 마법보다 자작 매직 아이템이 좋았겠습니까? 이 세상에서는 예상 이상의 위력을 발휘하는 그것들을? 전 자연 파괴는 하기 싫습니다."

이 세계에서 【소드 앤 소서리스】 제작 무기를 쓰면 왠지 위력이 높아지는 경향이 있었다. 그만큼 전생자의 능력치가 높아서 그런지, 아니면 다른 요인이 작용하는지는 불명이었다. 기분 탓인지 마법도 조금 강력한 느낌이었다.

"그러고 보니 아저씨는 생산직이었지……. 마도사 장비는 방어가 너무 약해서 걱정인데, 아저씨가 하나만 만들어줄 수 없어?"

"그럼 격투 계열 스킬을 익혀 보시죠? 보정으로 신체 능력이 향상되고 계속 싸우면 언젠가 【한계 돌파】도 배울 수 있지만…… 가능하려나? 지금도 장비에 기대는 것 보면 힘들지 싶은데."

"으음…… 그치만 근접 전투를 하면 피투성이가 되잖아. 마도사가 더 스마트하지 않아?"

"격투는 배우는 게 좋아요. 이 이세계에서 우리의 상식은 그다지 믿음이 안 가니까요. 【소드 앤 소서리스】의 설정을 얼마나 믿어도 될지……."

"마도사로 【한계 돌파】는 못 해?"

"가능은 하지만, 생산직을 목표로 해야 합니다. 소재를 대량으로 소비하며 레벨을 올려야 하죠. 마도사가 상성이 좋은 직업은 생산직이니까요. 연금술, 조합사, 대장장이, 재봉사, 세공사, 무기 장인, 방어구 장인……. 다만, 이 지식도 믿어도 될지 의심스럽단 말이죠……."

"음, 게임과 현실을 혼동하는 건 위험하지. 강해지고 싶지만, 【한계 돌파】를 할 수 있다는 보장은 없구나……. 일단 레벨 올리기에 전념할게. 그래도 새로운 장비는 갖고 싶어!"

이곳 이세계는 현실 세계였다. 게임 같은 각성 스킬이 존재하는지 알 수 없거니와 생산직 스킬을 쉽게 올리는 편법도 쓸 수 없었다. 게다가 스킬 하나를 배우려면 훨씬 오랜 시간과 많은 노력을 요했다.

현실과【소드 앤 소서리스】의 지식이 얼마나 합치하는지, 제로스는 아직 판단이 서지 않았다.

제로스도 그렇지만, 전생자는【소드 앤 소서리스】지식을 전제로 행동하는 경향이 강하며, 이 세계에서 무모한 행위는 곧 죽음으로 이어지기 때문에 신중해져야만 했다.

"새로운 장비라……. 장비 소재부터 스스로 확보해야 하는데 이 세계 용병들이 제가 원하는 소재를 조달할 수 있으리라는 생각이 안 드네요. 아마 이 세계의 기술자는 평생을 바쳐 직업 레벨을 높이겠죠. 장수하는 드워프 중에 좋은 기술자가 많은 이유도 알 만 해요."

"생산직으로 살기 힘든 세계란 뜻이야? 확실히 쟈네 씨나 레나 씨 장비도 우리 기준으로는 방어력이 낮지. 내 마도사용 중급 장비가 훨씬 튼튼하더라."

"이곳에서 튼튼한 건 아마 드워프 장비뿐이지 않을까요? 제가 본 바로는 기사 장비도 별 볼 일 없더군요. 겉은 번지르르한데 상위 레벨 마물을 상대하기에는 불안해요."

"으음…… 아저씨가 만들어주는 장비가 더 나을 거 같아."

"그러려면 몸 치수를 재야 합니다. 두 사람이 동의할까요? 쓰리

사이즈 측정을 허락한다면 만들어 보죠. 물론 보수도 받을 겁니다."

"그거…… 우리가 손해 아니야? 몸을 조사하고 돈까지 받는다니…… 받아들이기 어려워."

"현실에서 무기나 방어구를 만들려면 치수를 재야 합니다. 맞춤 제작 옷이랑 마찬가지예요."

이리스는 기분이 복잡했다.

좋은 장비는 가지고 싶지만, 제로스에게 몸 치수를 재게 허락해야 한다. 보통 가게에서 옷을 맞출 때는 여성 직원이 있으니까 고민하지 않지만, 지인이 측정한다면 부끄러웠다.

심지어 아저씨는 남자였다. 측정하면서 무슨 실수로 그렇고 그런 행위가 벌어지지 말라는 법도 없어 제로스에게 장비 제작을 부탁하기 어려웠다.

"정 껄끄럽다면 루세리스 씨에게 치수를 재 달라고 하시죠? 필요한 건 치수지, 직접 속살을 보고 싶은 건 아닙니다."

"아저씨는 여자한테 관심이 없어? 레나 씨나…… 쟈네 씨는?"

"꼭 보고 싶네요! 레나 씨는 몰라도 쟈네 씨라면 침대 위에서!"

"일말의 망설임도 없어! 게다가 왜 그렇게 힘줘서?! 역시 러브야? 러브구나, 아저씨!"

"나이차는 신경 쓰이지만, 정 안 되면【시간 회귀 비약】을 쓰면 되죠. 젊어지는 것도 괜찮지 않을까요?"

"아저씨, 치사해……. 친누나는 그렇게 매정하게 내치더니……."

"무슨 문제 있습니까? 그 인간에게는 죽을 때까지 자기가 저지른 짓을 후회하게 해줘야 해요. 뭐, 기대도 안 하지만……."

아저씨는 원한을 품은 샤란라가 다시 나타나리라 예상했다. 그때가 오면 반드시 처치하겠다고 각오도 했다. 인형을 부순 정도로 이 원한은 사라지지 않았다.

"앗, 아저씨! 마을이 보여!"

"어이쿠, 그럼 이 근처에서 내릴까요? 【할리 선더스 13세】를 보이면 위험하니까."

"이미 늦지 않았어? 게다가 그 이름 좀 어떻게 할 수 없어? 왠지 기타 치는 로봇[#12]이 생각나는데……."

"이리스 양, 전부터 생각했지만…… 왜 그렇게 애니메이션과 만화를 잘 알죠? 옛날 것도 묘하게 잘 알던데 나이를 속이는 거 아니죠?"

"사람을 뭐로 보고. 아빠가 진성 오타쿠여서 그래! 엄마도 원래 코스플레이어였고 동인지 판매회에서 만나 이어졌다나 봐. 첫 만남이 「아가씨, 고등어 통조림을 스물다섯 개나 흘리셨어요」였다고 해."

"동인지 판매회에서 왜 고등어 통조림? 게다가 무슨 마트도 아니고 스물다섯 개씩이나? 모르겠어, 상황이 이해가 안 돼……."

어디 나오는 시간 여행자와 쩨쩨한 소년의 부모님이 더해진 듯한 상황에 아저씨도 당황할 수밖에 없었다.

두 남녀가 사람들로 발 디딜 틈 없는 회장에서 고등어 통조림을 계기로 이어지는 상황을 이해할 수 없어 비상식적인 아저씨조차 고개를 갸웃거렸다.

#12 기타 치는 로봇 애니메이션 『사자왕 가오가이거』의 마이크 사운더스 13세.

심지어 스물다섯 개였다. 왜 그렇게 들고 다녔는지 의문이었다.

세상에는 이해하지 못할 일이 있다고 생각하면서 【할리 선더스 13세】에서 내린 아저씨는 그곳부터 마을까지 걸어갔다. 그 와중에도 머리 한쪽에서 고등어 통조림이 자꾸만 맴돌았다.

◇ ◇ ◇ ◇ ◇ ◇ ◇

제로스와 이리스가 도착한 마을의 이름은【하삼】.

주로 밀을 생산하는 작은 마을이었다.

낙농업도 하는지 소를 방목해 주민들이 다 함께 돌보는 것 같았다.

신경 쓰이는 점은 눈앞에 펼쳐진 전원 풍경이었다.

언뜻 보면 그리운 일본이 떠오르지만, 이 세계에는 밀을 논에서 키웠다. 쌀 문화권에서 자란 두 사람은 논에서 밀이 자라는 광경이 기묘하게 비쳤다. 아마 서식 환경이 다르기 때문이리라.

더욱 놀라운 것은 오이였다. 이 세계에서는 오이가 땅속줄기 식물인지 연근처럼 진흙 속에서 파릇파릇한 오이를 수확했다.

하삼 마을에서는 그 오이를 보존성 높은 피클로 가공해 출하했고 그 외에도 육포나 치즈 따위를 주된 특산품으로 내놓고 있었다.

"왜…… 밀이 논에서 자라? 이상하네……."

"오이도 진흙 속에서 감자처럼 수확하는데요? 이것도 이상하지만, 이세계니까 그러려니 해야죠……."

"뭐든 이세계라고 하면 넘어가는 거야? 얼마 전에는 감자가 나무에서 나는 걸 봤어."

“감자가 과일이라고요?! 이세계는 무섭네요. 지구의 상식이 모조리 뒤집혀요.”

이세계에서는 지구의 상식이 통하지 않았다. 이해는 해도 막상 그 광경을 목격하면 새삼스럽게 이질감을 느끼곤 했다. 아저씨와 이리스는 이세계의 현실을 다시 한 번 깨달았다.

“그건 그렇다 치고 마을 주민이 적지 않아?”

“그러게요. 농사꾼도 왠지 기운이 없어 보이네요.”

주위를 본 두 사람은 그렇게 감상을 털어놨다.

아무리 봐도 농업으로 먹고사는 마을이었고 입지 조건상 틀림없이 스틸라가 주된 거래처일 것이다. 그 증거로 논밭이 상당히 컸다.

그런데 실제로 농사를 짓는 사람은 너무 적었다. 아이는 단 한 명도 안 보였다.

참고로 제로스와 이리스는 모르지만, 이 마을의 인구는 1500명 정도였다.

“어떻게 된 걸까요? 마을 크기에 비해 활기가 없고 농부도 적은데…….”

“정말 이상하네. 그리고 잘 보면 마을 사람들, 다친 거 같지 않아?”

“그러네요. 붕대를 감은 사람이 보이는군요. ……아, 위험해?!”

아저씨는 퍼뜩 이리스를 끌어안고 후방으로 뛰었다.

그러자 두 사람이 있던 곳으로 무거운 뭔가가 떨어졌다.

“뭐, 뭐야……?!”

“이건, 대장장이가 쓰는 모루? 그리고 망치…… 직격했으면 죽었겠어요.”

아무것도 없는 곳에서 난데없이 쇳덩어리들이 떨어졌다.

하지만 누가 이런 것을 떨어뜨렸는지 알 수 없었다.

“왜? 이런 걸 맞으면 죽잖아?!”

“흠…… 이런 짓을 할 녀석을 알죠. 【엘리멘탈 아이】.”

제로스는 자신과 이리스에게 마법을 걸었다.

빛 마법 【엘리멘탈 아이】. 주로 보이지 않는 마물, 예를 들어 고스트나 정령, 그리고 요정 등을 찾을 때 사용하는 마법이었다.

마력을 쫓아 위치를 알아낼 수도 있지만, 확실하게 공격을 가하려면 눈에 보이는 편이 좋았다.

그리고 예상한 대로 녀석들이 있었다.

“귀, 귀여워…….”

“역시 있었군요……. 생김새에 속으면 후회할 겁니다.”

하늘에 반투명한 요정이 있었다.

뾰족한 귀에 커다란 눈망울. 등에는 곤충을 닮은 날개가 자랐고 옷은 아무것도 입지 않았다.

알몸이라고 하면 이상하게 들리지만, 평소부터 모습을 감추고 다니는 요정은 원래 옷을 필요로 하지 않았다.

애초에 성별이 존재하지 않으니 감출 것도 없지만…….

『빗나갔어. 아깝다! 잘하면 뇌가 빠~엉 하고 터졌을 텐데~!』

『꺄하하하하, 엄청 못 해~! 다음은 내 차례~♪』

“요정…… 페어리네요. 성깔 고약한 놈이 튀어나왔군요.”

“뭐?! 무지무지 귀여운데 나쁜 생물이야? 믿어지지 않아.”

“옵니다.”

“엑?!”

밭에 놓여 있던 농기구가 떠올라 두 사람을 향해 고속으로 날아들었다.

“자, 잠깐———?!”

“이쪽 세계에서도 유해동물이군……. 이얍!”

순식간에 양 허리춤에 찬 쇼트 소드를 뽑아 날아든 낫과 괭이를 쳐 냈다.

하지만 마력으로 조종한 농기구는 바닥에 떨어지지 않고 튕겨나간 뒤에도 끈질기게 두 사람을 노리고 날아들었다. 확고한 악의였다.

『에잇에잇, 어서 죽어~♪ 새빨간 피를 흘리면서~♪』

『끈질기네. 인간 주제에 건방지게. 어서 죽으란 말야.』

“……너희나 죽어. 【감마 레이】.”

대 요정 섬멸 마법【감마 레이】. 마력을 강력한 감마선으로 변질시켜 마력체를 직접 타격하는 파괴 마법이었다. 다만, 정면에서만 쏠 수 있다는 결점도 있었다.

빛의 파동인 감마선은 육안으로 확인할 수 없고 아군까지 말려들 수 있는 마법이었다. 관통력이 높아 마력체를 훤히 드러낸 요정에게는 특히 효과가 좋았다.

다른 곳에 피해가 날지도 몰라 신중하게 마력을 조절해 위력을 줄인 집속 감마선 레이저를 발사했다.

직격한 요정 한 마리가 즉석에서 소멸했다.

『엥?』

"다음은 너다……. 죽이려고 했으니까 죽을 각오도 됐겠지?"

『뭐야? 보여?! 보고 있어?! 우와~, 살려…….』

도망치기 전에 【감마 레이】는 다른 요정 한 마리를 소멸시켰다. 그 후 남은 것은 요정의 마석인 【요정의 주옥】뿐이었다.

다만, 소멸한 요정은 실로 기뻐 보였다.

"더 없군요. 설마 주민들이 요정의 장난질에 피해를 받은 걸까요?"

"아저씨, 정말로 가차 없구나. 요정은 마력이 많을 뿐이고 약한 마물이지?"

"얼마나 악랄한 장난을 치는지 알잖습니까……. 도둑질에 살인에, 심지어 반성도 안 한다고요. 전 보이는 족족 죽이고 다닙니다. 전에도 말했었죠?"

"모기를 죽이는 것처럼 말하네……. 하지만 확실히 악질이야. 장난으로 그칠 문제가 아니었어."

"그들에게는 장난입니다. 사람이 몇 명 죽든 상관하지 않아요."

요정에게는 선악의 구분이 없었다. 마냥 향락적이고 재미로 장난을 친다. 그 규모는 어린애 장난 수준에서 악질적 엽기 범죄까지 폭넓게 이뤄지고 자신들보다 약한 마물을 해부하는 일도 있었다.

그 시체를 집이나 방 안에 버리고 놀라는 사람을 비웃는다. 좋게 말하면 순수하지만 나쁘게 말하면 이기적인, 인간 입장에서는 사악한 생물이었다.

그런데 4신교의 신관들에게는 그 피해가 미치지 않아 4신교에 들어오는 신자를 늘리는 결과로 이어졌다. 하지만 4신교에 들어간 들 피해는 사라지지 않고, 신관들은 그것이 신앙심이 부족한 탓이라며 조치하지 않았다.

그 태도가 불신을 낳았지만, 실제로 신관은 피해를 받지 않으므로 신자들은 화를 삼킬 수밖에 없었다.

“왜 신관들을 공격하지 않지? 무슨 이유가 있을 텐데……. 애초에 그렇게 지능이 높은 생물도 아니야. 신관을 구별해 일반 시민만 노린다……. 얼굴을 외울 리는 없고, 알기 쉬운 신관 복장으로 판별하나……?”

“까마귀도 사람 얼굴을 외운다잖아. 옷을 외웠어도 이상하진 않지. 장난도 어린애 수준이고…….”

“그 어린애 같은 지능이 문제예요……. 어린애는 잔인하다구요.”

인간도 어릴 때는 잔인한 짓을 아무렇지 않게 벌인다.

개미를 재미로 밟아 죽이고 장난 삼아 불을 붙여 화재를 내는 등 순수한 탓에 예상을 뛰어넘는 짓을 저지른다.

인간은 성장하는 과정에서 윤리를 배우지만, 정신적으로 성장하지 않고 그대로 몸만 커지면 어떻게 되는가? 때로는 엽기 범행을 벌이는 인간이 탄생하기도 한다.

처음에는 벌레를 죽이던 것이 차츰 소형 동물로 변하고, 이윽고 인간을 죽인다.

행동 원리는 호기심일 뿐이며 그러다가 살해라는 행위에 재미를 붙이고 만다.

이건 어디까지나 하나의 예일 뿐, 모든 범죄자가 여기에 해당하지는 않는다. 그러나 요정에게는 이것이 일반적인 것으로 인식해도 무방했다.

"4신교가 자신들을 옹호하니까 옷으로 판별한다면 그걸 전한 건 누구죠?【주술사】가 계약할 수 있는 건【정령】인데……."

"요정과 정령이 구분되지 않는데 어떻게 달라?"

"신체 구조는 다를 게 없어요. 자아가 희박하고 계약자의 의지를 따르는 게 정령, 계약자에게는 따르지만 몰래 악질적인 장난을 저지르는 게 요정. 참고로 계약자에게도 웃어넘기지 못할 장난을 칩니다."

정령은 세계의 조화에 크게 관련된 종족이며 요정처럼 감정대로 행동하지 않는다.

다만, 천재지변이 일어났을 때 활발하게 행동해 피해를 키우거나 반대로 재해 규모를 줄이거나 한다. 그 단순하고 기계적인 행동 양식이 요정과의 큰 차이였다.

"귀찮은 마을에 왔네요……. 이걸 모험이라고 해도 될지 모르겠군요. ……으으, 귀찮아."

"모험이라고 생각하자, 아저씨. 퀘스트는【요정 피해를 입은 마을을 구하라】어때? 재밌어질 예감이 들어."

"귀찮을 뿐이라고 생각하는데요……. 요정을 쓸어버리면 끝나는 건가……."

"아저씨, 전멸시킨다는 방법밖에 안 떠올라? 다른 방법을 찾으려는 생각은 안 해?"

"그 인간이 떼거리로 있는 거 같아서 열 받는다고요. 전멸시켜야 속이 시원합니다."

"……중증이야. 요정이 불쌍해……."

친누나와 성질이 비슷한 탓에 가뜩이나 요정을 싫어하는 아저씨는 요정 박멸에 의욕적이었다.

그런 무자비한 아저씨에게 이리스는 떨떠름한 눈치였다.

귀여운 것을 좋아하는 이리스는 최악의 천적에게 찍힌 요정에게 동정하며 깊은 한숨을 뱉었다.

제10화 아저씨, 용사로 오해받다

마을 포장도로를 따라가도 마을 사람은 거의 보이지 않고 무척 한산한 광경이 펼쳐졌다.

가끔 집에서 어린애가 얼굴을 내밀지만, 부모로 보이는 사람이 황급히 아이를 집 안으로 숨겼다. 마치 무언가를 두려워하는 것 같았다.

집에서는 역한 악취가 나와 코를 자극했다. 뭔가가 썩는 냄새였다.

그리고 제로스는 그 원인을 이미 대강 짐작했다.

"이것도 요정들 탓일까?"

"십중팔구, 요정들의 소행일 겁니다. 놈들이 레벨 낮은 마을 사람들에게 장난을 치는 거겠죠. 징글징글한 것들……."

"……생긴 건 귀여운데."

"요정이란 게 다 그렇지 않습니까. 【소드 앤 소서리스】에서도 경험하지 않았나요?"

"그렇지만…… 귀여워서 봐줬어."

“마음은 이해하지만, 귀여운 모습과 대조적으로 흉악한 마물은 많습니다.”

요정은 확실히 귀엽게 생겼다. 하지만 그 생김새와 어울리지 않는 잔인한 성격을 가졌다.

요정들에게 생물을 죽이는 행위는 놀이며 악질적인 장난은 나날의 오락이었다.

그 큰 이유가 오랜 수명과 자연계 마력만으로 살 수 있어서 식사 등에 관심이 없기 때문이었다. 한마디로 할 일이 없었다. 또한, 전에도 설명했지만 지능이 어린애 수준이라서 선악 같은 윤리 의식이 없었다.

물리 공격과 속성 마법 공격 대부분이 효과가 없고 자신들에게 해를 끼칠 수 없다는 것을 알기에 건방지게 날뛰는 것이었다.

보통 인간의 눈에 보이지 않는 것이 문제였다.

“게임일 때는 요정과 사역마 계약을 맺으려고 했는데…….”

“안 해서 다행이네요. 장담하는데 그랬으면 험한 꼴 당했을 겁니다.”

“단언할…… 정도구나. 역시 고참 플레이어.”

잠시 걷자 길거리에서 많은 사람이 모여 고함치고 있었다.

잘 보니 교회에서 사제를 둘러싸고 마을 사람들이 항의하는 현장 같았다.

“말씀드리지 않았습니까? 요정들은 무척 순수해서 악의가 전혀 없습니다. 인간처럼 욕망으로 행동하지 않고 순진무구한 마음으로 자유롭게 살아가는 종족입니다.”

"그렇다고 가축을 대량학살해도 되냐고! 우리도 생활이 걸린 문제야!"

"가축뿐만이 아니야! 놈들은 변덕으로 우리를 구멍에 빠뜨리거나 잠잘 때 낭떠러지로 떨어뜨린다고! 어디가 순진무구해?!"

"얼마 전에는 갓난아기를 토막 내서 죽였어! 옆집 미사는 충격으로 앓아누웠다고!"

"작년에는 쥬단의 아이야. 숲에서 산 채로 토막 났어! 작작 좀 해!"

"당신네는 좋겠지. 공격당하지 않으니까!"

"그건 제가 경건한 4신교의 신자이기 때문입니다. 요정들이 공격하는 건 당신들이 신을 업신여기기 때문 아닌가요?"

듣기에도 끔찍한 이야기였다. 요정에게 받은 피해는 수년에 걸쳐 이어진 모양이었다.

주민들이 그 피해에 고통받는데 사제는 자기가 신에게 축복받았다고 주장하며 이것이 모두 신의 은혜라는 식으로 대답을 회피하려고 했다.

급기야 당신들의 신앙심이 부족하다는 말까지 나오자 마을 사람들의 분노가 폭발했다.

가뜩이나 요정 때문에 화가 머리끝까지 난 이들인데 이 한마디가 불에 기름을 부었다. 언제 폭동이 일어나도 이상하지 않았다.

아저씨는 요정에 관해 조금 신경 쓰이는 점이 있어 아무것도 모르는 여행자인 척 정보 수집을 시작했다.

"죄송합니다. 이건 무슨 모임인가요?"

"응? 뭐야, 여행자인가? 별일이군."

"가도를 따라 산토르로 가는 도중에 우연히 들렀습니다. 그런데 이건 무슨 소동이죠?"

"요정 피해야. 우리는 4신교 사제님에게 요정을 설득해 달라고 부탁했어. 그런데……."

"사제는 이야기를 들어주지 않는다? 소용없는 짓을 하시네요."

""""""……?!""""""

아저씨는 안 해도 될 말을 덧붙이고 말았다.

살기 담긴 시선이 제로스에게 집중됐다.

하지만 요정의 생태를 잘 아는 아저씨는 진실을 전해 위기를 모면하기로 했다.

"요정이랑 4신은 관계가 없습니다. 놈들은 사제가 자신들에게 해를 가하지 않는다는 걸 알아요. 제 짐작이지만 신관복으로 구분하는 거겠죠. 평범한 옷으로 갈아입으면 공격당할걸요?"

"잠깐 있어 봐. 4신이 관계없다면…… 왜 신관복을 공격하지 않아? 이해가 안 되는데."

"아마도 누가 요정들과 계약한 게 아닐까요? 요정이 신관복을 공격하지 않으면 위해를 가하지 않는다고. 그렇게 생각하면 앞뒤가 맞지 않습니까?"

"누가 그런 계약을 한다고……. 마도사인가? 아니, 마도사는 신관과 사이가 안 좋지……."

"그거까지는 저도 모르죠. 다만, 거기 사제님이 요정을 설득해도 의미는 없을 겁니다. 그냥 피해가 더 확대되지 않도록 죽기 전에 죽이는 게 상책이죠. 다행히 요정에게는 조합용 소재가 나오니까 헛수고는 아닐 거예요."

주민들이 모두 얼굴을 마주 보더니 어떻게 요정을 해치울지 논의하기 시작했다.

요정에게 보통 공격은 통하지 않고 마법에도 높은 내성이 있었다. 반대로 내구력이 극단적으로 낮아 마을 주민이라도 마력이 담긴 무기로 때리면 해치울 수 있었다.

무기가 되는 것은 숲에 서식하는【트렌트】라는 식물 마물의 소재였다. 나무 마물이라서 몽둥이 따위를 만들면 미약하게 마력이 깃든다. 그게 있으면 요정을 해치울 수 있었다.

그 사실을 주민들에게 전하는 도중, 유일하게 이의를 제기하는 자가 있었다. 4신교의 사제였다.

"기다리십시오, 여러분! 그 마도사의 말에 현혹되시면 안 됩니다. 요정들은 청렴한 종족입니다. 그런 그들을 죽이시겠다는 말입니까! 4신의 심판이 있을 겁니다!"

"그럼 댁이 설득해주시게? 우리는 놈들 때문에 사람이 셀 수도 없이 죽었어! 만약 청렴한 종족이라면 왜 남한테 폐를 끼치냔 말이야!"

""""""옳소! 옳소!""""""

"요정들은 어린 마음을 가진 종족입니다. 그래서 그들은 어린아이처럼 천진난만하지요. 저는 사람도 마땅히 그래야 한다고 생각합니다."

"천진난만한 것들이 왜 애먼 어린애를 토막 내? 어리고 순수하면 무슨 짓을 해도 돼?!"

사제는 이미 울기 직전이었다.

요정을 옹호하면 주민의 반감을 사고, 그렇다고 주민들 편에 서면 교의에 반한다.

4신교에서는 창세신이 처음으로 만든 종족이 요정이라고 말하며 살해를 금했다.

그러나 그 요정이 악랄한 장난을 반복해 고민이 이만저만이 아니었다.

이 사제도 어떻게 보면 피해자였다.

"흠, 요정도 종족이라고 인정하면 재판할 수도 있어야 하지 않나요? 상인을 덮치는 도적에게 살해 허가를 내듯이 요정에게도 형벌권을 적용해야 한다고 봅니다."

"다, 당신은 어찌 그리 무서운 소리를……. 요정은 인간보다 훨씬 우수한 힘을 가졌습니다! 어떻게 인간의 힘으로 감히 대적할 수 있단 말입니까! 이래서 저레벨 마도사는……."

"저는 이 마을에 도착하고 이미 두 마리를 처리했는데요? 공격하길래 봐주지 않고 죽였습니다만, 무슨 문제라도?"

"뭐, 뭐요……? 요정을 죽이다니…… 그게 가능할 리가……."

"죽이지 않으면 죽는다, 단지 그것뿐입니다. 모루를 머리 위로 떨어뜨리는데 그걸 가만히 보고만 있을까요?"

요정의 힘은 주로 순수한 마력이었다. 보유 마력도 많고 마력 조종도 능숙해 그들은 강력한 공격을 구사했다. 문제는 그 우수한 능력을 자신들의 향락을 위해서만 사용한다는 점이었다.

자신의 힘을 어떻게 사용할지는 자유지만, 그로 인해 남에게 막대한 피해를 끼친다면 그것도 간과할 수 없는 문제였다.

하나의 종족으로 인정한다면 요정들의 행위는 종족 전쟁으로 번져도 이상하지 않은 만행이었다. 경우에 따라서는 요정 섬멸을 허가해도 될 수준이었다.

그렇게 되면 요정을 옹호하는 4신교도 국교의 자리에서 추락할 것이다.

"마도사에게 의뢰하면 되지 않을까요? 물리력으로도 마법으로도 해치우기 어렵지만, 그나마 마법이 더 가능성이 있으니까요."

"그렇군……. 영주님에게 탄원해 볼까? 요정 피해가 심각하니까 수를 써 주실지도 몰라."

"기다리십시오! 요정을 죽이는 건 신에 대한 반역입니다! 다시 생각하십시오."

"닥쳐. 신이 뭐 해준 거라고 있어?! 죽은 아기는 한 살도 안 됐다고!"

"죽은 내 아이도 열 살밖에 안 됐어! 아무것도 안 하는 자식이 뭐가 잘났다고 떠들어!"

"부상자가 몇 명인 줄 알아?! 계속 이대로 두면 우리도 어떻게 될지 몰라!"

아저씨의 상상 이상으로 피해가 나온 것 같았다.

실은 이 마을 도처에서 나는 악취는 요정들이 가축의 내장을 집 아래 숨기고, 인간이 들어갈 수 없는 곳에서 썩혀 발생한 냄새였다.

제로스가 들은 것만 해도 가축의 머리를 베어 현관 앞에 두거나 몸이 불편한 노인을 생매장하거나 임신부를 강으로 떠미는 등 행동이 도를 지나쳤다.

"아저씨…… 요정은…… 판타지 세계는……."

"환상에 꿈을 품는 건 괜찮아요. 다만, 현실은 이런 법이죠. 영국 설화에서도 요정은 악랄한 장난을 많이 치고 인간에게 우호적이라고 말하기도 어렵습니다. 실제로 우리와 절대 이해할 수 없는 종족이에요. 의사소통이 되는 수인이 그나마 사귀기 쉬울 겁니다. 요정은 사람의 말을 듣지 않고 들어도 금방 잊어요."

"아저씨……【소드 앤 소서리스】에서 요정에게 무슨 짓 당했어? 들은 것 이상으로 당하지 않고서야 그렇게 혐오할 수 없어. 적개심이 이상할 만큼 강한 느낌이야."

"저레벨일 때 낭떠러지에서 떠밀리고, 강에 떠내려가다가 올라간 바위에서 또 떠밀리고, 얼려 버린 폭포 바닥에 격돌해서 리스폰했습니다. 레어 몬스터와 전투 중에 나무 넝쿨로 발을 묶어 돌진 공격을 당하고, 레이드 보스와 싸우는 도중 회복약을 훔쳐 가고, 구멍 함정에 떨어지고…… etc."

"와…… 요정이 너무했네. 아저씨가 요정을 싫어하는 것도 이해해."

주민들도【소드 앤 소서리스】나【리스폰】이란 말은 몰라도 요정의 피해가 얼마나 심각한지 알기 때문에 두 사람의 대화를 듣고 저마다 고개를 주억거렸다.

주민들은 아저씨를 진심으로 동정했다. 이건 피해를 당해 본 사람밖에 모를 감정이었다.

"놈들은 벽을 통과하니까 어디든 침입합니다. 힘없는 자는 표적이 될 뿐이죠. 들켜도 도망치면 그만이라고 생각하거든요. 그것들은 그만한 힘을 가졌습니다."

"강한 능력을 쓸데없는 곳에 낭비하네. 부럽기도 하지만, 남에게 원망받기는 싫어……."

"마력이 담긴 무기가 있으면 해치울 수 있지만, 작은 데다가 잽싸서 잡기 어렵죠. 대신 【페어리 이터】라도 키우면 어떨까요? 【맨 이터】의 변이종으로, 인간이 아니라 요정을 포식하는 마물이 있거든요. 요정은 바보라서 고농도 마력에 유인되어 이 녀석에게 잡아먹히죠. 덧붙이자면 씨앗은 약재로도 쓸 수 있습니다. 아, 마침 씨앗을 가지고 있네요."

""""""그 씨앗, 우리한테 팔아줘!""""""

"어어어?!"

주민들이 득달같이 달려들었다.

그들도 이대로 가면 위험하다는 것을 알면서도 어떻게 해야 할지 몰라 방관할 수밖에 없었다. 이 상황을 타개할 수단이 있다면 지푸라기라도 잡고 싶은 심정이었다. 그리고 아저씨는 그 수단을 가졌다.

한편, 사제의 표정은 좋지 않았다. 마도사가 이 상황을 타개하면 사제의 체면이 구겨진다. 경건한 신자의 이반을 어떻게든 저지하고 싶었다.

"마, 마물을 이용하겠다는 말입니까? 그런 무서운 짓을 하다니요! 마물은 신에게 대항하는 사악한 생물. 그 힘을 이용하는 것은 악마의 소행입니다!"

"아무 도움도 안 되는 신의 가르침을 따르는 것보다 무슨 짓을 해서라도 행복해지려고 노력하는 게 낫다고 생각하는데요? 피해가 나와도 그저 수수방관하는 인간이 될 바에야 악마가 되고 말죠."

"사악한 마물의 힘을 빌리는 것은 곧 사신에게 영혼을 파는 행위인 줄 아십시오! 이래서 마도사란 작자들은……."

"댁이 입은 신관복, 【실크 크롤러】의 실로 만들었군요? 지팡이는 【데아 트렌트】, 손가락에 낀 호신용 마도구의 마석도 마물에게서 얻은 것. 이래도 자신은 마물의 힘을 빌리지 않았다고 하시렵니까?"

"뭐요?! 분명히 이건 마물에게서 난 소재지만…… 신성 마법으로 부정함을 정화한……."

"당신네 논리는 아무래도 좋습니다. 결과만 놓고 보면 당신도 마물 소재를 쓰고 있죠. 그건 바꿀 수 없는 사실입니다. 신관은 되고 일반인은 용납되지 않는 건 도리가 아니죠."

신관이 마도사를 싫어하는 이유. 그건 교의를 논리로 꺾고 이론으로 자신들의 신앙을 부정하기 때문이었다. 아무리 교의로 마도사를 설교하려고 해도 논리정연하게 모두 논파해 버린다.

그래서 신관들은 마도사를 싫어했다.

"아저씨, 아무리 4신이 싫어도 그렇지, 그냥 심부름꾼인 사제님한테 화풀이하지 마……."

"그럴 생각은 아니었는데……. 그래도 마을 사람들이 힘들어할 때 신앙이나 들먹이며 행동하지 않는다면 없는 편이 낫죠. 앗, 이게 【페어리 이터】 씨앗입니다."

"당신, 지금 그거 어디서 꺼냈어? 조금 전까지 아무것도 안 들고 있었잖아?"

"영업 비밀입니다. 마도사는 자기 기술을 절대로 남에게 알리지 않아요. 대항책이 생겨 버리니까요."

인벤토리에서 【페어리 이터】 씨앗을 꺼내 한 주민에게 건넸다.

이것은 이 세계에 와서 서바이벌을 하던 때 채취한 씨앗이었다. 실전 훈련 때도 추가로 채취해 아직 많이 남아 있으므로 남에게 그냥 준다고 아까울 건 없었다.

마을 사람은 제로스가 허공에서 갑자기 씨앗을 꺼낸 것처럼 보여 어렴풋이 그가 생긴 것보다 대단한 실력자겠거니 생각했다.

그러나 인벤토리에서 씨앗을 꺼내는 광경을 목격한 사제의 반응은 달랐다.

"당신은…… 아니, 당신께선 설마…… 용사님이신가요?!"

"아뇨, 그냥 수상한 마도사인데요? 용사? 그게 뭐죠? 먹는 건가요?"

"속이려 하지 마십시오! 허공에서 물건을 꺼내는 능력, 이건 용사님이 가진 특수한 힘입니다! 그 힘을 쓸 수 있는 당신께서 용사가 아닐 리 없습니다!"

"안타깝지만, 전 용사가 아니에요. 그런 시시껄렁한 게 될 생각도 없고요."

"용사가 시시껄렁?! 왜, 왜…… 용사가 4신에게 대항하는 겁니까. 선택받은 존재이건만……."

"선택은 무슨……. 댁들 좋자고 억지로 납치한 사람을 용사라고 부를 뿐이겠죠. 나라의 이익을 위해 이용당하는 도구로 전락할 생각은 없습니다. 애초에 저는 소환된 게 아니니까 용사도 아니고 말이죠."

"그 힘은 틀림없이 용사의 것이지 않습니까! 왜 신을 부정하십니까!"

"말귀를 못 알아들으시네……. 용사란 선택받는 게 아니라 도달한 자들을 이르는 겁니다. 그런 용사를 사람들은 영웅이라고 부르죠. 바라지도 않았는데 억지로 떠넘긴 용사 칭호 따위 수상쩍어서 토할 거 같아요."

수상쩍게 생긴 인물이 용사를 수상쩍다고 말하니 실로 기묘하게 들렸다.

"사제님, 아저씨한테 뭐라고 해도 소용없어. 아저씨는 4신을 죽도록 싫어하니까 억지로 밀어붙이면 진짜 화내."

"너, 너는 용사란 사실을 부정하는 이 마도사님을 인정하라는 말이냐?! 신에게 힘을 얻은 선택받은 자거늘……."

"그러니까 그 이상은 말하지 않는 게 좋다니까? 안 그럼 사제님이 죽을걸?"

"……이리스 양은 절 뭐라고 생각하나요? 전 민간인에게 무차별적으로 마법을 갈겨 대거나 하진 않아요."

"뭐~? 숨어 있던 도적들한테 다짜고짜 마법 공격을 날렸잖아? 사실은 변하지 않아."

이리스가 자신을 어떻게 보는지 대충 알 것 같았다.

사제는 사제대로 믿어지지 않는 눈으로 제로스를 보았다.

용사는 4신이 하사한 소환 의식(4신교는 소환 마법진을 마법으로 보지 않는다)에 의해 소환된 신의 천병(天兵), 4신의 뜻에 따라 그 사명을 완수하는 병사였다.

그런 용사 소환이 허락된 곳이 4신교의 총본산인【메티스 성법신국】이었다.

용사들은 대주교의 요청을 받고 사람들을 구제하러 다니며 신의 힘을 증명하는 신의 대행자였다.

그런 용사의 힘을 가졌으면서도 4신을 부정하는 마도사가 있다는 것이 사제는 믿기지 않았다.

실제로 지금도 용사들은 4신교의 뜻에 순종하며 파격적인 대우를 받고 있었다.

"당신, 용사였어?"

"그렇게 보이나요? 용사란 대체 뭘까요? 지금 있는 용사들도 자기 생각대로 움직인다고 보기 어렵더군요. 타성에 젖어 상황에 휘둘릴 뿐이잖아요. 아무튼 적대하면 싸우겠습니다. 방해되니까요."

"용사와 싸우겠다고요?! 그렇게까지 해서 용사란 사실을 부정하실 생각입니까?!"

"글쎄, 난 용사가 아니라니까요? 몇 번을 말해야 알아들어요?"

"맞는 말이야……. 생긴 것부터 수상하잖아. 용사보다는 속세를 등진 사람에 가깝지 않아? 노숙자 같은……."

모두 그 의견에 찬성이었다. 아저씨와 사제 말고는 모두 고개를 끄덕이고 있었다. 이리스까지 그러는 것이 영 신경 쓰이지만……. 아저씨는 고독했다.

그러던 그때, 한 마을 사람이 허겁지겁 달려왔다.

"크, 크크크크…… 큰일 났어!"

"뭐야? 무슨 일이야?!"

"사, 사이몬네 아들이…… 요정에게 습격당했어! 집 안에서!"

"요정 놈들, 제 세상인 양 설치는군……. 사제님!"

"헉, 네?!"

"멍하게 있지 말고 따라와! 부상자가 나왔어. 어서 치료하지 않으면 위험해!"

"그, 그렇군요. 어서 갑시다."

주민들은 허둥지둥 떠나고 교회 앞에는 아저씨와 이리스만 남았다.

그들 앞으로 썰렁한 바람이 휭 지나갔다.

"……아저씨, 아저씨도 가야 하지 않아? 아마 이벤트라고 생각하는데."

"게임도 아닌데 그런 게 일어날 리가요. 그냥 우연이겠죠."

"그래도 아저씨의 비밀 도구가 도움이 될지도 모르잖아. 가 보자~."

"제가 어디 나오는 미래 로봇인가요……. 그야 비슷한 도구는 몇 개 있지만……."

"그런 고로【대현자】님, 출동!"

"이리스 양, 왜 그렇게…… 신이 났습니까?"

그건 물론 모험이기 때문이다.

이리스는 지금 동경하던【섬멸자】와 모험을 하고 있었다.

게다가 이벤트 발생. 그 사실이 그녀를 흥분시켰다.

쓸데없이 의욕이 넘치는 이리스에게 떠밀려 제로스는 주민들을 쫓았고 곧 한 민가에 도착했다.

입구에 모인 주민들을 비집고 집 안으로 들어갔다.

그곳에서 본 것은 비참하게 난자되어 피투성이가 된 어린 소녀이었다.

다행이라고 해도 될지 모르겠지만, 몸은 난도질당했으나 목숨에 지장은 없는 듯했다. 해부당했으면 끝장이었겠지만, 이 상태라면 회복할 수 있다고 제로스는 판단했다.

이리스는 피 냄새에 얼굴을 찌푸리고 간신히 구역질을 참으며, 【소드 앤 소서리스】에서는 보지 못한 요정의 악랄함을 확실하게 이해했다.

"사제님, 어서요! 어서, 루오를 살려주세요!"

"아, 알겠습니다. 신의 자비로 이 자의 상처를 치유할지니…… 【라이트 힐】."

사제가 사용한 【라이트 힐】은 초기 회복 마법 【힐】의 한 단계 상위 마법이지만, 회복 효과가 조금 높을 뿐이라서 중상 환자를 치료하기에는 부족한 감이 있었다.

아마 그만큼 사제의 격이 낮고 【인텔리전스】 능력치가 그다지 높지 않지 않으리라. 상처가 치료되는 속도가 상당히 더뎠다.

"이대로 가면 죽겠어. 잠깐 다녀오죠."

"윽…… 살릴 수, 있어……? 아저씨……."

"사제님 체면이 구겨지겠지만, 긴급 상황이니까 할 수 있는 데까지 해 봐야죠. 살릴 수 있는 아이를 못 본 체하면 꿈자리가 사나울 거 같으니까요."

긴급 사태일 텐데 제로스는 차분한 걸음걸이로 아이에게 다가갔다.

인기척을 느꼈는지 사제는 인상을 찌푸리며 아저씨에게 따졌다.

"뭐, 뭡니까! 여기서 마도사가 할 수 있는 일은 없습니다! 당장 물러나세요!"

"긴급 상황이니까 그대로 치유를 계속하세요. 그럼, 【나, 치유하리. 위대한 자비의 손】."

아저씨가 사용한 회복 마법은 【나, 치유하리. 위대한 자비의 손】. 상태 이상을 모두 회복하는 【리프레시】와 고위 회복 마법 【그랑 힐】을 조합한 개조 마법이었다.

상태 이상과 빈사 상태의 상처를 회복하는 【레저렉션】과 기능 자체는 같지만, 회복 효과는 이쪽이 더 높았다.

원래 마도사와 신관의 회복 마법 보정 효과 차이를 가능한 한 없애기 위해 실험적으로 만든 마법이었다. 그러나 검증 결과, 직업의 보정 효과는 좁힐 수 없다는 결론을 내리고 헛수고했다며 실망했었다.

그 후, 장비 아이템으로 보정 효과를 줄일 수 있다고 판명되어 결과적으로는 헛수고가 아니게 됐지만…….

참고로 단일 대상 마법이며 고 레벨 신관 직업이 사용하면 위력은 어마어마했다. 제로스는 마도사라서 직업 보정 효과가 없지만, 어린아이 정도라면 쉽게 고칠 수 있었다.

그래도 약간의 회복력 차이로 생사가 갈리는 레이드 보스전에서는 여전히 못 써먹을 마법이었다.

……적어도 이 순간까지 아저씨의 인식은 그랬다.

"뭐? 마도사가 신성 마법?! 게, 게다가…… 이 강력한 효과는, 대체……."

사제조차 모르는 회복 마법, 게다가 그 효과는 대단하다는 말로는 한참 부족한 위력으로 어린 소년의 상처를 빠르게 치유했다.

【소드 앤 소서리스】는 혈액량까지 스테이터스로 정해져 있을 만큼 게임 설정이 굉장히 세세해서 출혈 과다로 죽을 수도 있었다.

원래는 부위 결손도 치유할 수 있었지만, 현실인 이세계에서도 가능한지는 미지수였다.

상식적으로 한번 잃은 팔이 다시 자라날 리 없었다. 가령 팔이 자라나려면 그만한 영양분과 몸을 구성하는 물질이 필요한데, 인간의 몸에 결손 부위를 충당할 만한 성분은 없다.

아저씨는 비상식적인 마법 중 하나를 썼지만, 이 세계에서는 효과가 증폭되었는지 중환자였던 소년은 무서운 속도로 치유되어 삽시간에 완치됐다.

사람들에게서 집이 떠나갈 듯한 환성이 터졌다.

'……역시 효과가 강해졌어. 통상 마법도 생각보다 위력이 높아……. 마력 농도가 높은 탓일지도 모르겠군. 아니, 사제도 놀라는 걸 보면 레벨 차이의 문제인가?'

지금까지 이 세계에서 사용했던 마법들을 떠올리며【소드 앤 소서리스】 시절보다 위력이 훨씬 높아졌다고 확신했다. 이번 회복 마법으로 그 점이 극명하게 드러났다.

이것이 이세계에 온 영향인지, 아니면 어떤 다른 요인이 개입한 탓인지는 알 수 없으나, 적어도 급속도로 상처가 치료되는 마법은 아니었다.【나, 치유하리. 위대한 자비의 손】은 상태 이상 치료 효과가 있는 대신 회복 속도가 느리다는 결점이 있었다.

'마치 게임 같아. 마도사인데 상처를 쉽게 치료했어……. 혹시 레벨이라는 개념에 정신이 팔려 뭔가 중대한 사실을 놓치고 있나?'

마도사의 회복 마법은 신관 정도로 높은 회복 효과를 바랄 수 없었다. 【소드 앤 소서리스】의 튜토리얼에서 마도사를 선택했을 경우 직업 효과로 회복 마법은 신관의 절반 정도 효과밖에 내지 못하지만, 이세계라면 회복 마법마저 신관 이상으로 사용할 수 있는 듯했다.

이것이 레벨 차이에 의한 것인지, 아니면 자신이 이상한 것인지는 의문이었다.

"이…… 이런 위력의 신성 마법을……. 마치 신의 기적을 보는 것 같군요……."

"예상 이상으로 쓸 만한 마법이었네요. 이 효과에는 저도 놀랐습니다. 좋은 실험 결과가 나왔군요.(이게 어떻게 된 거지……. 정말로 사기잖아.)"

"다, 당신은…… 이런 강력한 신성 마법까지 쓰면서 용사가 아니라고 주장하십니까! 이토록 4신께 사랑받는 힘을 가지고, 더구나 마도사면서 신성 마법까지 쓰거늘……."

"신성 마법이라……. 이건 그냥 회복 마법인데요? 다른 속성 마법도 조금 들어갔지만, 제가 개조한 마법이니까 4신의 도움은 하나도 안 받았습니다. 모두 제 노력의 결과죠."

"말, 말도 안 되는 소리! 마도사가 신성 마법을 만들었다는 말입니까!"

"으음…… 당신들이 부정하는 부분이었죠. 신성 마법을 만든 게 아니라, 당신들이 신성 마법이라고 주장하는 건 마도사가 사용하는 것과 똑같은 마법입니다. 안 그러면 마도사가 개량하거나 회복 마법을 사용할 수 있을 리 있나요."

"그, 그럴 수가…… 그럼 언젠가 마도사가 모두……."

"당신들이 말하는 신성 마법을 쓰게 되겠죠~. 저한테는 아무래도 상관없는 이야기지만. 결국은 시간문제입니다."

아저씨는 대수롭지 않은 투로 중대한 사실을 밝혔다.

신성 마법을 받아 사람들에게 봉사하며 신앙을 넓히려던 사제는 현실을 알고서 경악했다. 신성 마법이 마도사가 쓰는 마법과 성질이 같다면 자신들 또한 마도사라는 말이 된다. 신앙심 강한 이들은 받아들이기 어려운 충격적인 현실이었다.

"저는 신앙을 부정할 생각은 없습니다. 사람들을 위해 도덕적 가치관을 전파하는 건 숭고하다고 생각하니까요. 하지만 그걸 권력으로 삼아 몰래 욕망을 채우는 쓰레기는 용서하지 않아요. 진지하게 만민을 올바른 길로 인도하려는 사람들을 배신하고 물욕과 육욕에 빠져 방약무인하게 설치고 다니는 사람…… 사제 중에 그런 분들이 있지 않나요?"

"그, 그런 사람도 있겠죠……. 사람은 잘못을 저지르는 법이니까……."

"그 잘못을 바로잡고 더 좋고 올바른 마음을 키우는 것이 신관의 역할 아닌가요? 힘이 전부가 아니라 힘을 올바르게 사용하는 마음을 키우는 것이 중요하다고 봅니다. 본래 거기에는 신이라는 명분 따위 필요 없지만, 올바르게 이끌기 위해 신이 필요하다면 써도 좋습니다. 신관이니 마도사니 하는 구분에 무슨 의미가 있겠습니까?"

"중요한 건 올바른 마음……. 설마 마도사에게 신앙에 관한 설교를 받을 줄은……."

"저는 평온한 일상이 인생의 모토라서 조용하게 살고 싶을 뿐이에요. ……응?"

사제와 대화를 나누는 중 기척을 느낀 제로스는 무영창으로 【엘리멘탈 아이】를 사용했다.

"아저씨, 왜 그래?"

"쉿! ……있군요."

주변 사람들이 일제히 입을 다물고 묘한 정적이 깔렸다.

그런 침묵 속에서 유난히 밝은 목소리가 방 안에 울렸다.

『아아~, 치료해 버렸어. 죽었어야 하는데…….』

『뭐 어때, 사냥감은 아직 많아. 다음은 누굴 노릴까~?』

『그나저나 방금 그거 재밌었지? 「살려줘, 엄마아———!」래! 꺄하하하하!』

『눈알도 뽑을걸 그랬나? 내장도 꺼내고 말야.』

『그건 전에도 했어. 그때 정말 재밌었는데~♪』

요정들은 난도한 아이가 목숨을 건진 것에 불만스러워하면서도 대단히 쾌활하게 잡담을 나눴다.

강력한 힘을 가지고 오랜 수명 속에서 인격이 정상하지 않는 이 종족은 순수하기에 사악했다.

"【감마 레이】."

집속되어 발사된 마법이 요정들을 순식간에 소멸시키고 마루에

【요정의 주옥】이 떨어졌다.

주민들과 사제도 무슨 일이 일어났는지 이해하지 못했다. 요정도 탐지하지 못하는 공격을 받자 살아남은 요정들은 당황했다.

『어? 다들 어디 갔어?』

『사라졌어, 사라졌어! 앗, 저거…… 설마 우리 핵……?』

『말도 안 돼, 죽었어?! 인간한테 죽었어?!』

『강한 마력…… 설마 저 녀석이?』

『죽여라, 죽여라! 동료의 복수다♪ 저 인간은 위험해!』

"아주 신났군요. 하지만 이번에는 우리가 웃어야 할 차례입니다. 【감마 레이】."

공격 범위를 조금 넓혀 쏜 【감마 레이】는 요정들을 한 마리만 남기고 소멸시켰다.

『헉?! 무, 무슨 짓 했어?! 너, 무슨 짓 했어♪』

"무슨 짓이긴요, 너희가 절대로 도망치지 못할 공격이죠. 어떤가요? 사냥당하는 쪽이 된 기분은."

『이런 짓을 하면 공주님이 화낼 거야. 공주님이 화나면 너 같은 건 납작궁이야!』

"공주? 아아, 【페어리 로제】가 있나 보군요. 그렇다면 부락이 있겠군. 이번에 모조리 뿌리 뽑는 편이 좋겠네요. 너희가 전쟁을 걸었으니까 죽어도 할 말 없죠?"

『너무해~, 장난쳤을 뿐이잖아! 왜 죽어야 해! 횡포다!』

"너희한테 죽은 사람들도 똑같은 말을 하겠죠."

『인간처럼 약해빠진 것들은 장난감으로밖에 못 쓰잖아~. 어차피 불어나니까 죽여도 되는걸♪』

“……그건 너희도 똑같잖아요. 그럼 죽여도 상관없겠네요? 너희는 약해빠졌으니까, 크크크…….”

제로스의 손바닥에 복잡한 마법진이 떠올랐다.

적층형 마법진은 여러 원반이 겹쳐지며 그곳에 새겨진 마법식이 마력을 물리 현상으로 전환한다.

『거짓말, 거짓말이야♪ 이제 장난 안 칠게~. 살려…….』

기뻐하는 듯한 목숨구걸이 끝나기 전에 요정은 소멸했다.

작은 악마는 그 이상 가는 마왕에게 응징됐다.

마을 주민과 사제는 그 냉혹한 심판에 말을 잃고 있었다.

“아저씨…… 하는 짓이 악마 같아. 정의의 사도라면 조금 더 멋있게 해야지.”

“정의를 논할 생각은 없어요. 순수한 정의는 약점만 많아서 진짜 악당에게는 무력하다고 생각합니다. 인질을 잡는 것만으로 손을 못 대니까 말이죠.”

전에 이리스는 도적에게 붙잡혔었다. 그 원인은 아이들이 인질로 잡혀 냉정하고 냉철하게 판단할 수 없었기 때문이었지만, 까딱 잘못하면 시집가기 힘든 몸이 됐을 것이다.

제로스와 기사대가 오지 않았다면 정말로 위험할 뻔했다. 현실은 소설과 달리, 위험한 순간에 구조가 오는 일은 거의 없었다.

“그나저나 요정 부락이 있는 것 같은데 어떻게 할래요? 이대로 가면 우리가 마을을 떠난 후에도 피해가 나올 듯한데…….”

“설마 정말로 요정들을 모두 죽일 생각입니까?! 어떻게 그런 짓을…….”

“4신교 사제인 당신에게는 미안하지만, 이건 이 마을의 문제고 평화롭게 살려면 그거 말고는 방법이 없어요. 선택은 마을 사람들이 할 겁니다. 게다가…….”

“게, 게다가…… 뭡니까? 아직 뭐가 더 남았나요?”

“요정을 종족으로 인정한 이상, 이건 요정족과 솔리스테어 마법왕국 간의 전쟁입니다. 【메티스 성법신국】이 아무리 요정을 옹호해도 요정을 배제했다고 꼬투리를 잡으면 내정 간섭 아닙니까? 종족으로 인정했다면 요정족 일은 요정족에게 맡겨야죠. 그리고 【메티스 성법신국】이 튀어나오면 대규모 전쟁으로 발전할 겁니다. 많은 사람이 목숨을 잃겠네요.”

“……?!”

사제는 이 나라에 파견된 사람이라서 【메티스 성법신국】에 이 사실을 보고할 의무가 있었다.

그러나 이곳에서 요정 부락을 섬멸했다고 보고하면 최악의 사태로 발전할 가능성도 충분했다.

사제로서 고민스러운 사태였다.

“……자신의 양심에 따르면 되지 않겠습니까? 마을 사람을 생각해 허위 보고를 하는 것도, 신앙과 책무에 따라 보고하는 것도 당신 자유예요. 다만, 자기 행동에 후회하지 않는 게 중요하겠죠.”

“……저보다, 당신이 더 사제 같군요……. 세상의 이치를 알리고 길을 이끈다…… 아무나 할 수 있는 일이 아니지요.”

“그건 극구 사양합니다. 전 마도사라서 제 마음대로 사는 게 좋거든요.”

사제는 고뇌했고, 결국 보고하지 않는 길을 택했다.

요정을 종족으로 인정한 이상, 이 문제는 요정들이 처리해야 했다. 거기에 본국이 개입한다면 틀림없는 내정 간섭이었다.

전쟁이 발발하면 많은 피가 흐를 것이다. 사제라고 그런 사태를 바라지는 않았다. 평화로운 세계를 바라는 것은 그 또한 마찬가지였다.

“마치…… 이야기 속에 나오는 현자 같군.”

주민들에게 둘러싸여 감사받는 마도사의 모습을 보면서 사제는 그렇게 중얼거렸다.

그때의 감상이 설마 정답일 줄은 꿈에도 모른 채.

이것이 한 사제와【대현자】의 첫 만남이었다.

제11화 아저씨, 다시 전생자와 만나다

아이를 치료한 후, 제로스와 이리스는 촌장의 집으로 초대받았다.

그곳은 간소하지만 오래된 가구가 따스한 농촌 가정의 아련한 향수를 불러일으켰다.

언뜻 보면 이렇게 평온한 집이 있는 마을이지만, 현재 이곳은 요정 피해로 골머리를 앓고 있었다.

바닥 아래에서 올라오는 썩은 내에 코가 비뚤어질 것 같았다. 집 안이라는 점이 그나마 다행이었다.

“심각하군……. 마을에 있는 모든 집에 이런 장난을 쳤나?”

“그렇다네……. 우리도 아주 죽을 맛이야.”

요정은 향락적이고 사람이 하는 말을 듣지 않는다.

허둥대는 사람들을 보고 포복절도하는 게 그들이었다.

“요정은 부락을 가지지만 활동 범위가 넓죠. 까마귀 같은 녀석들입니다.”

“까마귀보다 심해. 까마귀는 쓰레기를 뒤져도 이런 악독한 짓은 안 하잖아.”

“하는데요? 둥지 근처를 지나는 사람을 집요하게 공격합니다. 뭐, 짝짓기 시기뿐이지만요.”

“그것도 좀 싫네~.”

이리스도 요정의 심각성을 이해한 모양이었다.

설마 이토록 악질이라고는 생각도 하지 못했었나 보다.

“그보다도…… 자네들에게 부탁이 있네만.”

“요정 박멸인가요? 이렇게 심하면 저도 간과할 수도 없네요.”

“미안하구려……. 의뢰비로 마을 유지비를 전부 내주면 어떤가? 그래도 워낙 가난한 마을인지라 작물 모종을 사들일 예산은 남겨두고 싶네만…….”

“아뇨. 보수는 섬멸한 요정에게서 받아 가겠습니다. 요정의 날개나 속성 마석은 제법 좋은 가격에 팔리거든요.”

“오오…… 받아주는 겐가!”

“이미 판을 벌이기도 했고, 소재도 모아야 하니까요. 요정 소재는 상점에서도 안 팔더라고요.”

4신교를 국교로 하는 메티스 성법신국은 요정을 옹호할 뿐 아니라 타국에도 그 방침에 동조하도록 압력을 넣고 있었다. 대국이라서 약소국가는 가능한 한 요청을 받아들이는 형국이었다.

그 탓에 시중에 요정 소재가 나돌지 않았다. 연금술사나 약제사에게는 괴로운 사정이었다.

"아무튼 요정 부락을 찾아야겠어. 정찰용 사역마라도 써 볼까?"

"사역마? 아저씨 사역마는 꼬꼬 아니야?"

"전에 이리스 양이 도적에게 잡혔을 때 봤을 텐데요? 굳이 따지자면 식신 같은 거죠. 마력으로 태어난 유사 생물이라고 해야 할까요?"

"그거, 설마 아이템? 와, 대박! 나도 갖고 싶어!"

"어허, 안 줄 겁니다.【마법지】가격도 무시 못 한다고요. 제작하려면 시간도 오래 걸리고요. 이게 의외로 만들기 귀찮아요."

"그럼 내가 돈 모으면 팔아! 정찰용 아이템은 마도사한테 필수잖아."

"……이리스 양. 요즘 너무 대놓고 의존하는 거 아닙니까?"

이리스는 이 세계에서 마도사로 살기로 결심했다.

장비를 맞추고 강해지려는 자세는 좋다. 하지만 그녀는 사선을 넘나드는 전투를 해 본 적이 없어 보였다. 아직 안일한 마음이 덜 빠진 것을 보면 말이다.

"하아…… 머리 아픈 문제구만."

"뭐가? 왜 그렇게 피곤한 표정이야? 그리고 왜 날 불쌍한 사람처럼 봐?"

"즐거워 보여서 좋네요……."

"엄청 무시당한 기분이 드는데, 내 착각이야?"

아무리 아저씨라도 이토록 순수하면 더러운 세상을 보여주기가 껄끄러웠다.

위험을 피하기 위해 살인도 불사하도록 가르치느냐, 지금 이대로 지켜보느냐, 그것이 문제였다.

"그러고 보니 차도 한 잔 안 드렸구려. 유이! 미안한데 차를 내와 주겠니?"

『네~. 조금만 기다리세요. 지금 물 끓이고 있어요.』

집 안쪽에서 젊은 여성의 목소리가 들렸지만, 제로스는 촌장의 손녀라고 생각하고 계속해서 요정 피해를 확인했다. 델사시스 공작에게 전해 두면 정치적 재료가 되리라는 판단에서였다.

잠시 후, 방 밖에서 한 여성이 찻잔이 든 쟁반을 들고 나타났다.

그 순간, 제로스는 놀라움을 감추지 못했다.

어깨 높이로 단정하게 자른 옅은 밤색 머리. 차분한 전통 미인상의 여성이지만, 그녀는 신관복을 입고 있었다. 그것도【소드 앤 소서리스】에서 초보 유저가 처음으로 장비하는 신관복이었다.

"……어?!"

"응? 왜 그러시죠? 제 얼굴에 뭐라도 묻었나요?"

"아뇨……."

무엇보다 놀라운 점은, 그녀가 임신을 했다는 것이었다.

배를 보면 아마 인심 5, 6개월 차 같았다. 그러나 그 무렵 전생자들은 이 세계에 존재하지 않았을 것이다.

즉, 그녀는 임신한 상태로 이 세계로 왔다는 뜻이고, 그게 맞으면 전생했다는 4신의 설명은 거짓말이 된다.

그건 이세계 전생(轉生)이 아니라 이세계 전이(轉移)니까.

전생이란 죽은 후 새로 태어나는 것이지만, 전이는 자신의 육체를 유지하고 다른 곳으로 이동하는 것이다. 【소드 앤 소서리스】의 아바타 능력을 부가해 전생했다면 배 속 아이를 가진 채 이세계에 떨어진다는 것은 말이 안 됐다.

【소드 앤 소서리스】에서는 설령 유저가 임신을 해도 아바타에는 반영되지 않았다. 『그렇다면 배에 든 아이는 어디에서 왔는가?』라는 의문이 해결되지 않는다.

"……아저씨."

"무슨 일이죠? 이리스 양."

"아무리 그래도 임산부는 위험하지 않아? 남편한테 죽을 거야."

"이리스 양이 절 어떻게 보는지 점점 알 것 같군요. 무슨 큰일 날 소리를……."

이리스에게 이상한 오해를 받고 말았다.

유에라고 불린 여성은 차를 놓고 조용히 의자에 앉았다.

"촌장님, 손녀분이신가요? 증손주 볼 생각하시면 기쁘시겠어요."

"그랬으면 오죽 좋겠냐마는 아쉽게도 손녀가 아니라네. 넉 달 전이었나? 마을 앞에 쓰러져 있어서 데리고 왔지. 갈 곳이 없다고 해서 내가 돌봐주고 있다네."

"그랬나요……."

"아저씨…… 4개월 전이면……."

아마도 같은 처지. 하지만 돌다리도 두들겨 보는 심정으로 더 떠보기로 했다.

아저씨는 즉석에서 전생자만 아는 질문을 던지는 게 좋겠다고 판단했다.

"유이 씨, 하나 여쭤 봐도 되겠습니까?"

"네, 하세요."

"사○어인 하면 누구?"

"네? ……내○?"#13

분위기가 얼어붙었다.

"왜, 왜 하필이면…… 이상하잖아요, 카○지나 씨.#14 그런 울끈불끈한 걸 좋아해요?!"

"네? 그냥 귀엽게 생긴 아저씨잖아요. 이상한가요?"

"그건 좀…… 하다못해 베○터면 모를까. 유이 씨, 중년을 좋아해?"

"그 말, 약혼자…… 아도한테도 들었어요. 그게 뭐 어때서 그래요? 귀엽잖아요!"

""미안…… 이럴 때, 어떤 얼굴을 해야 좋을지 모르겠어.""

"……웃으면 된다고 생각해요. 웃으세요!"#15

유이가 삐쳤다.

"아도…… 설마 【돈코츠 차슈 곱빼기】 클랜 서브 리더 말인가요?"

그 직후, 유이는 깜짝 놀라며 제로스를 돌아봤다.

#13 내○ 『드래곤볼』의 등장인물 내퍼. 같은 사이어인인 베지터에 의해 죽음을 맞는다.
#14 이상하잖아요, 카○지나 씨 애니메이션 『기동전사 V건담』에 나오는 대사. 「이상하잖아요, 카테지나 씨!」
#15 웃으면 된다고 생각해요. 애니메이션 『신세기 에반게리온』에 나오는 유명한 대사.

“아, 아도를 아세요?!”

“전【취미에 빠져 헤어나지 못해】파티의 제로스라고 합니다. 아도와는 자주 파티를 맺었었죠. 능력 있는 생산직 친구입니다.”

“아저씨네 파티가 그런 이름이었구나……. 그냥【섬멸자】라고 하지.”

이리스는 유이가 전생자란 점에 놀라기보다도 괴상한 파티 이름에 실망했다.

“뭔가? 자네들 아는 사이였나? 그럼 할 이야기도 많을 테니 나는 잠시 자리를 비키겠네.”

“앗, 그렇게 신경 쓰실 것 없습니다.”

“할아버지가 있어도 괜찮아. 아저씨도 한 다리 건너 아는 사이 같으니까.”

“아니네. 드디어 남편을 찾을 실마리가 잡혔는데 천천히 이야기 나누게나. 나는 저기서 쉬고 있겠네. 나이가 있으니 피곤하구먼.”

촌장은 그렇게 말하고 안쪽 방으로 사라졌다.

유이도 임신부라서 무리하게 붙잡고 있을 수는 없었다. 간단한 정보만 듣는 게 나을 듯했다.

“유이 씨의 상황을 알려주시겠습니까? 이 세계에 오기 직전까지 있었던 일이라도 상관없습니다.”

“아, 네, 그럴게요……. 저는—.”

유이,【후나바시 유이카】는 소꿉친구인【안도 토시유키】— 캐릭터 닉네임【ADO】의 권유를 받아【소드 앤 소서리스】에서 데이트하고 있었다.

토시유키와 유이카는 다섯 살 차이 소꿉친구이자 연인이었다.

게다가 양쪽 부모님에게 인정받은 사이로, 토시유키는 대학생에 유이카도 아직 고등학생이니 결혼은 토시유키가 취직할 때까지 기다리라는 말을 들을 정도로 신뢰받고 있었다.

원래대로라면 유이카가 졸업할 때까지 순수한 교제를 이어갈 예정…… 이었지만, 임신한 것을 보면 알 수 있듯이 순수한 교제에서 남녀 사이로 변한 것 같았다.

양쪽 부모님은 당연히 분개했고 토시유키에게 당장 취직하라고 닦달했다. 상당히 급박한 상황 전개였다.

필사적으로 구직 활동을 시작해 내정[#16]도 정해지자 토시유키는 유이카를 위해【드림 웍스】를 구매해【소드 앤 소서리스】에서 데이트하게 됐다.

임신하여 밖을 자유롭게 돌아다니지 못하는 그녀를 위한 토시유키의 배려였다.

그러나 4신이 저지른 **사신 유기** 때문에 유이카는 이 세계로 전생하고 말았다.

아니, 이제는 전생인지도 의심스럽지만, 대략적인 사정은 그랬다.

"그때…… 아도 군과 떨어져 버렸군요?"

"네……. 기억나는 건 검은 안개에 휩싸였다는 거뿐이에요. 혹시 아도가 어디에 있는지 모르시나요?"

"안타깝지만, 만나지 못했습니다. 뭐, 그 친구라면 무슨 행동을 시작했겠죠."

#16 내정 재학 중 고용 계약을 맺고 졸업 후 취업을 보장하는 일본의 채용 방식.

"아저씨가 그걸 어떻게 알아? 어쩌면……."

"어쩌면? 아뇨! 아도 군이 이 세계에 왔다면 틀림없이 4신에게 의심을 품을 겁니다. 저랑 똑같이 말이죠……. 그리고 반드시 보복하려고 하겠죠."

"딱 잘라 말하네……. 잘 아는 사이였나 봐?"

"어떤 의미로는 제 제자라고 할 수도 있겠군요. 전투 방식도 비슷하고…… 앗."

제로스는 그 순간 햄버 토목 공사에서 아르바이트를 할 때 싸운 흑의의 마도사를 떠올렸다. 자신과 비슷한 전투 방식을 가졌고 상당히 고 레벨 유저였다. 유이와 애인이라고 가정한다면 연령 조건도 합치했다.

'……에이, 설마~. 그게 아도 군이었다면 여기서 그녀에게 말해야 할까? 아니, 확신이 없으니까 지금은 덮어 두자.'

아도로 예상되는 인물과 싸웠다는 사실은 일단 숨기기로 했다. 다른 사람일지도 모르는데 지레 기대만 품게 하는 건 무책임하다고 판단했다.

"무슨 일이 있으면 절 찾을지도 모릅니다. 그 친구는 감이 좋으니까요."

"그럼 어디선가 만나면 제가 여기 있다고 전해주실 수 있나요? 왠지 이 세계에 있다는 느낌이 들어요."

""아, 그러세요……. 참 사이도 좋으셔라…….""

흑의의 마도사가 아도인지 판단이 서지 않지만, 제로스는 정보를 숨긴 채 만날 기회가 있으면 반드시 전하겠다고 약속했다. 유이를 위한 일이기도 하지만, 사실은 다른 의도도 숨어 있었다.

"그럼 저는 촌장님에게 받은 일을 시작해야겠네요. 자원봉사지만요. 앗, 이리스 양은 유이 씨 곁에 계세요. 거동이 불편하실 테니까 도와 드려요."

"응, 알았어. 그럼 아저씨 누나 이야기를 해 둘게. 속으면 큰일이니까."

"나이스! 조금이라도 그 인간의 피해자가 나오지 않게 철저하게 알려 드리세요. 그건 인간쓰레기니까요."

"네~, 맡겨주세요~."

그렇게 말을 남기고 제로스는 촌장의 집을 나섰다.

그 뒤에서는 「네~?! 그렇게 나쁜 사람이 있다고요?」라는 유이의 목소리가 들려왔다.

제로스는 마음속으로 「있고말고요!」라고 혼자 답했다.

저녁 무렵, 제로스는 마을 외곽을 걷고 있었다.

목가적인 마을일 텐데 썩은 내가 코를 찔렀다. 요정 피해는 마을 전체에 미치고 있었다.

"이 근처면 되려나?"

그렇게 말하며 인벤토리에서 【아르카나】 세 장을 꺼냈다.

하나는 사역마를 형성하기 위한 것이고 또 하나는 시각을 공유해 조사하기 위한 것, 그리고 마지막 하나는 사역마가 본 것을 【마법지】에 기록해 남기기 위한 것으로 도화지 만한 크기였다.

제로스가 【아르카나】에 마력을 불어넣자 올빼미의 형상을 갖춘 사역마가 출현했다. 마석을 세 개 준비해 그 올빼미에게 먹였다. 이 마석은 비유하자면 건전지 같은 역할이며, 제로스가 불어넣은 마력이 끊기기 전에 마석이 마력을 대신 보충해 장시간 운용을 가능케 한다.

이 탐사형 사역마는 요정도 볼 수 있었다. 만약 요정이 모습을 감추고 있어도 사역마를 조종하는 제로스는 뚜렷하게 모습을 확인할 수 있었다.

"훠이, 다녀와라."

올빼미는 하늘로 날아올라 잠시 상공을 선회했다.

제로스는 두 번째 【아르카나】에 의식을 집중해 요정 부락이 어디에 있는지 탐색했다.

요정과 정령의 차이는 인격의 강약이며, 정령은 자신의 속성에 따른 역할에 충실하고 사는 곳도 저마다 달랐다. 예를 들어 불의 정령이라면 화산, 바람이라면 공기 중을 떠도는 식이었다.

그에 비해 요정은 농도가 높은 【마력 웅덩이】에 정착해 마력을 보충하면 각지로 이동해 소동을 일으킨다. 체내 마력이 적어지면 돌아와 잠시 마력을 보충하고 다시 행동을 개시한다.

그리고 【마력 웅덩이】는 고여서 탁한 경우가 많다. 요컨대 【깨끗한 마력 웅덩이】에서는 정령이, 【조금이라도 탁한 마력 웅덩이】에서는 요정이 태어난다고 봐도 무방하다.

【마력 웅덩이】가 탁하면 탁할수록 독기로 변해 결국에는 자연계

를 오염시키기 시작한다. 까딱 잘못하면 【악마】가 태어나기도 하는 위험성까지 품었다.

그런 고로 제로스는 사역마를 통해 특히 마력 농도가 짙은 곳을 찾았다.

'……북동쪽? 산골짜기 쪽인가…….'

마력을 감지해 그 방향으로 사역마를 움직여 봤다.

하늘을 나는 속도가 매우 빨라 목적지에는 금방 도착했다.

그러나—.

"우웩?!"

—무심결에 목소리가 나올 정도로 처참한 현장이었다.

도처에 깔린 짐승 사체를 보고 그곳에서 무슨 일이 있었는지 이해했다.

요정들의 놀이터— 생물을 산 채로 해체하는 지옥이었다.

'이거 심각하군……. 19세 미만 관람 불가야. 이리스 양에게는 못 보여주겠어. 교육상 안 좋아…….'

보이는 곳마다 내장이 굴러다니며 썩고 있었다.

하지만 목적지는 더 안쪽이었다. 그곳을 향해 사역마를 이동시켰다.

'으, 상상을 초월하네……. 토할 거 같아. 우읍……!'

그곳에는 요정들이 떼로 날아다니고 있었다. 언뜻 보면 환상적인 광경이지만, 요정의 빛이 비추는 것은 수많은 짐승의 사체였고 주변 일대는 피로 물들어 있었다.

그리고 지금도 요정들이 천진난만하게 웃으며 조그만 동물을 해체하는 중이었다. 이런 생물을 신성시하다니, 제정신이라고 믿기 어려웠다.

그중에서도 특히 소름끼치는 것은 지금도 신나게 내장을 끄집어내는 소녀, 호랑나비 같은 아름다운 날개와 붉은 머리칼을 가진 요정의 공주, 【페어리 로제】였다.

피해자는 아마 산적 같았다. 너무나도 비참한 모습이 되어 죽지도 못한 채 살아 있었다.

'가죽을 벗기고 눈을 도려냈나……. 끔찍하다는 표현으로도 부족하군. 이건 어떻게 봐도 악마잖아.'

【광기의 요정 연회】. 일정 영역의 혼을 고정해 버리는 【페어리 로제】의 특수 능력이었다.

요정의 심각성은 알고 있었지만, 【소드 앤 소서리스】에서도 이토록 참혹하지는 않았다. 현실은 상상을 뛰어넘는 악몽이었다.

'기록도 해 두자……. 하지만 이걸 사람에게 보여줘도 될까? 이런 그림을 가지고 있다간 미친놈으로 의심받기 십상이야.'

그렇게 생각하면서도 세 번째 【아르카나】로 지금 보이는 현장을 모사했다.

하지만 그 행동으로 【페어리 로제】에게 들키고 말았다.

화면을 옮겨 그릴 때 약간의 마력이 새는데 요정은 그 미세한 마력조차 민감하게 감지했다.

【페어리 로제】가 맹속도로 눈앞까지 돌진했다.

'위험해! 자폭!'

그 순간, 제로스의 시야가 암전됐다.

천천히 눈을 뜨자 그곳에는 농촌이 펼쳐져 있었다.

"후우…… 간 떨어질 뻔했네. 그나저나……."

제로스는【마법지】에 옮겨진 그림을 보고 한숨 쉬었다.

아저씨는 고민했다. 과연 이 그림을 마을 사람들에게 보여줘야 할까…….

아무리 머리를 굴려 봐도 비극밖에 일어나지 않을 것 같았다.

제12화 아저씨, 요정들의 부락으로 가다

""""""우웨에에에에에에에에에엑!""""""

아저씨가 사역마를 사용해 정찰한 요정 부락은 썩은 내가 진동하는 시산혈해였다.

그 광경을 옮겨 그린 마법지를 마을 사람들과 촌장에게 보여주자 예상대로 사람들이 죄다 버티지 못하고 토악질했다.

너무나도 소름 끼치고 절망적인 광경의 그림은 요정의 위험성을 적나라하게 보여주고 있었다.

4신교의 사제도 그 혐오스러운 엽기 그림에 자꾸만 올라오는 구역질과 씨름하며 4신교의 신앙에 의문을 품기 시작했다. 그럴 만도 했다. 요정은 순수한 종족이라고 말해 왔건만, 실상은 정반대로 위험하기 짝이 없는 종족이었으니까.

"읍! 요정이…… 이토록, 사악한 종족……이었을 줄은……."

"생김새에 속으면 안 됩니다. 못생겨도 좋은 사람은 있고, 미인이라도 죽이고 싶을 만큼 화나는 쓰레기도 있죠. 그림이 좀 혐오스럽지만, 이게 요정의 본성입니다. 끔찍하지 않습니까?"

"이, 이건, 정말이지 너무하구먼…… 우웩……."

"조, 조금…… 같은…… 수준이 아냐……."

모두 구역질을 참으면서 이해했다. 요정은 없애야만 하는 마물이고 인간 및 다른 종족과 결코 공존할 수 없다고.

단순한 장난으로 생물을 죽이는 요정보다 자연의 섭리에 따라 살기 위해 죽이고 포식하는 마물이 차라리 나았다.

"요정은 왜 존재하는 걸까요? 마물은 생물이니까 살기 위해 다른 종족을 먹으니까 이해가 됩니다. 하지만 요정은 아무것도 안 한단 말이죠. 기껏해야 벌레처럼 꽃가루를 옮기는 정도인데 그것마저 항상 하는 것도 아니고요. 정말로 존재 이유를 모르겠어요……. 백해무익의 대명사 같은 종족이잖아요. 그렇게 생각 안 합니까?"

""""""우웨에에에에에에에에에엑!""""""

아저씨는 동의해주길 바라지만, 그곳에 있는 사람들은 속이 울렁거려 그럴 겨를이 없었다.

요정은【페어리 이터】정도밖에 천적이 없고 다른 강한 마물에게는 절대로 다가가지 않았다.

사소한 장난부터 참혹한 살육까지, 향락을 누리기 위해서라면 무슨 짓이든 하지만 거기에 악의는 전혀 없었다. 남이 보면 사악함 그 자체지만, 요정에게는 그냥 놀이일 뿐이었다.

"미, 미쳤어……. 이걸 어떻게 사악하지 않아도 할 수 있지?"

"그, 그래……. 이런, 이런 악독한 짓이 용납되는 거야?!"

"유감스럽게도 사악하진 않아요. 인간 중에서도 동족을 죽이며 쾌락을 얻는 자가 드물게 나오는데, 요정들은 동족끼리 죽이지는 않습니다. 놈들이 보면 동족끼리 전쟁을 벌이는 인간이 더 미쳤다고 하겠죠. 이스톨 대도서관에서 읽은 책에 의하면 인간 흉내를 내고 있다는 설도 있더군요. 처음에는 흉내만 냈지만, 그게 점차 과격해진 거 아닐까요?"

"그야 인간은 그런 동물이지만, 말이 통하는 상대를 반 장난으로 죽이던가? 이 녀석들은…… 자기네 말고는 모든 생물에게 잔인하지 않은가!"

"그렇죠……. 인간뿐만이 아니라 수인족과 엘프도 동족상잔을 벌입니다. 그렇지만 요정들은 절대로 동족끼리 다투지 않아요. 어떻게 보면 평화적인 종족이라고도 할 수 있겠지만, 다른 종족에게는 사정이 다르죠. 재미있는 장난감으로 보고 있을 겁니다. 그나저나 이 고문이 인간을 따라 한 거라면 너무 싫은데……."

인간은 환경에 적응하며 공동체를 만들고, 경우에 따라서는 다른 공동체와 싸우기도 한다.

정치나 종교 이념, 혹은 단순한 감정만으로 싸움을 일으키고 죽이기도 하며, 규모가 커지면 국가 간 전쟁이 벌어지기도 한다. 수인족과 엘프에게도 그런 싸움은 드물지 않다. 요정 입장에서는 동족끼리 서로 죽이는 그들이 더 신기할 것이다.

하지만 요정은 먼 옛날부터 변하지 않는 환경에서만 살 수 있는 폐쇄적 생태계 때문에 외부의 자극을 얻지 못해 정신 성장이 현저히 떨어졌다. 작은 의문이 떠올라도 어린애처럼 단순한 생각밖에 못 했다.

그 결과가 「동족끼리 싸우지는 않지만, 동료가 아니면 되지?」라는 단락적인 사고방식으로 이어졌다. 유치한 생각은 향락적인 방향으로 움직이는 모양이었다.

장수하는 종족이기 때문인지 개개에 대한 집착도 없어 바로 앞에서 동료가 죽어도 아무렇지 않게 생각했다.

게다가 이상한 방향으로 약육강식의 섭리에 적응하여 복수심을 가지지도 않았다.

분노 같은 강한 감정을 가지지도 않으며 모든 것을 장난의 연장선으로 받아들였다. 구태여 따지자면 【향락】이라는 감정밖에 가지지 않은 종족이었다.

"요컨대 엄청나게 어리광쟁이에 이기적이고 구제불능인 어린애가 나이프를 들고 천진난만하게 동물을 죽인다고 생각하시면 됩니다. 단, 손에 든 나이프가 강력한 힘을 가진 마검이지만요."

"순수하기에 잔인하다. 그게 얼마나 무서운지 드디어 알 것 같군요……. 4신이시여, 어찌하여……."

"선악이 있으면 스스로 생각하고 옳고 그름을 판단할 지능이 성장하겠지만, 요정에게는 그게 없어요. 그러니까 항상 그렇게 반광란 상태겠죠."

요정에게는 집착이 없었다. 설사 자신을 죽이러 온 자들을 만나도 그 싸움조차 장난으로 여긴다. 너무 순수하여 융통성이 없는 종족. 그렇기에 더 위험하다.

지금까지 요정을 옹호하려고 힘쓰던 사제는 제로스가 가져온 그림을 보고 믿음이 모조리 무너지고 말았다. 아저씨는 그런 그를 조금 불쌍하게 생각했다.

"그런 고로 제가 요정들을 처치하고 오겠습니다. 요정의 순수함은 인간이 생각하는 것과 다르다고 이해하셨나요?"

"잘…… 알았습니다. 요정은 감싸야 할 존재가 아니군요. 하지만 이 사실이 본국에 알려지면 저는 이단 심문을 받게 되겠죠."

"사제님…… 당신이 무슨 잘못이 있겠어? 이번 요정 사건을 제외하면 당신은 성실하게 마을을 위해 일해 줬잖아."

"맞아요! 요정 때문에 다쳤을 때 사제님이 치료해주지 않으셨다면 지금쯤 사람이 몇 명이나 죽었을지……."

"그런 걸 옹호하는 위쪽 인간들이 이상한 거지! 사제님 잘못이 아냐!"

"여, 여러분…… 가, 감사합니다…… 흐흑……."

요정 관련 일을 빼면 이 사제는 마을 사람들을 위해 힘쓰고 순수하게 신앙을 퍼뜨리려고 했을 뿐이었다. 상위 사제들의 결정에 따른 가엾은 희생자였다.

주민들도 그런 사제의 노력은 잘 알고 있었다.

그들에게 격려받은 사제는 감격에 눈물지었다.

"그나저나 왜 요정을 옹호하라는 이야기가 나왔는지 모르겠군요. 사람들이 이렇게 고생하는데."

"그건…… 약 500년 전에 4신께서 성녀에게 신탁을 내리셨다고 합니다. 『신의 자식인 요정들을 지켜라. 그들은 사자(使者)가 될 순수한 자들이다』……. 본국에서도 요정의 장난은 도가 지나치지만, 저희 같은 이들이 아무리 탄원해도 위에서는 시련이라고 말하며 들어주지 않습니다. 선교사로 뽑혔을 때는 기뻤으나……."

"이 나라에서도 요정 피해가 나오기 시작했단 거군요? 아마 사교들도 신탁이 내려와서 손을 댈 수 없는 거 아닙니까?"

"들리는 이야기에 의하면 지금도 『요정을 죽여서는 아니 된다』라는 신탁이 내려온다고 합니다."

사제도 고생이 많았나 보다. 요정 피해에 개입할 수 없는 그는 신자들을 도울 수 없었다.

현실과 신앙 사이에 끼여 상당한 스트레스를 받았을 것이다.

"저는 마도사니까 신탁과는 상관없죠. 소재 획득을 위해 디스트로이."

"그런데 요정 소재란 건 대체 뭐죠? 게다가 어디에 쓰는 거지요?"

"【요정의 주옥】은【마나 포션】,【요정의 날개】는 바람 마법 속성 효과를 높이죠. 마도구 제작에는 빠뜨릴 수 없는 소재입니다."

"들어본 적도 없구먼. 옛날에는 요정을 많이 잡았나?"

"그랬겠죠. 지금 파는 회복용 마법약이 품질은 좋아도 효과는 떨어지는 게 많거든요. 그 원인이 요정 소재가 부족하기 때문일 겁니다. 이건 좋은 돈벌이가 되겠어요. ……그럼 지금부터 싹쓸이하고 오겠습니다~♪"

""""""지금부터 간다고? 곧 해가 떨어지는데?!""""""

귀찮은 일은 후딱 해결해 버리고 싶은 아저씨였다.

바로 자리에서 일어나 현관까지 걸어가는 제로스를 보고 주민들은 어안이 벙벙했다.

"잠깐! 이 시간부터 요정들이 활발해져! 위험해!"

"오면 죽이면 되죠. 불 속으로 뛰어드는 불나방입니다."

"……아니, 그러니까……."

"좋은 소식을 기다리십시오. 다녀오죠."

그 한마디만 하고 아저씨는 바로 요정 부락으로 출발했다.

"괘, 괜찮을까……?"

""""""글쎄요?""""""

수상한 아저씨가 나간 뒤, 주민들의 마음에 스친 것은 일말의 불안이었다.

겉보기에 너무 믿음이 가지 않았기 때문이었다.

왜냐하면 그는 회색 로브였으니까…….

"음? 이리스 양, 왜 그러죠?"

"아저씨…… 혹시, 아저씨가 나간 동안 요정들이 마을에 오면 어떡해?"

"아, 그렇군요. 방어할 사람이 이리스 양뿐이죠. 뭐 쓸 만한 게 있었나……."

촌장의 집 앞에서 대기하던 이리스가 꺼낸 말에 아저씨는 일리가 있다고 판단하고 인벤토리를 뒤졌다. 그리고 투척 나이프 다섯 자루와 두꺼운 날이 달린 컴뱃 나이프를 꺼냈다.

투척 나이프는 모두 형태가 통일되었고 자루 부분에 【마법석】이 박혀 있었다.

컴뱃 나이프도 마찬가지였지만, 칼집에서 뽑아 보자 날에 세세한 마법식이 새겨져 이것이 마검이란 사실을 알 수 있었다.

"이건……."

"투척 나이프는 【봉박(封縛)의 투검】. 쉽게 설명하면 결계로 적을 고정하는 무기입니다. 다른 나이프는 【애스트럴 슬라이서】. 영체를 베는 무속성 공격 무기죠. 요정은 각각 유리한 속성이 존재하지만, 무속성 순수 마력 공격은 조금 효과가 떨어져도 유효하니까 호신용으로 빌려 드리겠습니다."

"투척 나이프는 던지면 효과를 발휘하던가?"

"네. 표적을 일시적으로 묶어 둘 수 있지만, 같은 계열 무속성 마력은 관통하니까 나이프로 갈기갈기 찢어 버리세요. 다섯 자루가 세트니까 사용법에 주의하시고요."

"으…… 너무 세잖아. 정말로 쓸 기회가 없으면 좋겠는데……."

이리스는 급격히 불안해졌다.

제로스는 분명히 강했다. 그만큼 곁에 있으면 안심되지만, 둘로 나뉜다고 하자 솔직히 무서웠다. 요정 정도라면 제로스에게 날벌레나 다름없었다. 하지만 이리스에게는 제법 상대하기 귀찮은 상대였다.

마법 강화와 내성 스킬은 모두 가졌으나, 신체 강화 스킬은 【순족】과 【강체】뿐이었고 심지어 모두 레벨이 낮았다. 더불어 마도사라서 효과도 좋지 않았다.

격투 스킬이 없어 아무래도 근접 전투에는 불안이 남았다. 심지어 요정은 몸이 작고 공격을 맞추기에는 재빨랐다.

“정말로 쓸 기회가 없으면 좋겠군요……. 그래도 요정 중에서도 특히 야만적인【페어리 로제】가 이 마을에도 올 가능성이 없진 않습니다. 그 녀석이 활동 범위가 상당히 넓어서…….”

“그만, 아저씨! 그런 요정이랑 싸우기 싫어————!”

“어디까지나 보험입니다. 게다가【페어리 로제】라면 이리스 양이라도 해치울 수 있어요. 생긴 건 귀여운 어린애지만…….”

“더 싸우기 싫어졌어! 어린애를 죽이라고 말하는 셈이잖아!”

“생긴 게 어린애처럼 보일 뿐인데요? 애초에 마물을 상대하는 용병이라면 이런 요정도 해치워야죠? 의뢰로 받으면 어쩌려고 그럽니까?”

“윽?!”

어린아이 모습을 한 마물은 적잖게 있었다.

모습이 아이라고 의뢰를 거절할 수도 없는 노릇이고, 하물며 길드에서 직접 의뢰할 때도 있었다. 랭크 심사에도 영향을 주기에 자기 입맛에 맞춰 의뢰를 받을 수는 없었다.

남이 기피하는 의뢰도 받지 않으면 낮은 랭크에서 영원히 벗어나지 못한다. 최악의 경우 용병 등록이 취소될 수도 있다.

“저는 그【페어리 로제】도 포함해서 요정들을 뿌리 뽑고 오겠습니다.”

“아저씨…… 양심은 안 아파?”

“전혀요. 그런 역겨운 만행을 저지르는 어린애라면 불태워도 상관없습니다. 증거로 그림을 남겨 놨는데, 엄청나게 잔인한 짓을 했더군요. 엽기 공포 영화 수준이에요. 모자이크가 필요할 정도로……. 읔, 떠올리니까 속이 매스꺼워……."

"나…… 그런 거 못 봤는데……."

"……보고 싶으세요? 정말로 보고 싶어요? 당분간 고기를 못 먹을걸요? 인생관이 변할 정도로 심각해서……. 같은 말을 반복해서 미안하지만, 정말 보고 싶어요? 일단 19금이라서 보여주지 않았던 건데."

"……그, 그렇게 잔인해? 정말로?"

"정말로……. 잔인하다는 말로는 부족합니다. 본 사람이 모두 토하더니 멈추지 못하더라고요……."

이리스는 아저씨의 배려에 감사했다.

"비장의 무기를 줬으니까 아끼지 말고 지금 장비해 두길 추천할게요. 쓸 일이 없는 게 최고지만, 혹시 모르니까요."

"아저씨…… 날 겁주면서 즐기는 거 아니지?"

"설마요. 그런 장난을 칠 만큼 한가하지 않습니다. 일은 신속하게 처리하는 게 제 모토라서요."

"이런 일은 너무 싫어. ……어린애처럼 생긴 요정을 죽여야 한다니."

"요정이 도적이나 범죄자를 몇 명이나 죽이든 상관없지만, 시체 속에는 여성이나 아이도 있었어요. 빨리 없애 버리는 게 최선입니다. 그럼 다녀오죠."

"잠깐?!"

아저씨는 망설임 없이 마을 북동쪽을 향해 난 길로 달려갔다.

서두르는 것은 그만큼 심각한 사태라는 증거이기도 했다.

"……쓰고 싶진 않지만, 비상수단도 준비해 두자. 혹시 모르잖아……."

이리스는 인벤토리에서 자신의 비상수단이라고 부를 수 있는 아이템을 몇 가지 꺼내 팔과 목에 장착했다. 마도사라서 팔찌나 목걸이 등 장신구 아이템이었다. 그건 지금 그녀가 가진 최고의 장비였다. 다만, 일회용 아이템도 몇 개 있어서 만약 사용한다면 큰 손해를 각오해야 했다.

왜냐면 이 세계에서 살 수 있는 장비가 아니니까.

'쓰게 되면 변상해줘! 아저씨…….'

하지만 단 한 명, 그 장비를 만들 수 있는 인물이 있었으니, 바로 아저씨였다.

사용하게 되면 나중에 아저씨에게 다시 만들어 달라고 할 생각이었다.

생활이 빠듯한 용병 일이 이리스를 조금 어른으로 바꾼 듯했다. 주로 아줌마 같은 방향으로…….

돈에 깐깐해지지 않으면 이 세계에서 살아갈 수 없다고 배운 이리스였다.

아저씨는 바람이 됐다.

이건 비유도 아니거니와【할리 선더스 13세】를 타고 달리기 때문도 아니었다.

단지 전력 질주를 할 뿐인데 그 속도가 이상하리만큼 빨랐다.

가도에서 갈라진 산길을 달릴 뿐인데 흙먼지가 올랐다. 그것도 아저씨가 달린 후 몇 초 늦게.

마치 인간 F1, 혹은 기차 옆을 다리가 보이지 않을 만큼 초고속으로 달려 제치는 모 히어로, 그것도 아니면 가속하는 시스템을 탑재한 사이보그[#17] 같았다.

아니, 어쩌면 모 유명 만화가의 대표작에 나오는 소녀 로봇[#18]에 가까울지도 모르겠다.

실제로 지금 막 【마운트 보어】라는 멧돼지 마물을 치고 지나갔다.

"하하하…… 나는 인간이야~. 마물 같은 거 안 쳤어~. 게다가 다리가 안 보일 속도로 달린 적 없어~. 아하하……."

그리고 아저씨는 현실에서 눈을 돌렸다.

이 세계에 오고 제로스가 전력으로 달린 적은 전생한 직후 서바이벌 생활을 하며 흉악한 마물 대군에게서 도망칠 때뿐이었다. 그때는 살아남기 바빠 자신의 체력이 어느 정도인지 확인할 여유가 없었다.

아저씨는 자신이 비정상이라고 알고는 있었지만, 얼마나 비정상인지는 전혀 파악하지 못하고 있었다.

어지간한 상대에게는 여유롭게 이길 수 있고 마운트 보어와 부딪쳐도 아무 피해도 없을 만큼 튼튼하다. 완전히 초인이었다.

#17 가속하는 시스템을 탑재한 사이보그 만화 『사이보그 009』의 사이보그들.
#18 소녀 로봇 만화 『닥터 슬럼프』의 아리.

평소 생활에서 이런 신체 능력이 드러나지 않는 것은 스킬 자동 발동으로 평균적으로 맞춰져 있는 것이리라.

실제로 이런 어이없는 능력으로 일상생활을 보내면 주위에 막대한 피해를 줄 것이다. 도자기 컵을 쥐기만 해도 아마 산산조각으로 부서졌겠지. 【봐주기】 스킬의 위대함을 새삼스럽게 깨달을 정도였다.

그리고 달리면서 때때로 어떤 물체가 부서지는 것을 확인했는데, 아무래도 요정이 제로스에게 부딪친 충격으로 박살 나는 것 같았다. 이쯤 되면 달리는 흉기였다.

『불 조심, 차 조심, 아저씨 조심』이라는 표어를 만들어도 될 정도로 아저씨의 신체 능력은 무시무시했다. 그리고 환경에도 유해했다.

마을 방어를 이리스에게만 오래 맡길 수는 없어서 급하게 요정이 서식하는 【마력 웅덩이】를 향해 달린 결과가 이거였다.

언빌리버블한 상황에 아저씨는 절망했다.

"하하하……「이세계 갈래요? 그리고 인간 그만둘래요?」를 선택권 없이 강요당한 기분이야. 평범…… 얼마나 감미로운 울림인가."

지금은 **평범**이라는 말에서 가장 동떨어진 존재가 되어 버렸다.

정말로 이 세계를 유린할 수 있는 이질적 존재인 줄은 알았지만, 이 정도일 줄은 몰랐다. 자기 처지에 한탄하면서도 제로스는 높이 점프했다.

동시에 기척을 없애고 숲에 동화했다.

다만, 착지할 때 일어난 먼지는 없앨 수 없었다.

어두운 숲 속에서 아저씨는 요정의 수를 즉시 확인했다.

『뭐야?! 뭐야?! 뭐가 왔어!』

『아무것도 없어……. 뭐였지?』

『적이다~, 적이다~♪』

요정들도 갑작스러운 습격에 놀랐지만, 기척을 없앤 아저씨를 발견하진 못했다.

그러나 보통은 혼란에 빠질 상황에서 요정은 오히려 호기심을 자극받아 마치 탐정 놀이를 하는 아이처럼 들떴다.

'목적지 앞인데 600마리는 있군. 설마 요정의 수가 이렇게 많을 줄이야……. 【마력 웅덩이】의 마력을 먹고 번식한 건가? 척 보기에는 환상적이고 아름다운 광경이지만, 광원에 비친 주위 상황은 악몽이 따로 없어…….'

숲의 나무들에는 수많은 요정이 색색이 빛을 뿌리며 날아다니는 광경은 신비롭다는 한마디로 표현할 수 있었다.

다 헤아릴 수도 없는 요정이 내는 빛으로 숲은 아름답게 물들어 있었다.

이 나무들 아래에 토막 난 동물 사체가 없었다면 아저씨는 넋을 놓고 바라봤을 것이다. 아름다움 속에 있는 잔인함이 공존하는 광경이었다.

심지어【마력 웅덩이】에서 떨어진 이곳이 이 정도였다. 안쪽으로 들어갈수록 시체의 수는 늘어날 것이다.

"【감마 레이】×20, 풀 버스트."

다중 전개한 적층 마법진이 주르륵 늘어서 주변 숲을 요정째로 소각했다.

시체는 검게 타고 단백질이 타드는 메스꺼운 냄새가 숲 속을 채웠다.

거기서부터 진격이 시작됐다.

걸으면서 쏘는【감마 레이】에 요정은 도망치기도 전에 소멸했고 숯이 된 나무들은 푸스스 소리를 내며 쓰러져 다른 나무에까지 불똥을 옮겼다.

바람이 불면 잔불이 살아나 산불을 일으킬지도 몰랐다.

그러나 지금은 요정을 없애는 것이 선결과제였다.

'역한 냄새구만……. 얼른 끝내자. 하는 김에 희생자도 장사 지내줄까…….'

마법 공격을 계속하는 것은 당연히 자신의 존재를 요정에게 알리는 꼴이나 다름없었다.

그러나【감마 레이】는 직선으로 뻗으며 공격 범위를 넓히면 집단으로 섬멸할 수 있었다. 요정의 마법 내성으로는 견딜 수 없고 요정이 펼치는 마법 장벽 정도는 투과해 버리기 때문이었다.

개체의 마력 내성이 높으면 막을 수 있을지도 모르지만, 애초에【감마 레이】를 쓰는 사람이 제로스라서 사실상 도망칠 방법이 없었다.

게다가 이 마법은 총알과 달리 공격이 멈추지 않고 뻗어 나갔다.

단점은 중력의 영향을 받아 사정거리가 변한다는 것인데 그런 초장거리 공격을 할 생각은 없으므로 문제가 되지 않았다.

방사선 피폭도 마법식에 미리 마력 변환 술식을 집어넣어 막았지만, 이곳은 이세계였다. 혹시 모를 사태가 있을지 몰라 아저씨는 그 점이 못내 신경 쓰였다.

'음…… 【소드 앤 소서리스】 때는 감마선이라고 생각했지만, 감마선을 닮은 다른 무언가라면? 이 마법을 쓰면 일정 거리에서 마법이 본래 마력으로 돌아가는데…… 무슨 제한이 있는 건가?'

보통 감마선은 항상 직진하며 그 속도도 인간이 감지할 수 없었다. 중력의 영향도 받지만, 사선이 조금 굴절할 뿐, 유효 사거리를 파악하면 커버 가능했다.

마력으로 돌아갈 때 확산되는 마력을 감지할 수 있으므로 어쩌면 이 세계에서는 마법의 유효 사거리에 일정 법칙성이 있고 그곳에서 벗어나면 바로 마력으로 돌아가 버리는 것인지도 몰랐다.

그러나 그것을 알았다고 한들 지금 당장은 아저씨와는 별 상관이 없었다.

이곳 이세계와 【소드 앤 소서리스】와의 차이를 검증하긴 했지만, 이제 와서 다른 마법을 제작하거나 개량할 필요도 없어서 머리 한쪽으로 밀어 넣었다.

지금은 요정 피해를 막는 것이 중요했다. 하삼 마을에 피해가 미치지 않도록 조금이라도 요정의 수를 줄여야 했다.

해충 구제업자라도 된 기분이었다.

'분명히…… 이쪽이었지?'

익숙하지 않은 숲 속에서 광범위 공격을 지속적으로 가해 요정이 한 마리도 보이지 않게 되자 제로스는 바로 기척을 지우고 【마력 웅덩이】가 있는 샘으로 달렸다.

금방 도착하긴 했지만, 절로 구역질이 올라오는 농밀한 썩은 내에 아저씨도 참지 못하고 코를 막았다. 돌아가도 이 냄새가 배어 떨어지지 않을지도 모르겠다.

『이거 봐, 썩은 눈알이다♪』

『여긴 내장. 또 마을에다 버리고 올까?』

『그러지 말고 또 아이를 데리고 오자. 술래잡기를 하는 거야~♪』

『창으로 푹푹 찌르기? 아니면 찍찍 찢기? 생매장도 좋겠다~.』

많은 요정이 주위 나무에 모여 샘 중앙에 있는 마력 웅덩이 위에서 소비한 마력을 보충하고 있었다. 주변을 화사한 빛으로 물들인 환상적인 아름다움과 주위에 널브러진 사체와 썩은 고기의 끔찍함이 이보다 어울리지 않을 수 없었다. 만약 이 광경에서 아름다움을 느끼는 사람이 있다면 그건 틀림없이 정신이 병든 인간일 것이다.

그 와중에 마력 웅덩이에서 새롭게 태어나는 요정도 보였다. 이곳의 마력을 흩어 놓지 않으면 요정은 끊임없이 불어날 것이다.

'【페어리 로제】가 없어? 다른 곳으로 이동했나? ……설마.'

대량의 시체를 보아 요정들은 각지로 흩어져 사람을 납치한 것 같았다.

그렇게 잡아 온 인간들을 재미로 죽이고 또 다른 사냥감을 찾으러 간다. 마력 소비 말고는 먹고 마시지 않아도 살 수 있기에 밤낮을 가리지 않고 잔혹한 장난을 친다.

그중에서도 상위종은 마력 보유량이 많아 일반적인 하위 요정들보다 활동 범위가 넓었다.

'이 마력 웅덩이를 없애면 조금은 수가 줄겠지만……. 섬멸 마

법…… 쓸 수밖에 없나.'

【마력 웅덩이】란 대지를 흐르는 마력 줄기에서 생긴 혹이었다. 모종의 이유로 마력이 한곳에 고이고 계속해서 흘러드는 마력을 통해 크게 성장한다. 그리고 언젠가 한계에 달해 파열하여 마력을 세계로 퍼뜨린다.

그 마력 웅덩이에 살며 수를 불리는 것이 요정과 정령이었다. 한없이 늘어나면 언젠가 마력 웅덩이가 고갈되어 사라지겠지만, 아래에 용혈이 존재한다면 이야기가 달라진다. 용혈에서 무제한으로 마력이 공급되어 마력 웅덩이가 사라지지 않고, 그곳에서는 언젠가 강력한 존재가 태어난다. 【악마】나 【성수】라고 불리는 마물이 그것이었다. 그렇게 되면 더 이상 요정이 문제가 아니다.

아무튼 그렇게 되지 않으려면 마력 웅덩이까지 정화해야 하지만, 문제는 이 마력 웅덩이의 규모를 알 수 없다는 점이었다. 지금은 차분하게 조사할 시간도 없어 이 일대를 모조리 날려 버릴 수밖에 없을 듯했다.

―우워어어어어어어어어어어어어어어어어어어어!

'미치겠네, 【악마】가 태어나려고 하잖아……. 시체가 이렇게 많으니 독기나 원념의 농도도 짙어질 수밖에……. 좋아, 태어나기 전에 없애자.'

마력 웅덩이의 안쪽에서 짙은 독기가 발생하고 있었다.

악마는 주로 전쟁터처럼 많은 생명이 사라진 마력 웅덩이에서 태어나 요정과 똑같이 마력 웅덩이를 이용해 동족을 늘리려고 한다. 그 과정에서 인간처럼 지성을 가진 생물을 도륙해 주위 독기의 농도를 높여 마력 웅덩이를 오염시킨다.

원래 성질은 비슷해도 요정과는 대척점에 있는 존재로 요정까지 포식하는 능력을 가졌다. 잡아먹은 요정의 힘을 동족과 권속을 만드는 데 사용해 수를 더 불리고 자신도 강력하게 성장해 언젠가는 마왕종에 도달할 가능성이 있는 마물인데, 설마 요정이 그런 악마를 만들 줄은 생각지도 못했다.

보통이라면 악마가 태어난 후에 싸우는 것이 이야기의 주인공이겠지만, 현실적으로 생각하면 그런 것이 태어나길 기다릴 이유가 없었다. 바로 이데아 내에서 고밀도 마법 술식을 해방해 손바닥에 전개했다.

희푸르게 빛나는 큐브 형태의 고밀도 압축 마법진이 나타났다.

"【폭식의 심연】."

손을 떠난 고밀도 압축 마법진이 마력 웅덩이 위에 도달하자 그곳에 내포된 마법식이 고속 기동하여 칠흑색 구체를 만들어 냈다.

『저게 뭐야? 뭐야, 뭐야?』

『새 장난감? 마력이 굉장해.』

『뭘까? 재밌겠다♪』

시체를 가지고 놀던 요정들은 뜬금없이 출현한 검은 구체에 지대한 관심을 보였다.

'말려들기 전에 후딱 튀자!'

아저씨는 그곳에서 후다닥 달아났다. 방화범이라도 된 기분이었다.

그와 동시에 검은 구체는 주위 사물을 모조리 끌어당기고 내부로 빨아들여 압축하기 시작했다.

『빨려든다아~~~♪』

『꺄아~~~~♪』

그 흡인력 앞에 요정들도 저항하지 못하고 즐거운 소리를 내며 빨려 들어갔다.

물론 마력 웅덩이도 예외는 아니었다. 샘을 채운 물도, 주위에 굴러다니던 시체와 뼈도 무차별적으로 빨아들인 검은 구체는 모든 것을 먹어치우며 점차 비대해졌다.

그리고, 임계점을 돌파했다.

—콰과과과과과과과과과과과과과과과과과과과과광……!

전력을 다해 안전거리까지 이탈한 아저씨는 요정 부락이 사라지는 모습을 구경했다.

일순간에 주위 나무들부터 땅의 흙까지 사라지더니 그 직후 대규모 폭발이 일었다. 그 강력한 충격파로 산골짜기가 광범위하게 도려져 나갔다.

이 물리적 충격파만 해도 요정들이 견디지 못할 파괴력을 가졌다.

"우오오오오오오오오오오오오오오오오오오오오오오오오오오오?!"

충격파가 주위로 퍼져 아저씨는 자신이 사용한 마법의 부가 효과에 말려들었다.

무시무시한 충격파가 암반을 들추고 일대의 모든 사물을 날려버려 산골짜기에 거대한 크레이터를 만들었다.

충격파에 날아간 아저씨는 가까스로 쓰러지지 않은 나뭇가지에 대롱대롱 걸렸다.

꼴사나웠다.

"……【폭식의 심연】으로 이런 위력. 나는 저 숲에 무슨 마법을 써 버린 거지……."

파프란 대산림 지대의 사건은 아직도 기억에 생생했다.

고블린 무리에게 쫓기다가 도망쳐 들어간 곳이 하필이면 고블린 대부락이었고, 스트레스 때문에 단락적 사고에 빠진 아저씨는 냅다 광범위 섬멸 마법【어둠의 심판】을 날려 버렸다.

【폭식의 심연】은【어둠의 심판】의 시험판인 강력한 범위 마법이었다.

마법으로 생성된 블랙홀은 초중력 압축으로 주위 물질을 흡수해 비대해진다. 그리고 끝내 강력한 중력을 못 버티고 붕괴해 단숨에 수축하여 일대를 순식간에 날려 버린다.

【어둠의 심판】은 마물을 끌어들여 중력장을 형성, 마찬가지로 스스로 붕괴를 일으켜 소멸하는 위력으로 적을 쓸어버리지만, 단발의 효과는【폭식의 심연】이 더 강했다. 그러나【어둠의 심판】은 광범위에 있는 적을 모두 중력장 형성을 위한 화약으로 삼아 범위를 넓히기 때문에 냉정한 시각으로 보면【어둠의 심판】쪽이 피해가 컸다.

광범위에 있는 적의 수만큼 중력장을 넓히므로 적이 사라지지 않는 한 절대로 공격이 끝나지 않는 제어가 어려운 마법이라서 사용을 망설이게 될 정도였다.

그에 비해【폭식의 심연】은 효과 범위를 임의로 조정할 수 있었다. 하지만 중력장 붕괴로 발생하는 부가 효과의 피해가 생각 이상으로 컸다.

그 결과, 폭심지 주변이 초토화됐다.

"우와……………… 쑥대밭이잖아."

마력 웅덩이는 사라졌지만, 그곳에 있던 푸르른 숲도 함께 소멸했다.

이것도 아저씨 딴에는 위력을 줄인다고 줄인 것이었다.

【마력 웅덩이】를 없애면 그것으로 족했는데 부가 효과로 발생한 물리 현상을 막지 못하고 피해가 확대됐다.

이건 아저씨도 예상하지 못했다. 【소드 앤 소서리스】에서 사용했을 때는 위력이 훨씬 약했다. 현실에서 사용하자 대단히 위험한 마법이었다.

'사신에게 썼을 때 위력은 그렇게 높지 않았는데 이건……. 위력을 줄이고도 이 모양이면 진심으로 사용했을 때 어느 정도 피해가 나오는 거지? 광범위 섬멸 마법 수준이잖아.'

단순한 범위 마법이라고 생각해 썼더니 실제로는 훨씬 위험한 마법이었다.

충격파로 주위에 서식하던 요정들은 전멸했을 것이다.

충격파의 위력은 자연계 마력을 순간적으로 증발시켰고 그렇게 퍼져 나간 충격파와 마력 증발이 파괴의 해일이 되어 요정들을 덮쳤다.

그 마력 충격파는 요정들의 반마력체를 붕괴시키며 대규모로 퍼져 나갔다.

부가 효과인 충격파와는 비교가 되지 않는 범위는 가히 3차 피해라고 할 수 있는 수준이었다.

아저씨는 식은땀이 멈추지 않았다.

"아, 아무튼, 엎질러진 물이야. 그냥 모른 척하자. 마법을 썼더니 【마력 웅덩이】가 갑자기 폭발해서 하마터면 죽을 뻔했다고 하면 되겠지……. 하하하…… 하아~."

어차피 원인은 알 수 없으니까 얼버무리면 된다고 억지로 자신을 납득시켰다.

아저씨는 나빴다.

그리고 무책임했다.

【소드 앤 소서리스】 때의 버릇이 아직 고쳐지지 않은 모양이었다.

이 아저씨의 실수로 하삼 마을은 심각한 물 부족에 시달리게 되지만, 아저씨가 만든 크레이터에 지하수가 솟아 호수가 되면서 1년 후에는 풍족한 수원을 얻었다.

그로부터 200년 후, 이 일대는 왕족의 휴양지로 유명해져 오랜 시간 환경 보호를 위해 관리되었다.

그리고 거기서 또 350년 후, 델사시스 공작이 쓴 역사 기록서가 발견되면서 이 호수가 【대현자】의 실책으로 탄생했음이 밝혀졌다. 훗날 【멀린 호수】라고 불리는 크레이터가 탄생한 사건이었다.

진실이 알려진 것은 무려 500년이 넘는 세월이 흐른 뒤였다.

제로스가 요정 부락(아니, 이번 경우에는 둥지일까?)으로 간 후 한가해진 이리스는 마을 안을 어슬렁거렸다.

일단 마을 방어를 맡긴 했으나, 현재 요정들의 마력은 느껴지지 않았다.

요정은 모습이 보이지 않아도 마력이 느껴져서 근처에 있으면 대략적인 수나 위치를 알 수 있었다.

마을의 논두렁길을 걷던 이리스는 문득 어떤 목소리가 들린 것 같았다.

"응……? 뭐지…… 어린애 목소리?"

현재 아이들은 집 안에 숨어서 밖으로 나오지 않고 있었다.

요정들이 있나 싶어 목소리가 들린 쪽을 돌아본 이리스는 믿어지지 않는 광경을 목격했다.

소가 하늘을 날며 배가 갈라져 내장을 쏟아내는 광경이었다. 심지어 주변에는 아무도 없었다. 유일하게 코로 느껴지는 것은 짙은 쇠 냄새, 피비린내였다.

"캐, 캐틀 뮤틸레이션?!"

안 좋은 예감이 머리를 스쳐 전투태세에 들어갔다.

소 주위에는 고농도 마력이 존재했고 그 마력이 의지를 가진 것처럼 소를 해체하고 있었다.

『아이참~, 죽었잖아. 그치만 됐어. 새 장난감이 왔으니까.』

"윽?! 【마나 불릿】!"

위기감을 느끼고 고농도 마력이 있는 곳을 향해 바로 마력탄을 쐈다.

『꺄앙?!』 하고 귀여운 소리가 들리며 그곳에 실체화한 것은 작은 요정이 아니라 붉은 머리칼에 피처럼 붉은 호랑나비 날개를 펼친

한 소녀였다.

실오라기 하나 걸치지 않은 대신 식물 넝쿨 같은 것이 몸을 감고 있었다.

"【페어리 로제】……."

그렇게 중얼거린 이리스에게 페어리 로제는 천진난만하게 미소 지었다.

제13화 이리스, 솔로 배틀을 하다

『아하하하♪ 갑자기 이러기야~? 조금 아프잖아~.』

페어리 로제는 이리스의 공격을 받아도 거의 대미지를 받지 않고 오히려 기쁘게 미소 지었다. 【마나 불릿】은 무속성 초기 마법이지만, 이리스의 레벨과 스킬 효과를 합치면 그럭저럭 위력이 나오는 기술이었다.

하지만 페어리 로제는 버텼다.

요정의 상위종인 페어리 로제의 마법 내성은 예상 이상으로 높다고 판단하고 이리스는 접근전이 되지 않도록 거리를 두며 거리를 쟀다.

지금 공격해도 피할 게 뻔해 정면으로 마법을 쏠 생각은 없었다.

요정종의 몸은 마력으로 이루어져서 진화해서 몸이 커져도 체중 차이가 나지 않으므로 고속으로 이동할 수 있었다.

즉, 생각 없이 마법을 사용해도 피할 뿐이므로 마력만 낭비하는 꼴이다.

"역시 상위종이야. 이 정도 마법으로는 아무렇지도 않나 봐?"

『잘 아네~. 마법은 안 통한다구. 엣헴♪』

페어리 로제는 자랑스레 가슴을 내밀었다.

귀여운 생김새에 착각하기 쉽지만 방심해도 될 상대가 아니었다. 조금 전까지만 해도 재미로 소를 해체하고 있었으니까 그 흉악성은 이리스도 충분히 알 수 있었다.

『이번에는 내가 한다?』

"잠깐?!"

땅이 갑자기 융기하더니 이리스를 향해 뻗쳤다.

마법 【가이아 랜스】와 유사한 공격. 그것이 사방에서 무수히 뻗어 오자 이리스는 허둥지둥 그곳에서 도망치며 설치형 지연 마법을 깔았다.

『아하하하, 열심히 도망치지 않으면 붙잡힐걸? 꼬챙이가 될 거야~.』

끈질기게 따라붙는 바위 창, 그것을 피하면서 왼손에 마법진을 불러냈다.

그러나 이리스는 마법을 쏘려고 하지 않고 계속해서 여러 마법진을 똑같이 불러내어 대기 상태로 고정했다.

지연 마법을 모아 동시에 사용할 타이밍을 재기 위해서였다.

"보기랑 달리 흉악해…… 【호밍 불릿】!"

『오? 오옷~?』

추적해 오는 마력탄을 얼빠진 소리를 내며 피하는 페어리 로제는 공중에서 복잡한 궤도를 그리며 고속으로 움직였다. 인간 형태인데 하는 짓은 모 만화에 나오는 기동 병기였다.

그러나 이리스는 계속해서 같은 마법으로 견제하며 사방과 머리 위까지 포위했다.

『꺄아~~~~~♪』

"……몰아붙이고 있는지 놀림받고 있는지 모르겠네. 하지만……."

하늘을 날아다니는 페어리 로제는 지상 부근까지 낙하해 이리스의 연속 마법 공격을 가뿐히 피했다. 공격이 명중해도 큰 대미지를 주는 것 같지 않았다.

그러나 다소 계산에 착오는 있어도 페어리 로제는 이리스가 바라는 곳으로 유도당하고 있었다.

"찬스! 설치 마법, 기동!"

유도된 페어리 로제는 미리 설치해 둔 지뢰 공격을 피하지 못하고 강렬한 일격을 정통으로 맞았다.

무속성 설치 마법【포스 게이저】. 간헐천처럼 터진 고밀도 마력 공격에 직격하도록 유도한 결과였다.

당연하지만, 이것으로 쓰러질 놈이 아니었다.

지체 없이 추가타를 날리듯【호밍 불릿】으로 퇴로를 막고 마찬가지로 설치한 마법진 쪽으로 유도했다.

『꺄아~~~?! 오호~~~~~?! 흐아~~~~~?!』

"……몰아붙이고 있는 거 맞지? 날 갖고 노는 거 아니지?"

힘이 쭉 빠지는 전투 중에 이리스는【마나 포션】을 사용해 마력을 회복했다.

그러나 페어리 로제의 긴장감이 결여된 언동과 비명 때문에 이리스는 이기고 있다는 실감이 전혀 나지 않았다. 오히려 정말로 몰아붙이고 있는 게 맞는지 불안할 정도였다.

요정종에게 통각은 존재하지 않았다. 조금 전에 페어리 로제가 『아팠다』고 말했지만, 그건 그냥 인간을 흉내 내서 한 말이었다.

엘프과 드워프처럼 정령이나 요정에 가까운 종족은 오랜 진화 과정에서 육체를 얻고, 반대로 원종(原種)의 능력을 잃었다.

통각은 몸에 이상을 전달하는 중요한 경보 장치며 요정종처럼 통증을 느끼지 않는 종족은 자신의 위험을 알지 못했다. 육체가 파손되어 약해지는 사실도 전혀 자각하지 못해 죽음에 대한 위기감이 사라졌다.

아니, 처음부터 요정종 대부분은 죽음에 대한 위기감 따위 없었다.

엘프와 드워프는 오랜 세월에 걸쳐 인간에 가까워지며 생명에 대한 인식을 가졌지만, 원종에 가까운 존재는 이런 죽음에 대한 위기감이 없어 마지막 순간까지 놀다가 사라진다.

시각을 달리해서 보자면 가장 행복한 종족이라고도 할 수 있었다. 죽음의 공포를 느끼지 않으니까 말이다.

그러나 상대하는 이리스에게는 귀찮기 그지없는 특성이었다.

"이제 그만 도망치든 쓰러지든 하면 좋겠는데……. 정신적으로 너무 지쳐……."

『아하하하하, 재밌다~♪ 이번에는 내가 간다~?』

"어? 뭘, 아, 으악?!"

뭔가가 이리스의 어깨를 스쳤다.

예리한 가시가 수없이 돋은 식물 넝쿨이었다.

"장미? 이건【로젠 윕】?!"

【로젠 윕】이란 그 이름대로 장미 채찍이었다. 주로 포박이나 견제 용도로 사용되는 마법이지만, 페어리 로제는 땅에서 무수한 장미 채찍을 불러내 이리스를 공격했다.

우세였을 텐데 순식간에 형세가 뒤집힌 이리스는 도망치느라 여념이 없었다.

『도망쳐라, 도망쳐~! 이러다 붙잡힌다~? 눈알 뽑아 버린다아~?』

"어떻게 이렇게 많이……. 마력이 얼마나 많은 거야?!"

『이런 거도 할 수 있다? 에잇!』

방금 이리스가 했던 것처럼 수많은 마력탄이 발사됐다.

이리스는 필사적으로 도망쳤으나, 그 마력탄은 집요하게 이리스를 추격해 몇 발이 직격했다.

"아윽?!"

『맞았다, 맞았다! 야호~~~~♪』

"까불지…… 마아————!"

즉석에서 이리스는【호밍 불릿】을 사용해 페어리 로제의 마력탄을 받아쳤다.

서로 부딪치는 마력탄이 폭발하며 주변으로 파열음이 울려 퍼졌다.

『우와, 굉장해♪ 재밌다~~~~!』

"지연 술식 해방!【포스 미사일】!"

【포스 미사일】.【호밍 불릿】의 상위 마법이며 위력이 비교적 높

은 마법이었다.

발사된 탄수도 【호밍 불릿】보다 많고 속성에 높은 내성을 가진 요정종에게 유효한 공격이기도 했다. 요정종은 4속성에 높은 방어 내성을 가지지만, 무속성에는 내성이 없었다.

그렇기에 요정 자체의 마력 내성만 돌파하면 된다.

"지연 술식 해방, 풀 버스트!"

『꺄아아아아~!』

【포스 미사일】 공격을 집요하게 받던 페어리 로제의 몸은 차츰 투명해지더니 사라졌다.

"헉, 헉…… 허억…… 해, 해치웠나?"

주위에서는 페어리 로제의 기운이 느껴지지 않고 모습도 보이지 않았다.

그러나 이리스는 경계를 늦추지 않았다.

요정이 모습을 감추는 능력을 이리스는 알고 있었다.

【소드 앤 소서리스】 때도 비슷한 수단으로 아이템을 강탈해 갔었다. 【페어리 로제】 급 상위종이라면 기척 정도는 지울 수 있으리라 판단했다.

칭찬할 일은 아니지만, 이리스도 나름대로 방에 틀어박혀 게임만 하던 폐인이었다.

"사망 플래그도 세웠으니까 이걸로 끝은 아니겠지……. 상위종이라면 나랑 거의 비슷한 레벨일 거야. 전투가 끝나기에는 조금 일러……."

【소드 앤 소서리스】의 몬스터라면 이미 도망쳤겠지만, 이곳은 현

실 속 판타지 세계였다. 마력 잔재의 밀도로 보아 페어리 로제가 아직 있을 가능성이 컸다.

페어리 로제를 몰아붙이고는 있었지만, 목숨 건 싸움조차 장난으로 받아들이는 사고방식을 가진 향락적인 마물이었다. 이렇게 쉽게 물러날 거라고는 생각할 수 없었다.

"……아마 놀고 있을 뿐일 거야. 정말 귀찮네."

지능이 어린애 수준인 페어리 로제는 **싸움**이 아니라 **놀이**를 한다고 생각했다.

자기 마음대로 놀기 바쁜 아이가 가만히 물러날 리가 없었다.

그리고 그 감은 옳았다.

"왔다!"

땅에서 무수하게 튀어나온 넝쿨이 퇴로를 막듯이 사방을 에워쌌다.

이리스 주위만이 아니라 하늘까지 덮을 기세로 치솟은 장미 넝쿨은 우리가 되어 퇴로를 완전히 차단했다.

"아차!【익스플로드】!"

『우헤엑~~~~~~~~!』

자신이 보유한 최대 위력 마법【익스플로드】를 날려 장미 우리를 파괴하고 급히 페어리 로제를 찾지만 모습이 보이지 않았다.

대신 이리스를 향해 장미 채찍이 날아들었다. 이리스는【룬 우드 지팡이】로 그것을 간신히 받아치면서 우선 도망쳐야겠다는 생각에 무작정 내달렸다.

방금 목소리가 들린 것을 보면 모습은 완전히 감추었어도 이곳에 있는 것은 확실했다.

문제는 어디에 있는지, 어디서 공격하는지 알 수 없다는 것이었다.

요정이라고는 생각할 수 없는 은신 능력이었다.

'마력조차 감지할 수 없어……. 그렇다면 전방위로 공격하면 위치를 알 수 있을지도 몰라…….'

이리스에게도 전방위 공격 마법은 있었다.

하지만 그 마법은 공격력이 낮아 마법 내성이 강한 상위 요정족에게는 별 효과가 없었다.

왜냐하면 언데드용 빛 마법이니까. 심지어 마력을 대량으로 소비한다.

'으~, 왜 이런 마법을 샀나 몰라~. 과거의 나를 찾아가서 때리고 싶어.'

이런 상황에 유효한 마법은 따로 있었다.

그러나 이리스는 그런 마법을 사지 않고 퀘스트에 필요한 마법을 우선해서 배웠기에 큰 대미지를 주는 광역 마법은 【익스플로드】뿐이었다.

【익스플로드】는 눈으로 거리를 재서 전방에 있는 적을 중심으로 광범위에 걸쳐 큰 대미지를 주는 마법이라서 페어리 로제가 어디에 있는지 모르는 이상 함부로 쓸 수 없었다.

이리스는 왼손에 【마나 포션】을 들고 그 마법을 발동했다.

"【퓨리피케이션 포스】!"

빛의 돔이 이리스를 중심으로 광범위한 장소를 감쌌다.

언데드나 악령을 상대로 사용하는 정화 마법 【퓨리피케이션 포스】. 실체를 가진 인간을 포함한 생물 종족에게는 효과가 없지만,

유체나 언데드에게는 효과가 강했다. 그러나 마력체면서도 완전히 실체화 가능한 요정에게는 별 타격을 줄 수 없었다.

애초에 광역 마법이라서 적 한 마리를 상대로 쓸 마법이 아니었다.

『꺄하하하하, 전혀 안 먹히는데~?』

공격을 피하기 위해서인지, 아니면 본능으로 감지했는지 모르겠지만, 페어리 로제는 마력체에서 실체로 변해 모습을 드러냈다.

여전히 즐겁게 웃는 페어리 로제에게 이리스는 이 순간을 기다렸다는 듯 마법을 발동했다.

"【포스 미사일】!"

『꺄아아악~~~~~~?!』

"이대로 끝장을— 꺄?!"

계속해서 밀어붙이려고 한 발 앞으로 나온 순간, 불시에 몸이 붕 뜨는 느낌이 들었다.

이리스의 발밑이 꺼져 아래로 추락한 것이었다.

"꺄흑! ……아야야, 하, 함정?!"

『아하하하하하하하하하, 걸렸다, 걸렸다♪』

"설마 내 설치 마법을 흉내 냈어?! 이렇게 학습 속도가 빨라?!"

『잡았지롱~. 이제는 도망 못 쳐.』

"저게 진짜…… 윽?!"

갑자기 오른쪽 발에 통증을 느껴 확인하자 가시넝쿨이 허벅지를 관통해 있었다.

그 넝쿨이 단숨에 이리스의 몸까지 옭아매면서 이리스의 상처를 더욱 후벼 팠다. 지금까지 겪어 보지 못한 고통이 이리스를 덮쳤다.

"아아아아아아아아아아아아아아아아아아악!"

이리스의 비명이 밤하늘에 울려 퍼졌다.

그리고 주위에서도 장미 넝쿨이 튀어나와 똑같이 이리스를 묶으며 자유를 빼앗았다.

유일하게 자유로운 오른손으로 목을 감은 넝쿨을 죽자 살자 풀려고 하지만, 넝쿨의 힘이 어찌나 강한지 풀릴 기미가 없었다.

손바닥이 가시에 찔려 피만 더 흐를 뿐이었다.

『그럼 어떻게 할까~? 가죽을 벗길까, 아니면 눈알을 파낼까~. 바로 죽으면 재미없는데…….』

이리스를 붙잡은 페어리 로제는 바로 다음 놀이를 생각하기 시작했다.

그때그때 즉흥적인 감정으로 행동하는 성질을 가진 요정은 한 가지 놀이가 끝나면 다음 즐길거리를 찾는다.

심지어 생물을 죽이는 데도 망설임이 전혀 없어 장난스럽게 웃으며 해부하는 잔악무도한 짓도 가능했다.

이리스는 이때 처음으로 이 세계의 진짜 공포를 맛봤다.

『조종해 볼까~. 그치만 그러면 기뻐할 뿐이겠지~. 징그러워~♪』

이리스는 이 위기에서 어떻게 빠져나갈지 필사적으로 머리를 굴렸다.

유일하게 움직이는 것은 오른손뿐이고 다른 부분은 포박당해 꼼짝할 수 없었다.

대체 어떻게 해야 할까?

고통을 참으며 차분히 탈출 방법을 궁리했다.

'윽…… 으으…… 사용할 수 있는 지연 마법은 이제 하나뿐. 도망치려고 해도 이 귀찮은 넝쿨이 묶여 있어. 오른손만으로는 풀 수도 없고…… 아저씨는 아직 안 돌아왔어. 비장의 수단이라도 있으면…… 앗!'

비장의 수단이라고 하자 바로 어떤 도구가 떠올랐다. 페어리 로제가 보지 못하게 인벤토리에서 【봉박의 투검】 다섯 자루를 손에 쥐었다.

『그래! 난도질해 봐야지♪ 어떤 소리를 내며 울까~?』

페어리 로제의 손에는 어느샌가 녹슨 나이프가 쥐어져 있었다.

피가 묻어 슨 녹인지 나이프 날이 거무튀튀했다. 아마 어디선가 주운 물건이겠지만, 상당히 오랫동안 사용한 느낌이었다.

이리스는 겨우 제로스가 했던 말을 이해했다.

요정과 인간 사이에 의사소통은 무의미하다는 것을…….

"큭…… 나이프가, 많이 더럽네……. 주웠어?"

『맞아. 언제 주웠는지는 까먹었어♡ 그런 것보다 노는 게 재밌는걸.』

"뭐, 기분을 모르진 않아. 남에게 피해를 주지 않는다면……."

『피해? 놀 뿐인데? 인간도 자주 놀잖아?』

"그래서? 너는 그 나이프로 날 토막 내겠다고?"

『응♡ 얼마나 재밌는데~. 산 채로 배를 가르면 내장이 막 튀어나와.』

잔인하게 웃으며 말하는 요정의 감성에 새삼스럽게 전율했다.

그래도 이리스는 두려움을 속으로 집어넣으며 페어리 로제가 도망치지 못할 거리로 들어올 때까지 기다렸다.

여기서 당황하면 실패할 공산이 컸다. 조급해지려는 마음을 의지의 힘으로 가라앉혔다.

단 한 번의 기회를 놓칠 수는 없었다.

『우선은 가죽이 좋을까~? 아니면 귀를 싹둑? 으음…… 코를 베어 갈까?』

처음으로 어디를 절단할지, 혹은 벨지 생각하며 페어리 로제는 경계를 풀고 이리스가 빠진 구멍 안으로 다가왔다.

그것은 이리스에게 요행이었다. 이로써 파고들 틈이 생겼다.

페어리 로제는 그런 줄도 모르고 여전히 해부 방법을 생각 중이었다. 요정은 인간의 교활함을 얕보고 있었다.

『그래! 머리를 열어 보자. 뇌를 가지고 놀면 엄청 재밌어~!』

"마음대로…… 될 줄 알아!"

페어리 로제가 구멍 안으로 들어와 충분히 접근했을 때, 이리스가 힘껏【봉박의 투검】을 투척했다.

【봉박의 투검】은 페어리 로제를 둘러싸듯 퍼지며 정해진 명령에 따라 속박의 오망성진을 불러냈다.

그 누구라도 움직이지 못하게 속박해 일정 시간 도망칠 수 없게 하는 강력한 봉인.【대현자】가 만들어 낸 벗어날 수 없는 포박의 진이었다.

그리고 이리스는 마지막 지연 마법을 발동했다.

"【포스 블래스트】!,【포스 블래스트】!,【포스 블래스트】──!!"

【포스 블래스트】. 무속성 마법 중 최대 위력을 자랑하는 단일 대상 공격 마법.

그것을 다중 전개해 연속으로 기폭했다.

속성 마법에 비하면 위력이 떨어지지만, 그 대신 일부를 마물을 제외한 어떤 적에게도 유효했다. 공격력도 안정적이지만, 바꿔 말하면 어정쩡한 위력이라는 뜻이기도 했다.

페어리 로제는 그【포스 블래스트】를 정면에서 직격으로, 그것도 연속으로 맞아 구멍 안에서 밀려 나갔다.

하지만【봉박의 투검】에 묶여 움직이지 못해 마법 효과가 사라지기 전까지【포스 블래스트】집중 공격을 모조리 뒤집어써야 했다.

동시에 넝쿨의 힘이 약해져 이리스는 바로 허리춤에서 나이프【애스트럴 슬라이서】를 뽑았다.

"강화 마법【호퍼】!"

점프력을 강화하는 마법으로 구멍에서 뛰쳐나와 페어리 로제에게 달려들었다.

죽음의 공포를 억누르던 이리스는 감정을 단번에 폭발시켜 영체조차 베어 버리는【애스트럴 슬라이서】로 페어리 로제의 사지를 절단, 소녀의 모습을 한 페어리 로제를 마구잡이로 베어 댔다. 마력을 회복할 여유를 줘선 안 됐다.

이 기회에 단숨에 끝장을 봐야 한다.

『아하하하하하하하하하하, 싹둑싹둑~♪ 내 몸이 싹둑싹둑~♪』

페어리 로제는 즐겁게도 웃고 있었다.

"어떻게…… 이렇게 해도 살아 있어?!"

『다음은 내 차례지~?』

절단된 사지가 마력으로 변해 페어리 로제의 주위로 모이더니 마치 아무 일도 없었던 것처럼 몸을 재구축했다.

아니, 잘 보니 페어리 로제의 몸은 반대쪽이 비쳐 보일 만큼 투명했다.

이리스는 페어리 로제에게 소멸 직전까지 대미지를 줬다는 뜻이었다.

하지만 마력 고갈로 몸이 마음대로 움직이지 않는 이리스에게는 더 공격할 힘도, 반격할 여력도 없었다.

페어리 로제 주위에 다시 장미 넝쿨이 우수수 출현했다.

『음…… 이런 짓까지 당하니까 조금 열 받네~. 이제 됐어. 죽어.』

"너나 죽어."

페어리 로제의 몸에 세로로 한 줄기 섬광이 번뜩였다.

『으엥?』

맥 빠지는 소리를 내며 페어리 로제는 그대로 소멸했다.

그 뒤에는 회색 로브를 걸친 마도사가 쇼트 소드를 들고 서 있었다.

"역시 여기에 와 있었구만……. 안 보여서 설마설마 했는데……."

"아저씨…… 우으으~! 늦었잖아~~~~!"

"미안합니다. 살짝 실수를 저질러서 정신을 놓고 있는 바람에……."

"……실수? 아저씨…… 무슨 짓 했어?"

"……."

아저씨는 시치미를 떼고 고개를 돌렸다.

그 태도를 본 이리스가 뭔가 중대한 실수를 저질렀다고 판단했다.

"그보다 다친 곳을 치료하지 않으면 과다 출혈로 죽는 거 아닙니까?"

"으…… 떠올렸더니 아파……."

"【라이트 힐】."

아드레날린이 분비되어 고통을 잊고 있었나 보다.

제로스의 회복 마법으로 이리스의 허벅지 상처는 바로 아물었지만, 급속도로 상처가 아무는 모습을 보고 있자니 꽤 징그러웠다.

"회복 마법…… 좋겠다~. 나도 사 둘걸."

"이데아 영역에 여유가 있으면 팔게요. 아직 스크롤이 많이 있으니까 싸게 해 드리죠."

"돈은 받는구나……. 지인이라고 무료로 주진 않네."

"훗…… 그런 가벼운 관계에 무슨 가치가 있죠? 오히려 아는 사이라면 빚지는 게 없어야 자연스럽지 않나요? 그래도 【힐】 정도라면 괜찮습니다."

"아저씨가 개량한 거야? 효과가 더 좋다거나……."

"무슨 기대를 하는지 모르겠지만, 평범하게 파는 물건입니다. ……앗, 안 팔던가? 회복 마법은 모두 4신교가 독점했었지."

"【힐】이라도 좋으니까 하나만 주라! 다른 곳에서 못 사니까 가지고 싶어. 조금이라도 회복할 수 있으면 도움이 돼."

이리스는 영악했다.

이 세계에서 회복 마법은 귀했다.

4신교가 독점해 마법 관련 도구점에서 구입할 수 없기 때문이었다.

"그런데 일어설 수 있겠어요?"

"아…… 피가 부족해서 그런가? 머리가 조금 어지러워……."

"어쩔 수 없네요. 무리해서 쓰러지면 안 되니까 제가 옮기죠."

"뭐?! 잠깐, 으아아아~?!"

아저씨가 양손으로 들어 올리자 이리스의 얼굴이 터질 것처럼 새빨갛게 달아올랐다.

이런 일은 초등학교 저학년 이후 처음이었다.

"잠깐만, 창피하게 왜 이래! 제발 내려줘어~~~~~~?!"

"무리하다가 빈혈로 쓰러집니다? 이건 게임이 아니니까요."

"그렇다고 이건…… 우우……."

무리하게 걸으면 빈혈로 쓰러질 가능성이 높지만, 그렇다고 공주님처럼 안겨서 가자니 부끄러워 견딜 수 없었다. 그래도 고집을 피우다가 더 귀찮게 하기도 미안했다.

결국 이리스는 이대로 안겨 갔다가 같은 전생자인 유이에게 아저씨와의 관계를 의심받았다.

그날 밤, 요정 피해가 사라진 하삼 마을에는 「그런 거 아니야——!」라는 이리스의 비명이 울려 퍼졌다고 한다.

산골짜기에 생긴 크레이터.

그곳 위로 펼쳐진 밤하늘에 네 개의 그림자가 조용히 떠 있었다.

"이건…… 놈이군요……."

"그럴 리가~? 그 괴물은 죽었을 텐데? 그 이계에서……."

"……몰라. 그래도…… 만약 죽지 않았다면 저쪽 녀석들이 어떻게 나올까?"

“후아암~. ……돌려보내겠지. ……귀찮아 죽겠네.”

이 세계의 관리자인 네 여신. 이 세계에서는 일반적으로 그렇게 불리고 있었다.

“싫거든요~! 더는 그런 괴물이랑 싸우기 싫어~~~! 싸운 적 없지만…….”

“투정 부린다고 해결될 일이 아니에요. 만약 이 짓을 저지른 장본인이 놈이라면…… 우리로선 속수무책이에요.”

“……이계에 버렸다, 겠지……. 적만 더 늘어났어…….”

“【윈디아】도…… 찬성했어. ……졸려…….”

눈앞에 보이는 참혹한 광경은 한때 이 세계에 재앙을 불러온【사신】의 피해와 흡사했다. 4신들에게는 이보다 심각할 수 없는 최악의 문제였다.

“……그 이야기 꺼낸 사람……【플레이레스】였어.”

“【아쿠이라타】도 반대 안 했거든요~~~!”

“【가이라네스】는…… 아무 말도 안 했었죠? 다만…… 아무래도 상관없다고는 했지만…….”

그렇게 책임 돌리기가 시작됐다.

정말로 일처리를 끔찍이도 못 하는 여신들이었다.

“그보다도 만약 이게 놈의 소행이라면…… 용사들로는 상대가 안 돼요.”

“전에도 허무하게 쓸려나갔지~? 봉인하는 게 고작이었어…….”

“……놈의 기운은 없어. 어디로…… 사라졌나? ……귀찮아…….”

“……음냐음냐…… 잘 먹겠습니다…… 죽도록 맛없어…… 더 먹을래.”

“““아예 자네……. 그보다 거기서는 「더는 못 먹겠어」 아니야?”””

여신 한 명 탈락.

“좌우지간 준비는 해야 해요.”

“……그렇지만…… 신기…… 이제 없어…….”

“용사들이 바보였다구~~~! 신기를 부숴 먹다니, 진짜 어이없어.”

“이미 없는데 찾아 봤자 뭐 해요! 그보다도 앞으로 어떻게 할지 생각해 봐야죠…….”

그 후 세 여신은 머리를 쥐어짰지만, 뾰족한 수는 떠오르지 않았다.

결국 아침까지 이곳에서 이야기를 나누다가 싸우고 헤어지고 말았다.

한 명만 남기고…….

“……이번 주의 고비~~~~, ……스위치 꾹[#19]…… 쿠울…….”

【가이라네스】만 평화로웠다.

어떤 꿈을 꾸는지는 깊이 추궁하지 않는 게 좋을지도 모르겠다.

하삼 마을로 귀환한 다음 날.

제로스는 수많은 약초와 【페어리 이터】 씨앗을 주민들에게 나눠주고, 그러는 김에 약초 재배법까지 친절히 알려주는 등 자선활동을 벌였다.

#19 이번 주의 고비, 스위치 꾹 애니메이션 『타임보칸』 시리즈로 유명한 대사.

그 이유는 하삼 마을은 아저씨가 수원을 파괴하는 바람에 향후 생활이 어려워질 것이기 때문이었다.

그러나 변명에는 일가견이 있는 아저씨였다. 마력 웅덩이에 농축된 마력이 과잉 반응을 일으켜 대규모 폭발이 발생했다고 설명했다.

문헌에도 그런 현상이 기록되어 있고 실제로 작은 마법을 썼을 뿐인데 갑자기 산이 날아간 사례도 있었다.

이것은 이스톨 마법 학교 대도서관에서 읽은 책에 적혀 있던 정보였다. 그곳에서 얻은 지식이 이렇게 빨리 도움이 되리라고는 생각지도 못했다.

당연히 이리스는 어이없는 눈으로 바라봤지만.

아무튼 그리하여 대강 볼일을 마친 아저씨와 이리스는 산토르로 돌아갈 채비를 하고 있었다.

"그럼…… 이제 돌아갈까요?"

"……그러자. 피곤하니까 돌아가서 당분간 쉬고 싶어."

"용병이 쉴 여유가 있습니까? 월화수목금금금으로 일하지 않으면 조만간 정말로 돈이 없어서 힘들어질 텐데요."

"윽…… 역시 부업이 있는 게 좋겠지?"

"스스로 【포션】을 만들 수 있으면 제법 돈이 굳을 텐데 말이죠. 팔 수도 있으니까 랭크에 따라서는 꽤 짭짤할걸요? 전에 알려 드렸죠?"

"……설비가 없어서 못 만들어."

기술은 있어도 설비가 없었다. 그리고 그 설비를 갖출 금전적 여유도 없었다.

그런 소리를 하면서 두 사람은 촌장의 집을 나서려고 했다.

“벌써 돌아가려고? 너무 급히 가는구먼.”

“밭이 신경 쓰여서요. 집을 너무 오래 비우면 풀밭이 되거든요.”

“그런가? 농민이었나 보구먼. 나는 용병인 줄만 알았어.”

“사정이 있어서 이번에는 용병으로 행동했죠. 돌아가면 느긋하게 농사를 지어야죠.”

“고마웠네. 수원 말고는…….”

“그건 영주님과 이야기해주세요. 이미 제가 어떻게 할 영역이 아니라서.”

아저씨는 더 이상 샘을 날려 버린 사실을 추궁받고 싶지 않았다.

“그리고 유이 씨. 남편분과 만나면 안부 전하겠습니다. 이 마을에 계신다고는 것도 알려 드리고요.”

“부탁드릴게요. 아도가 또 이상한 짓을 하지 않았으면 좋을 텐데…….”

“아저씨…… 역시 유이 씨를 노리는 거 아니야? NTR? 아줌마도 가능해?”

“이리스 양…… 하룻밤 찬찬히 이야기를 나눌 필요가 있겠네요. 진심으로…….”

“하룻밤…… 잘됐네, 이리스! 내년에는 나랑 똑같아질 거야.”

“아, 아니라니깐?! 아저씨랑 난 그런 사이가 아니야!”

유이는 이리스가 아저씨 러브라고 철석같이 믿고 있었다.

이리스가 아무리 아니라고 말해도 전혀 듣지 않고 혼자 들뜨는 것을 보면 아무래도 이리스가 창피해서 얼버무리는 것이라고 생각하는 눈치였다.

“하룻밤 잘 쉬었다 갑니다.”

“이 근처에 올 일이 있으면 인사하러 올게.”

“그래, 조심해서 가게나.”

“이리스, 처음에는 아플지도 모르지만, 몇 번 하다 보면…….”

“그런 거 아니라니까 그러네! 사람이 말을 하면 들어――!”

“아도 군…… 폭발해라!”

붉어진 얼굴로 씩씩거리며 나가는 이리스와 질투심을 불태우는 고독한 아저씨는 산토르를 향해 다시 길을 떠났다.

바이크로 가도를 폭주하는 아저씨는 회복 마법에 관해 생각하고 있었다.

회복 마법 공급이 더 늘어나면 좋겠다는 단순한 생각이었다.

신성 마법이라고 부르지만, 실상은 마도사도 쓸 수 있는 똑같은 마법이었다. 일반인도 사용할 수 있다면 용병이나 기사의 사망률도 내려가고 부상으로 고통받는 사람도 많이 줄어들 것이다. 거기까지 생각이 미친 제로스는 산토르에 도착하면 델사시스 공작에게 이 이야기를 꺼내 보기로 마음먹었다.

참고로 정의감 때문……은 결코 아니었고, 백해무익한 요정을 옹호하는 4신교를 골탕 먹이면 재밌겠다는 생각에서였다.

그런 흉계를 꾸미는 사이 아저씨는 산토르에 도착했다.

이미 날이 저물어 여관은 붐비니 이리스는 양육원에 묵기로 했다.

한편, 이리스와 헤어져 집으로 돌아온 아저씨는 거의 초원이 된 마당을 보고 경악했다. 꼬꼬들이 사는 사육장 주변과 채소를 심은 밭 일부를 제외하고 집 주변이 온통 울창한 수풀로 뒤덮여 있었다.

꼬꼬들이 잡초는 무시하고 날마다 수련에만 전념했었나 보다.

내일부터 제초할 생각을 하자 제로스는 벌써부터 눈앞이 깜깜해지는 기분이었다.

제14화 아저씨, 소소한 심술을 제안하다

제로스가 이스톨 마법 학교 호위 임무에서 복귀한 이튿날.

제로스는 자택에서 하루를 쉬고 델사시스 공작에게 이번 일을 보고하고자 영주 저택을 찾았다.

이 영주 저택의 특이한 점은 손님을 맞는 플로어 왼쪽에 솔리스테어 상회 사무소가 있다는 것이었다. 귀족 계급 손님은 바로 오른쪽 객실로 안내되고 사업 이야기— 주로 거래 이야기일 경우 왼쪽 사무소 안쪽으로 안내받는다.

귀족은 오른쪽, 상인은 왼쪽 방으로 들어가고, 두 방에는 안쪽 집무실로 통하는 전용 통로가 있다고 생각하면 된다. 크게 돌아서 안쪽으로 들어가면 집무실 문 앞에 병사가 상주하고, 공작에게 서류를 건네기 위해서도 일일이 허가를 받아야만 했다.

델사시스 공작도 시간 낭비라고 생각하지만, 아직 마땅한 개선책이 떠오르지 않아 방치하는 상태였다.

왼쪽 상인용 상담(商談) 통로를 따라 회색 로브 마도사가 직원에게 안내받아 문 앞의 기사에게 알현 허가를 받고 있었다.

"공작 각하, 제로스 님이 오셨습니다. 입실하여도 되겠습니까?"

"그래."

간단한 말로 허가가 떨어지자 제로스는 직원과 함께 방으로 들어갔다.

"그 문으로 왔을 때는 회장님이라고 하게. 직분을 나누지 않으면 혼돈하지 않나."

"죄송합니다. 시정하겠습니다."

"그러도록."

"예. 그럼 이만 물러나겠습니다."

입실한 제로스가 본 것은 산더미 같은 서류에 파묻힌 델사시스였다.

델사시스는 평소 이렇게 일을 쌓아 두는 사람이 아니었다. 제로스는 그가 아마 무슨 일이 있어 잠시 저택을 떠나 있지 않았을까 짐작했다.

"오랜만에 뵙겠습니다, 델사시스 공작님. 의뢰는 무사히 완료했습니다."

"그래, 미안하군. 지금은 손이 부족해서 바쁘다네. 무리한 부탁을 해서 미안하게 됐어. 그나저나 지금은 한 명의 상인으로 일하는 중이니 공작님이라고 부르진 말아 주게."

"철저하시군요. 그럼 델사시스 님이라고 부르겠습니다. 그리고 일이니까 미안해하실 것 없습니다. 그런데…… 왕도에라도 다녀오셨습니까? 일이 좀 많이 쌓인 것 같습니다만……."

"……조금 볼일이 있었지. 해묵은 빚을 청산하고 왔더니 며칠 사이에 이 모양이군."

"그 볼일이란 게 뭔지 물어보기 조금 무섭네요……."

이 공작은 뒤에서 무슨 짓을 하는지 알 수 없었다.

이유는 없지만, 그 볼일이 데인저러스한 것이 아닐까 하는 느낌이 들었다.

"그럼 의뢰 보수 이야기인데, 용병을 세 명 정도 고용했었지? 크로이사스와 세레스티나에게도 호위를 붙였다더군. 신경 써줘서 고맙네."

"아뇨. 호위가 될 수 있을지는 도박이었습니다. 운이 나빠서 츠베이트 군의 호위가 되지 못했지만, 대신 저희 집 꼬꼬들을 대기시켜 뒀죠. 덕분에 무사히 지켰습니다."

"……꼬꼬?【와일드 꼬꼬】말인가? 그 마물은 비교적 약했을 텐데……."

"훗…… 저희 집 꼬꼬는 흉악합니다."

델사시스는 조금 당황스러운 표정이었다.

설마 약하다고 생각하던 꼬꼬가 터무니없이 강한 다른 종으로 진화했을 줄은 꿈에도 모를 것이다. 사실 제로스도 전혀 생각하지 못했다.

지금까지 들어본 적도 없는 상위 진화체로 변신하는 능력에 레벨이 400에 달해 파격적인 힘을 자랑했다.

심지어 제로스와 매일 대련하면서 꼬꼬들의 힘은 사실상 용사에 필적했다. 근접 전투 계열 스킬을 상당수 보유한 그들에게는 이미 적수가 없었다.

"꼬꼬 이야기는 넘어가지. 듣기로는 암살자 두 명이 배신했다던데?"

"정보가 빠르군요. 한 명은 전사고 지금은 경비병에게 취조받고 있습니다. 다른 한 명은 츠베이트 군 곁에 식객으로 눌러앉았고요."

"어린 소녀라고 들었는데 암살자라지? 다른 한 명은 멍청한 짓을 해서 범죄 노예로 전락한 전사라고 들었네."

"그녀는 어리지만 강합니다. 레벨이 적어도 800은 넘을 거예요. 다만, 츠베이트 군이 혹여 몹쓸 취향에 눈을 뜨지나 않을지 그게 걱정이군요."

"츠베이트도 그렇게 멍청하진 않아. 아무튼 암살 가능성은 작겠군. 그 아이는 이쪽에서 호위로 고용해 급료를 준비하겠네. 문제는 전사 쪽인데, 성격에 조금 문제가 있다더군? 노예로 하렘을 만들려고 했다는데…… 멍청해. 여자는 반하게 해야 남자의 가치를 알아보건만."

"……정보 전달이 너무 빠른데요. 전서구…… 아니, 아무리 그래도 이렇게 빨리 정보가 전달되진 못할 텐데……. 어떤 수단이 있는지 궁금하지만, 괜한 호기심은 접어 두겠습니다. 그래서 그 전사 쪽은 어떻게 하시겠습니까? 나름대로 강해서 탄광에 보내기에는 아깝다고 생각합니다."

"흠…… 그 멍청이를 츠베이트가 어떻게 다룰지 시험해 보는 것도 재밌겠군. 좋은 기회야. 은사(恩赦)로 노예에서 해방해 전속 호위로 붙여 보지. 물론, 다음 기회는 없겠지만……."

에로무라는 자유를 찾을 수 있을 것 같았다. 절대로 나쁜 인간은 아니므로 적당한 결과라 할 수 있겠다.

"그리고…… 이건 도망친 암살자 한 명의 초상화입니다."

"여자라고 했지……. 하지만 왜 어린애 모습도 있는 건가? 스무장 가까이 있네만……."

"그자는 【회춘의 비약】을 소지했습니다. 시한부란 점을 역이용해 지금보다 더 젊어져서 제 앞에 나타날 가능성도 있으니까 대처해 두는 거죠. 가능하다면 화형에 처해주십시오. ……철저하게 고문한 뒤에."

"친누나라고 하던데 그토록 없애고 싶은 인물인가?"

"부끄럽지만, 남을 등쳐먹고 살아온 해충입니다. 이용하려고 생각하지 마시고 확실하게 처리해주십시오. 어차피 몇 년 안에 비약 효과로 죽겠지만요."

"그렇군……. 그런 인물이란 말이지."

델사시스에게 제로스는 자신이 움직일 수 있는 최고의 인재였다.

그런 인물의 누나라면 이용 가치가 높으리라 생각했지만, 지금까지 모인 정보와 제로스의 증언을 고려하면 처리하는 게 타당할 듯했다.

돈 욕심이 많고 배신할 가능성이 큰 인물을 아래에 둬도 위험 부담만 늘어날 뿐이었다. 이쪽의 정보를 적 세력에게 넘기기라도 하면 대형 참사가 벌어질 수도 있었다.

유일하게 평가할 부분이 있다면 임기응변이 뛰어나다는 점이었다.

의도적으로 거짓 정보를 줘서 이용한다는 수단도 있지만, 새롭게 스카우트한 전 히드라 멤버의 증언에 의하면 금전 감각에 문제가 있는 인물이었다.

그 보고와 제로스의 증언을 통해 생각하면 조직에 종사할 만한 성격이 아니란 것은 명백했다.

무엇보다 남은 수명이 길지 않다고 하니 도구로서 가치도 없고, 그런 상태가 된 것도 자업자득인지라 어리석다는 말밖에 나오지 않았다.

쉽게 말해 인격과 금전 감각, 무엇보다 행동에 문제가 많아 이용하기에는 너무 까다로웠다.

"알겠네. 그런데…… 이 징그러운 그림은 뭔가?"

"돌아오는 도중 요정 피해를 당한 마을의 광경이죠. 희생자들이 어떤 꼴을 당했는지 알려주는 증거 그림입니다. 특수한 사역마를 이용해서 그 현장을 기록으로 남겼죠."

"이리도 사악할 수가……. 4신교는 이런 마물을 옹호하나?"

"아이의 잔인함과 똑같습니다. 순진무구하기에 그런 짓을 쉽게 하죠."

"선악을 판단하지 못한다는 건가. 그렇군……."

델사시스는 즉석에서 요정의 위험성을 깨달았다.

어린아이가 장난으로 벌레를 죽이듯이 요정도 장난으로 생물을 죽인다. 그 안에는 인간도 포함됐다.

하지만 이 정보는 다른 방향으로 유익하기도 했다.

최근 걸핏하면 4신교가 시끄럽게 굴며, 특히【메티스 성법신국】이 압력을 줬다. 그중에 요정 옹호와 신관의 권위를 높이란 요청도 있어서 골머리를 앓고 있었다.

함부로 무시할 수도 없는 것이【메티스 성법신국】은 신관들의 총본산이며 회복 마법은 신관들밖에 쓸 수 없었다. 이 나라에서 신관이 사라지면 의료 방면으로 너무 큰 손실이 발생한다. 그렇게 되면 전쟁이 벌어졌을 때 불리해질 수 있다.

그러나 그런 고민을 아는지 모르는지, 눈앞에 있는 마도사는 상상조차 못 한 말을 꺼냈다.

"델사시스 님, 회복 마법을 팔 생각은 없으십니까?"

"뭐, 뭐라고?"

"신성 마법이란 건 신관이 쓰면 효과가 강해질 뿐이고 사실 마도사도 쓸 수 있습니다. 하지만 현시점에서는【메티스 성법신국】만 회복 계통 마법을 소유하고 있죠."

"……하지만 그랬다가는 그 나라와 전쟁이 벌어질지도 몰라. 그 나라의 우위성은 대부분 신성 마법에서 나와. 그렇지만 재미있는 계획이긴 하군. 검토가 필요하겠지만 매력적이야."

"군대 내에 의료 전문 마도사를 늘리면 어떤가요? 신관에게만 기댈 필요도 없잖습니까. 종교 국가만 회복 마법을 독점하는 건 비효율적이지 않나요?"

"……실험해 볼 가치는 있겠군. 회복 마법 소유 사실이 알려져도 마법 연구의 성과라고 우기면 돼. 그런다고 놈들이 인정할 거 같진 않지만."

"이웃 나라에도 팔면 되지 않을까요? 동시기에 여러 국가에서 회복 마법이 나돌면 모든 나라에서 회복 마법을 개발하고 있었다고 생각할 가능성이 크다고 봅니다. 애초에 부상자를 치료하는 게 신관밖에 없다는 건 문제가 있습니다. 용병도 회복 마법을 쓸 수 있으면 손실이 줄어들 테고요."

"일단 의사도 있긴 하네. 수가 부족한 건 어느 쪽이나 마찬가지지만……. 흠, 정말로 매력적이지만, 아직 실행하기에는 조금 위험하군. 아니…… 제로스 공, 이 이상은 내정 간섭이 될 걸세."

"그 부분은 안 들은 거로 하겠습니다. 전 그냥 제 생각을 말했을 뿐이라고 해 두죠."

"훗, 어디까지나 잡담이라 이건가? 그런데 그 회복 마법은 제로스 공이 개량한 마법인가?"

아저씨는 조금 머리를 굴렸다.

보통 회복 마법 스크롤은 산처럼 쌓여 있었다. 【소드 앤 소서리스】 시절 초보자 상대로 싼값에 팔던 게 있기 때문이지만, 개량판은 어지간해서는 팔지 않았다.

다만, 개량판보다 효과를 낮춘 하위 호환 마법이라면 팔아도 상관없다고 생각했다.

애초에 요정이라는 악랄한 종족을 옹호하는 국가를 상대로 그런 배려를 할 마음도 들지 않았다. 그렇다고 전부 넘기는 것도 조금 문제가 있었다.

"다행히 초급부터 중급 회복 마법까지는 있지만, 타국에는 개량

전인 마법을 외교 거래로 쓰고 제가 개량한 건 이 나라에서만 판매하는 건 어떤가요? 뭐, 통상 마법보다 효과가 조금 높을 뿐이지만요."

"흠, 유적에서 드물게 회복 마법 스크롤이 발견되는데 그것 이상의 물건이 나돌면【메티스 성법신국】은 정치적 우위를 잃어. 효과가 다르면 불평도 못 할 테지. 최근에는 용사를 이용해 위협한다는 말도 들리니까 이 시점에서 한 방 먹이는 것도 재미있겠군."

"그럼 그쪽을 신경 쓸 필요는……."

"전혀 없네. 그나저나…… 개량 전이라면 완성된 마법이 아닌가? 일부러 마도사가 개량할 여지를 남겨 두겠다는 말인가?"

"완성된 마법을 팔면 다른 마도사가 성장할 기회를 빼앗을 테니까요. 어쩌면 능력이 부족해서 쓸 수 없을지도 모르고 스스로 개량하는 노력도 해주길 바라거든요."

"잘못 사용하면 위험하겠어. 트집을 잡아서 빼앗는 게 놈들의 방식이야. 이걸 어떻게 한다……."

【메티스 성법신국】은 유적에서 발견되는 회복 마법 스크롤을 종교적 이유로 타국에서 억지로 빼앗았다. 신성 마법은 신관만 사용할 수 있다고 떠들지만, 마도사가 제작에 성공했다고 퍼뜨리면 이야기가 달라진다.

마도사가 회복 마법을 쓰게 되면 교회에서 운영비를 버는 그들의 수입이 떨어지며, 마도사가 상처를 치료할 수 있다는 사실이 신앙에 균열을 낳아 신자가 감소할 가능성이 급증할 것이다.

주문 같은 설정은 간단하게 바꿀 수 있으므로 트집이 잡혀도『오랜 연구의 성과』라고 시치미를 떼면 그만이었다. 실제로 주변 국가도【메티스 성법신국】을 탐탁지 않게 여기므로 기꺼이 협력해줄 것이다. 델사시스는 그런 생각을 가지고 계획을 세우기 시작했다.

소국에 파견된 신관 중에는 신을 명분 삼아 헌금이란 이름의 뇌물을 요구하는 진상이나 해충 같은 인간도 있었다. 정상적인 신관도 있지만, 그들은 대부분 정치에 관여하지 않고 탐욕스러운 자들만 외교 특권을 남용했다.

그 이상으로【메티스 성법신국】의 국력과 전력은 무시할 수 없었다. 용사라도 파견하면 혼자서 소국 기사단을 전멸시키는 수가 있었다.

평균 레벨이 200 전후인 이 세계의 기사들과 레벨 500인 용사는 싸움이 되지 않았다. 세 명만 있으면 1개 사단을 압도할 수 있다.

용사는 보정 효과로 성장이 빠르고, 신체 강화 능력에도 보정이 있어 제법 강해진다고 한다. 그런 이들이 국경 도시에 나타나서 이런저런 행패를 부린다.

제로스는 그런 이야기를 들으며 회복 마법 스크롤을 탁자 위에 놓았다.

"성가신 녀석들이군요."

"특히【히메지마】,【사사키】,【카와모토】,【이와타】,【야사카】라는 다섯 명이 뛰어난 전력으로서 우대받고 있네. 그 외에는 지금도 각지의 전장으로 차출되어 드물게 타국에 불쑥불쑥 나타난다고 해."

이세계에 어울리지 않는 일본인 이름을 듣고 제로스는 눈살을 찌푸렸다.

“오호, 자유롭게 말인가요? 가능하면 만나보고 싶군요.”

“……제법, 위험한 눈빛이군. 만나서 어쩔 셈인가?”

“그거야 뭐 상대방이 하기 나름이지 않겠습니까? 타국까지 와서 폐를 끼치면 두둔할 수도 없겠죠. 반대로 외교에서 이용할 수 있지 않을까요?”

“그렇게 쉽게 풀리지 않을 걸세. 녀석들이라면 철면피를 깔고 협박 외교를 하겠지. 그럼 나는 슬슬 일을 재개해야겠군. 미안하지만, 이야기는 여기서 끝내도록 함세.”

“바쁘신데 이야기를 오래 끌었군요. 죄송합니다.”

“아니네. 보수는 이미 준비해 뒀어. 접수처에 내가 연락해 두겠네.”

“그럼 오늘은 이만 가 보겠습니다.”

“그래. 편하게 쉬게. ……아 참, 깜빡했군. 하삼 마을 산골짜기에 있는 수원이 날아갔다는데 원인이 규명되지 않았어. 뭔가 아는 정보 없나?”

“마력 웅덩이에 고인 마력이 제 마법으로 유폭을 일으켰지 뭡니까~. 야아, 식겁했습니다…….”

“……그랬나. 피곤할 텐데 미안하군. 무슨 일이 있으면 또 일을 부탁할지도 모르지만, 지금은 편히 쉬게…….”

“그러겠습니다. 그럼 이만 물러가죠…….”

제로스가 퇴실한 후, 델사시스는 테이블 위에 놓인 물건을 보고 고민스럽게 팔짱을 꼈다.

‘이걸 어떻게 써야 할까……. 그 나라도 너무 커졌어. 조금 수작을 걸어 보는 것도 재밌겠군. 그 계획을 감안해서 실행하면 큰 타

격이 될 거야. 카드를 꺼낼 시기가 문제인데, 기왕 할 거면 이를수록 좋겠지…….'

제로스와 마찬가지로 위험한 웃음을 띤 델사시스는 다시 서류 작업으로 돌아갔다.

쌓인 일을 끝내지 않으면 처와 애인과 보낼 시간을 줄여야 하니까.

능력 있는 남자는 여자를 위해 전력을 다한다.

◇ ◇ ◇ ◇ ◇ ◇ ◇

"……아저씨. 이거…… 정말 1인당 보수야?"

"그런데요? 왜요?"

"……주, 주머니가 터질 만큼 금화가 들었잖아. 당분간 놀아도 되겠다."

"낭비하지 않는다면 말이죠. 뭐, 공작 가문의 인간을 호위했으니까 타당한 액수 아닌가요?"

영주 저택에서 나온 아저씨는 양육원으로 가서 이리스에게 보수를 전달했다.

자기 몫을 받아든 이리스는 가죽 주머니를 열더니 안에 든 금화의 양에 놀라고 있었다.

한 사람당 250만 골. 보통 용병이라면 명인이 제작한 새 장비를 한 세트 맞출 수 있는 액수였다.

"쟈네 씨와 레나 씨는 아직 안 돌아왔나요? 보수는 어떻게 할까요?"

"맡아 두기 겁나……. 나는 좀 무서우니까 아저씨가 가지고 있어…….”

“그건 괜찮지만, 나중에 꼭 데리고 오셔야 합니다? 돈 문제는 확실하게 하지 않으면 골치 아프니까요…… 크크크.”

저열한 누나를 떠올린 아저씨는 살짝 마음속 어둠에 빠졌다.

그런 아저씨에게 이리스는 망설이면서도 꾹 참고 있던 말을 꺼냈다.

“아, 아저씨, 내 장비를 강화해줄 수 있어?”

“흐, 흐흐…… 아, 네? 장비요? 가능은 한데 소재는 있나요?”

“【소드 앤 소서리스】 때 구한 소재가 조금 있긴 해…….”

“무슨 소재인지 봐야겠군요. 실험 삼아 강화해 볼래요? 소재에 따라서는 어느 정도 강화되겠지만, 어떤 강화를 하고 싶은지 먼저 알려주면 좋겠네요.”

“실험…… 음, 예산으로 볼 때 지금 가진 장비를 강화해야겠지……. 【페어리 로제】와 싸웠을 때 【초보 검술】과 【투척】 스킬을 배웠어. 그러니까 무기도 좀 가지고 싶어.”

쉽게 말해 제로스와 같은 만능형으로 스타일을 바꿔 다양한 상황에 대응하고 싶다는 말 같았다.

하지만 그것은 어설픈 마음으로 도달할 수 있는 경지가 아니었다.

최상위권 유저였던 제로스와 동급이 되려면 상당히 오랜 시간이 필요하다.

【소드 앤 소서리스】와 달리 기능 스킬을 직업 스킬로 발전시키려면 수련을 계속하고 실전을 수없이 경험해야 한다.

게다가 이곳은 현실 세계였다. 게임과는 달리 성장 속도에 개인

차가 있을 가능성이 컸다. 격, 다시 말해, 레벨이라는 개념은 있지만, 그것과는 별개로 가혹한 수련을 쌓아야만 했다.

"현재 스타일에서 전향하기는 어렵지 않을까요? 팔 보호구와 흉갑, 다리 보호대…… 상당히 방어구가 많아질 겁니다. 심지어 근접전투는 적을 죽이는 데 익숙해야 해요. 호신만으로는 불안합니다."

"으…… 하지만 지금 상태로는 약하니까 몸을 지킬 기술을 더 배우고 싶어! 그러니까 실전으로 단련할까 싶어서……."

"그런 생각을 가지는 것 자체는 좋은 경향이라고 봅니다. 그런데 용병에게 가장 필요한 해체는 할 수 있습니까? 각오하고 하지 않으면 토할 텐데?"

"아…… 그건 좀……. 익숙해질 엄두가…… 안 나."

"뭐, 그건 본인이 차차 해결할 문제죠. 장비 강화는 지금 장비를 바탕으로 하나요? 디자인은 바꾸지 않고?"

"응. 로브랑 부츠, 글러브도……."

이리스의 장비는 중간 생산직이 만든 물건으로, 어떤 소재가 사용됐는지 알 수 없었다. 심지어 겉으로 보기에는 천 소재 계통으로 통일됐다.

이런 장비는 주로 코팅 강화가 일반적이며, 그 위에 장갑 갑옷을 덧입는다.

마도사는 신체 능력이 전사 계열보다 떨어져 그런 장비를 착용하면 오히려 움직임에 방해가 될 수도 있었다. 그럴 바에야 급소를 중점적으로 지키는 편이 효율적이었다.

전사 계열 스킬이 없는 이리스에게 갑옷은 너무 무거웠다.

“레벨 300 정도의 공격이라면 경감할 수 있지만, 상위 스킬을 가진 상대는 개인의 스킬 보정과 방어력 승부가 되겠죠. 흠…… 이건 제안인데, 우리 꼬꼬들과 함께 훈련해 보면 어떤가요?”

“어? 꼬꼬랑……? 왜?”

“갑옷 계통 장비는 무겁거든요. 전투 스킬과 레벨을 함께 올리고 조정하지 않으면 지금 상태로는 제대로 움직이지도 못할걸요?”

이리스의 머릿속에 모 애니메이션의 도복을 입은 자신과 닭들이 나란히 서서 품새 훈련을 하는 모습이 떠올랐다.

어쩐지 귀엽기도 하고 한심하기도 한 광경을 상상하자 이리스는 살짝 창피해졌다.

“으…… 조금 볼품없는데.”

“장비를 강화하는 동안만이에요. 전사 계열 스킬을 얻고 수련해야 갑옷류 장비도 사용하기 쉬워요. 레벨 업으로 신체 능력도 오르고.”

“으으…… 수련하느냐 포기하느냐…… 그게 문제구나. 무섭지만, 그렇다고 죽긴 싫고…….”

페어리 로제와의 전투는 이리스에게 생명의 위험에 눈뜨게 해준 모양이었다.

강해지기 위해 한순간의 창피를 감내할 것인가, 포기하고 평범하게 마도사의 길을 나아갈 것인가, 선택지는 두 갈래로 나뉘었다. 몸을 지키기 위해서는 스킬이 필수지만, 스킬을 획득하려면 다양한 직업을 경험해야만 했다. 다행히 꼬꼬들에게는 전사, 검사, 원거리 공격, 탐색이라는 네 가지 직업이 모여 있었다.

"꼬꼬가 스승이야~? 아저씨가 해주면 안 돼?"

"저는 이제부터 풀을 베야 합니다. 잠깐 안 본 사이에 잡초가 무럭무럭 자라 버렸거든요. 고아원에 제초를 부탁할까 했는데 구시가지에는 고아들이 적어서 안 되겠더라고요. 양육원 아이들은 쓰레기 주우러 다니느라 바쁘고…… 빈 병 줍기가 더 돈이 된다나 뭐라나."

"밭농사가 힘들면 차라리 생산직을 우선하는 게 낫지 않아? 틀림없이 불티나게 팔릴걸?"

"너무 불티나게 팔려서 제 몸이 남아나질 않아요. 파격적인 성능을 가진 장비를 얼마나 만들어 온 줄 아십니까? 고작 철 장비라도 보정 효과가 덕지덕지 붙습니다. 밀려드는 주문을 소화하지 못하고 과로사할걸요……."

아저씨가 만들면 단순한 철 장비에도 파격적인 효과가 붙었다.

【봐주기】 스킬이 있어도 제작한 장비에는 꼭 무슨 효과가 부가되고 말았다. 오히려 아무런 효과도 없는 장비를 만드는 게 어려울 지경이었다.

"카에데 양이나 교회 아이들도 매일 연습한다고 합니다. 오늘 아침에도 꼬꼬들과 대련과 휘두르기 연습을 하더군요. 강해지기 위해서는 한순간의 창피는 감수할 각오도 해야죠."

"걔네는 어린애잖아! 나는 다 컸다고!"

"…………."

제로스는 이리스를 위에서 아래로 죽 훑어보고 어이없다는 태도로 한숨을 푹 쉬었다.

"다 컸다니…… 흣, 아저씨가 보기에는 다 똑같은 애들인데. 특히…… 아니, 아무것도 아닙니다."

"숙녀한테 너무한 거 아니야?!"

아저씨에게는 이리스와 카에데는 똑같은 꼬꼬마로밖에 보이지 않았다. 특히 가슴 쪽이…….

불쌍한 눈으로 바라보는 제로스의 태도에 이리스는「크아아아아아아악~!」소리를 지르며 분노를 표출했다.

◇ ◇ ◇ ◇ ◇ ◇ ◇

3일 후, 아저씨는 밀짚모자를 쓰고 목에 수건을 두른 모습으로 풀을 뽑고 있었다.

상상 이상으로 뿌리가 깊어 뽑는데도 나름대로 힘이 들었고 오랜 시간 몸을 숙인 탓에 허리가 아팠다.

번식력이 어찌나 좋은지 이미 초원이라고 해도 무방한 상태였다.

자잘한 풀은【다용도 낫】으로 베고 나머지는 손으로 뽑는 작업이 계속 반복됐다. 집에 남았던 꼬꼬들도 도와줘 작업 효율은 올랐지만, 그래도 아직 3분의 1이 잡초로 뒤덮인 채였다.

제초가 지겨울 때면 채소를 수확하고 뿌리채소는 절임으로, 콩은 햇빛에 말리기도 했다.

"제로스 씨, 안녕하세요?"

"아, 루세리스 씨. 어쩐 일이시죠?"

"아뇨, 아침에 달걀을 주셔서 뭐라도 드려야겠다 싶어서요. 아침에는 예배 중이어서 감사하다는 말도 못 드리고 죄송해요."

"아닙니다. 이웃인데요, 뭘. 게다가 저 혼자서는 다 먹지도 못해요."

"저희가 먹기에도 많아서 이웃들과 나눴더니 기뻐하시더라고요. 정말로 감사합니다."

"그거 다행이네요. 달걀을 버릴 일은 없겠어요."

"그런데……."

루세리스는 닭 사육장 쪽으로 시선을 보내고는 조금 곤혹스럽게 의문을 입에 담았다.

"이리스 씨는 대체 뭘 하고 있는 거죠? 이국의 춤인가요?"

"아…… 저건 격투 스킬을 배우기 위한 훈련입니다. 품새 수련이라고 해서 다양한 상황에 대응한 자세를 반사적으로 취할 수 있게 몸으로 익히는 거죠. 뭐, 저건 이상한 춤으로 보이지만요……."

이리스는 최근 사흘 동안 아저씨 집에서 꼬꼬와 사이좋게 훈련하고 있었다.

다만, 원래 몸을 쓰는데 익숙하지 않은 탓인지 그 동작은 차마 품새 훈련이라고 부르기 민망한 수준이었다.

누가 봐도 기묘한 댄스를 추다가 몸이 엉켜 넘어지길 반복하는 것처럼 보였다. 흔히 말하는 태극권 같은 품새인데 초보자인 이리스가 하는 동작에는 군더더기가 너무 많았다.

느릿한 동작이지만 몸의 힘 조절과 중심 이동, 자세의 균형 등을 조정하면서 하려면 의외로 어렵고, 거기에 더해 마력까지 운용하려면 피로도 상당히 쌓였다.

"게다가…… 이리스 씨가 입은 옷은 어디서 산 건가죠? 저런 옷은 본 적이 없는데. 카에데 옷과 비슷한 것 같기도 하고…….”

“저건 격투가 전용 장비입니다. 마도사도 입을 수는 있지만요. 【수습 권사】 스킬을 얻으려고 입은 거예요. 이리스 양이 강해지고 싶다고 해서요.”

참고로 도복이라서 격투 스킬 습득에 보너스 효과가 붙는다. 방어력은 없으며 신체 보정 효과도 없다.

“이리스 씨 같은 여자애가 강해지기 위해 훈련을요? 이리스 씨는 마도사였잖아요. 격투 스킬이 필요한가요?”

“【페어리 로제】를 몰아붙이긴 했지만, 그러는 동안 한 번 붙잡혀서 죽을 뻔했답니다. 전투 계열 스킬을 단련하면 필연적으로 신체 능력에 가산되죠. 쉽게 말해서 죽지 않기 위한 훈련이라고 할까요?”

“쟈네랑 레나 씨 이야기를 듣고 생각했지만, 이리스 씨는 용병처럼 거친 일에 맞지 않는 거 같아요. 아마도 우리보다 좋은 환경에서 자란 분이겠죠.”

“그래도 던전에 가고 싶다니까 몸을 보호하기 위해서 하는 신체 강화 훈련이겠죠. 꿈을 향한 노력입니다. 젊음은 정말로 좋은 거야…….”

꼴사납게 넘어지면서도 훈련을 계속하는 이리스 옆에서 마치 소림사 동자승처럼 일사불란한 동작과 물 흐르는 듯 깔끔한 동작을 보여주는 다섯 아이가 있었다.

양육원의 5인조. 카에데, 안제, 죠니, 라디, 카이였다.

“좋아. 품새 훈련 끝~♪”

“다음은 대련이다——!”

"본인은 도수공권도 통달하겠다! 목표는 최강의 무인!"

"땀 빼고 먹는 밥은 맛있지~. 오후에는 쓰레기 주우러 가자. 자금을 벌어야지."

"운동 후 고기는 꿀맛……. 나는 미트 헌터가 되겠어!"

"""""그리고 던전을 공략해서 돈을 모아 게으르게 살 거야!"""""

"본인은 천하에 무위를 떨칠 테다! 할아버지의 이름을 걸고!"

""…………."""

아이들은 욕망에 충실했다. 그리고 카에데는 피비린내 나는 아수라였다.

알고는 있었지만, 아이들이 욕망으로 점철된 발언을 할 때마다 아저씨와 루세리스는 왠지 몸에서 힘이 쭉 빠졌다. 진취적인 것은 좋지만, 꿈이 영 어린아이답지 않았다.

그 후 이리스를 뺀 다섯 명은 무기나 맨손으로 꼬꼬들과 대련을 시작했다.

—퍽! 퍼벅! 콰앙!

도저히 어린애가 하는 대련이라고는 생각하기 힘든 무거운 타격음이 울렸다.

"……저 애들은 잠시 안 보는 사이 왜 저렇게 강해졌답니까……. 저게 어떻게 어린애야. 어지간한 양아치 용병 정도라면 순식간에 때려눕히겠는데요."

"저 애들의 꿈은 조금 그렇지만, 적어도 잘못된 길로 가지 않아서 다행이에요. 주위에 폐를 끼치지도 않고요…… 어휴……."

"구걸은 그만뒀나요? 전에는 고기를 달라고 난리였는데……."

"약초 판매로 용돈이 늘어서 할 필요가 없나 봐요. 제로스 씨 덕분이죠…… 우우……."

루세리스는 전에 아이들이 하고 다닌 구걸이 부끄러웠다.

그러나 요즘 아이들은 구걸을 그만두고 꿈을 향해 힘을 키우고 있었다.

문제는 그 아이들이 급격히 강해지고 있다는 점이었다. 다른 사람도 아니고 레벨 200이 넘는 꼬꼬들과 훈련을 하니 전투 스킬이 비정상적으로 빠르게 숙달됐다.

강한 상대와 싸워 스킬이 단련되어 보정 효과도 수직 상승이었다. 심지어 아직 레벨은 한 자릿수. 장래가 두려운 아이들이었다.

"으음, 하지만 저렇게 스킬 효과가 오르면 레벨은 쉽게 못 올리겠군요. 강한 마물과 싸워야 하는데…… 어디서 사냥이라도 시켜 볼까."

"제로스 씨?! 저 애들은 아직 어린애예요. 그런 위험한 짓은……."

"하지만…… 저 애들은 이리스 양과 한 살 차이예요. 지금부터 자립할 힘을 키워 두는 편이 좋다고 보는데요?"

겉보기에는 어려도 양육원 아이들은 이리스보다 고작 한 살 어렸고, 보통은 일을 하면서 사회 공부를 시작할 나이였다. 어려 보이는 이유는 양육원 사정이 안 좋아 영양가 있는 음식을 먹지 못했기 때문이었다.

하지만 최근에는 그런 환경도 개선되어 키도 조금 커진 것 같았다.

용병까지는 아니더라도 사냥꾼이라면 될 수 있을지도 몰랐다.

"사회에 나가려면 경험이 필수입니다. 저 아이들은 스스로 간단한 약도 만들 수 있고 나름대로 실력도 있죠. 카에데 양도 몸을 지키려면 실력을 키워야 하니까 언제까지고 이렇게 있을 수는 없죠."

"그건…… 그래요. 하지만 저는 저 아이들이 위험한 일을 하지 말았으면 좋겠어요. 무슨 큰일이라도 나면 어쩌나 싶어서……."

"그렇게 되지 말라고 하는 훈련이죠. 언젠가 던전에 가겠다고 말을 꺼낸 이상, 저 아이들은 틀림없이 실천할 겁니다. 워낙 욕망에 충실해서……."

"아, 아니라고는 못 하겠네요……."

풀을 뽑으면서 그런 이야기를 하는 사이, 이리스가 마침내 대련을 시작했다.

상대는【검은 띠 꼬꼬】. 닭 주제에【지도(指導)】스킬을 가진 몇 안 되는 꼬꼬 중 한 마리였다.

사람을 잘 돌보는지, 이리스의 자세가 조금이라도 틀어지면 정성스럽게 가르쳐 수정할 정도였다.

그리고…….

"끼야악———?!"

이리스가 공중으로 휙 던져졌다.

레벨은 이리스가 높지만, 접근전에서는 꼬꼬가 몇 배나 강했다.

"꼬끼.(일어나. 이 실력으로 실전에 나가면 죽어.)"

"사, 사부! 조금만 살살 해줘~! 엄청 무서웠다구!"

"꼬끼꼬꼬.(무도는 하루아침에 이루어지지 않는단다. 매일 성실한 훈련이 중요해. 우는소리만 해서는 강해질 수 없어.)"

"우우…… 사부는 엄해."

사부는 암컷이었다. 그것도 운동부에서 믿음직하고 남들을 잘 돌보는 착한 선배 타입.

최근 사흘 동안 우는소리만 하는 이리스를 정성스럽게 지도하는 착하고 엄격한 언니 같은 꼬꼬였다. 그렇기에 이리스도 열심히 스킬 습득과 강화에 힘쓰는 것이었다.

"별 상관은 없지만, 어떻게 말이 통하는 걸까요? 신기하네……."

"사실 시간이 빌 때면 저도 아이들과 같이 훈련해요. 저 꼬꼬는 사람을 잘 가르쳐서 교육에 크게 참고가 돼요."

"우리 꼬꼬들이 인간보다 인간 같은 느낌이……. 좋아, 저 꼬꼬 이름은【메이케이】라고 하자."

루세리스가 아이들과 격투 훈련을 했다는 것이 의외였다. 그리고 그런 그녀들에게 기술을 가르치는 꼬꼬. 그 꼬꼬는 네 마리째 네임드 몬스터가 됐다.

메이케이는 자기에게 이름이 붙었다는 사실을 깨닫고 날개를 앞으로 모아 머리를 숙였다.

기분 탓인지 아저씨는 메이케이의 힘이 살짝 강해진 느낌을 받았다.

"루! 여기 있었어?"

"어머, 쟈네. 늦었네요?"

뒤쪽에서 루세리스를 부르는 소리가 들려 돌아보자 쟈네와 레나가 있었다.

이제야 돌아왔는지 피로한 기색이 보였다.

"늦어? 아니…… 이것도 빠른 편…… 어?! 왜 아저씨가 있어?!"

"가도를 따라 밟았으니까요. 쟈네 씨는 늦었군요?"
"알잖아? 풍향에 따라 배가 늦어지기도 하고, 레나가……."
"아…… 말하지 않아도 알겠습니다. 폭주했군요……. 수고가 많으십니다."
아저씨는 무심코 경례했다. 쟈네의 고생을 충분히 헤아릴 수 있었다.
"그래. 그것도 하필이면…… 마침내 진짜 어린애한테 손을 대려고 했다고!"
"그래서 꼬꼬들이 제재하고 멍석말이로 끌고 온 건가요……. 정말로 고생하셨습니다. 이게 의뢰 보수입니다. 이리스 양에게는 이미 줬으니까 받으시죠."
"그래……. 이제야 편하게 쉬겠어……. 응? 이거…… 너무 많지 않아?"
쟈네는 받아든 보수를 확인한 순간 경악하는 표정을 보였다.
지금까지 받은 의뢰보다 훨씬 높은 보수를 보고 그녀의 손이 떨렸다.
그 뒤에서 레나가 도마 위 생선처럼 펄떡펄떡 뛰는 모습을 측은하게 바라보며 아저씨는 이야기를 이었다.
"하지만…… 레나 씨에게 보수를 건네도 될지……."
"그렇지……. 틀림없이 소년들을 여관방으로 끌어들일 거야. 이런 걸 걸레라고 하는 걸까?"
"……글쎄요? 레나 씨의 경우 굳이 따지면 호색가 아닐까요. 이대로 멍석으로 말아 두는 게 나을지도……."

"보수…… 줄 거야? 보나 마나 3일 안에 탕진할걸?"

보통은 3일 안에 쓸 수 있는 금액이 아니지만, 레나의 경우는 그렇지도 않은 모양이었다.

멍석에 말린 레나가 무슨 말을 하고 싶은 눈치였지만, 아저씨는 무시하기로 했다.

"루세리스 씨, 두 사람을 양육원에서 쉬게 해주세요. 긴 여행이었으니까 피곤할 겁니다. 다른 의미로도……."

"그러게요. 쟈네, 오늘은 양육원에 묵을래? 방을 찾기도 힘들 거 아니야."

"부탁할게……. 레나 때문에 여관을 찾을 기력도 없어……."

"정말로 지쳤나 보네요. 레나 씨 보수도 함께 받아 두세요. 아무리 그래도 제가 가지고 있기는 좀……."

레나가 노려보는 눈매가 매서웠다.

그리고 무지하게 콧김이 거칠었다. 기어코 사달을 낼 분위기였다.

밧줄을 푸는 순간 욕망에 몸을 맡기고 달려가리라.

"그런데 이리스는 뭘 하는 거야?"

"꺄오오————?!"

동료가 돌아와도 이리스는 메이케이에게 휙휙 던져져 이쪽으로 올 상황이 아닌 것 같았다.

훈련이라서 누가 도와줄 리도 없어 이날도 이리스는 셀 수 없이 하늘을 날았다.

그 노력이 결실을 맺어 일주일 후에는 전사직 스킬들을 얼추 획득했다.

여담이지만, 전사직 스킬을 얻은 후 이리스의 훈련은 점점 가혹해졌고, 결국 전사용 장비를 장착할 수 있게 됐다.

다만, 훈련으로 생긴 멍은 당분간 사라지지 않았다고 한다…….

아무튼 이리스는 스킬 습득과 레벨 업을 위해 더욱 훈련에 전념했다.

단편 아도의 이세계 고찰

【안도 토시유키】, 23세.

불행하게 이세계로 전생한 희생자 중 한 명이었다.

2년의 재수 생활 끝에 가까운 공과 대학에 합격한 그는 자유로운 캠퍼스 라이프를 보내고 있었다.

다섯 살 연하인 소꿉친구(여고생)이자 약혼자이기도 한【후나바시 유이카】와 사이좋게【소드 앤 소서리스】도 플레이했다.

속도위반이 발각된 직후, 부모님에게는 심한 질타를 받았다.

그러나 언젠가 두 사람이 사고를 치지 않을까 내심 각오하고 있었는지, 결국 둘을 축복해줬다. 정말로 이해심 있는 부모님이었다.

첫 손주를 볼 생각에 부모님은 크게 기뻐했다. 아이가 태어나기 전부터 아기용품을 사 모을 정도로—.

그런 이유로 대학을 자퇴하고 유명한 장난감 회사에 내정이 결정된 중요한 시기에 그는 자신의 의도와 무관하게 이세계에 전생하고 말았다.

그렇다. 4신이【소드 앤 소서리스】세계에 사신을 버리지 않았으면 그는 어디에나 있을 평범한 가정을 꾸렸을 것이다.

그는 같은 전생자인 리사, 샤크티와 함께 4신에게 복수하고자 행동했다.

—그러나 기본적으로는 관계없는 사람들을 말려들게 할 생각도 없었다. 표적은 어디까지나 4신을 신봉하는 종교 국가【메티스 성법신국】였다.

이 세계에서 1, 2위를 다투는 대국이자 그가 처음으로 이 세계에 떨어진 소국【이사라스 왕국】의 적대국이기도 했다. 심지어 군사력을 앞세운 압박 외교로 이사라스 왕국을 흡수하려는 속셈이 노골적으로 보일 정도였다.

이사라스 왕국은 만성적인 식량난에 허덕이고 있었다. 산악 지역에 위치한 소국이고 밤이 되면 기온이 급격하게 떨어져 평지에서 사는 작물이 자라지 못하기 때문이었다. 그래서 작물 자급률이 대단히 낮았다.

그런 사정으로 인해 식량 지원을 조건으로 광물 자원을 헐값에 넘기는 관계가 이어져 왔다.

하지만 그런 상황마저도 조만간 끝나고【메티스 성법신국】에게 정복당하리라 예측될 정도로 이사라스 왕국의 국민은 굶주리고 있었다.

명백한 침략 목적의 식량 지원이었다.

아도가 그런 나라에 소속한 이유는 우연히 들른 마을의 식량 사정을 개선하자 왠지 국빈 대우를 받으며 거국적 환영을 받았기 때문이었다.

아도는 빈곤한 소국을 거점으로 삼아도 될지 망설였지만, 이웃 나라는 전쟁 중이었고 정보를 수집하려면 한 나라에 머무는 편이 낫다고 판단했다.

전쟁 추진 파벌에 다소 협력은 했으나, 그렇게라도 하지 않으면 이세계의 정보를 자세히 알 기회가 없었다. 그 때문에 이사라스 왕국에 협력하여 타국의 정치 상황을 조사하는 스파이 같은 짓도 했었다.

그런 아도는 현재 솔리스테어 마법 왕국의 학원도시 스틸라에 있는 이스톨 마법 학교 대도서관에 와 있었다.

지금은 정보 수집을 위해 대량의 서적을 뒤지는 중이었다.

'이상한걸……. 이 세계의 섭리는 【소드 앤 소서리스】와 닮았지만, 전혀 다르다는 생각이 들어. 비슷하면서도 달라…….'

일주일 넘게 많은 책을 읽고 동료끼리 이야기 나누자 몇 가지 진실이 보이는 듯했다.

"샤크티, 어떻게 생각해?"

아도는 동료 여성 마도사에게 말을 걸었다.

웨이브 진 머리를 어깨까지 기른 그녀는 긴 눈을 찌푸리고 독서에 집중하고 있었다.

얼마나 진지하게 읽는지 아도가 한 번 불러서는 알아차리지도 못했다.

"야, 샤크티…… 사람이 묻잖아."

"음…… 이 두 남자가 몸을 섞는 표현은 장황하고 조금 조잡해.

읽기 힘들어. 더 대담하고 격렬하게 나가도 된다고 봐."

"넌 뭘 읽는 거야? 정보 수집 맞지?"

"맞는데? 남성끼리의 연애는 성립하는가. 이건 이성애 중심의 세계가 동성애를 용인할 수 있느냐는 하나의 시련이라고도 할 수 있어. 이걸 극복해야 비로소 동성애라는 윤리관에 새로운 길이 열릴 가능성을 품었지. 개인의 연애관은 존중해야 한다고 생각하고, 타인이 그걸 비난하는 건 어리석은 행위야. 변호사를 목표로 하는 입장에서는 개인의 사랑은 존중받아 마땅하다고 봐. 설사 그것이 동성애라도 남이 참견할 문제는 아니란 거야."

"아니…… 대체 뭘 읽는 거냐고. 그보다 왜 그런 책이 교육 기관 도서관에 비치돼 있어? 이래도 돼?"

"교육 기관이니까 그렇겠지? 2층 책장에 많이 있었어."

"허……."

정말로 이 대도서관이 많은 학생이 고등 지식을 배우는 학술 기관인지 의문이 들었다.

어떻게 보면 개방적이라고 할 수 있지만, 아무리 그래도 교육 기관에 그런 책이 있을 줄은 생각하지 못했다. 이것이 이세계의 상식이라면 솔직히 멸망했으면 싶을 정도였다.

그래도 공공시설 안이라서 크게 소리치지는 않았다.

아도는 상식 있는 사람이었다.

"샤크티…… 내가 눈알 빠지게 조사하는 동안 넌 뭐 했어?"

"나 못 믿어? 제대로 조사했어."

"어이구, 그래……? 어디 들어나 보자."

"남자끼리 관계를 가지는 행위는 전쟁 시에 자주 보인다고 해. 지구의 역사에서도 잘 알려지지 않았을 뿐, 이런 동성 간의 성관계를 가진 위정자는 많아. 일본에서도 다케다 신겐이나 오다 노부나가도 전쟁터에서 소년 시동을 옆에 뒀어. 여성을 전쟁터에 데리고 다닐 수 없어 전쟁의 흥분을 잠재우려고 그런 풍습이 생겼다고 해. 농민을 징병해도 약탈 과정에서 많은 여성이 유린당한 건 역사적 사실이야. 이성이 없는 전쟁터에서 그 흥분을 억누른 점을 보면 어쩌면 건전하다고도 할 수 있겠어. 왜냐면 아무도 희생되지 않잖아? 게다가—."

"잠깐, 잠깐! 왜 그런 걸 조사해? 우리는 이 세계의 섭리를【소드 앤 소서리스】의 설정과 대조해 이곳이 어떤 세계인지 검증하러 왔어. 아니야?"

"맞아. 그러니까 역사를 조사하는 것도 틀린 방법은 아니잖아?"

"그게 왜 동성애에 관한 연애 고찰로 변해? 조사할 방향성이 잘못됐다는 생각 안 들어?"

아도 일행의 목적은 이 세계의 섭리와【소드 앤 소서리스】설정의 유사성을 검토하고 자신들의 지식이 이세계에서 얼마나 통용되는지 조사하는 것이었다.

또한, 4신교의 성립 과정이나 타국의 시점에서【메티스 성법신국】의 역사를 객관적으로 조사해 향후 행동 방침에 참고하려고 했었다.

하지만 아도의 동료는 이상한 부분에서 역사에 관심을 가져 수상쩍은 책에까지 손을 댄 모양이었다.

"소국에 힘을 빌린 우리는 어쩌면 전쟁터로 나가야 할지도 몰라. 그렇게 됐을 때 아도 씨는 모르는 여성에게 손을 댈 수 있을까?"

"아니, 그럴 일 없어. 게다가 모르는 여자를 억지로 안을 생각도 없어."

"그거야 모르는 일이지. 상황에 따라서는 전쟁이 벌어질지도 모르는데 그 나라는 아도 씨를 최고 전력으로 보고 있어. 만약 전쟁터에 나가 흥분을 주체하지 못하면 근처 농촌을 습격해서—."

"그런 짓 했다가는 집사람한테 맞아 죽어! 들키면 그 날로 제삿날이야."

아도는 사실상 아내인 유이카가 무서웠다.

전쟁터에 나가 바람을 피우게 될 가능성이 있다면 비겁한 인간이라고 불리는 한이 있더라도 도망칠 각오가 되어 있었다. 그만큼 자기 약혼녀를 무서워했다.

"아도 씨, 잡혀 살아? 여인 천하?"

"묻지 마……. 누구에게나 말하고 싶지 않은 게 있어. 그러고 보니 리사는 어디 있어?"

"리사라면 아까 책을 찾으러 갔어. 아, 왔네."

양손에 책 몇 권을 끌어안은 여성이 포니테일을 살랑거리며 걸어왔다.

아도의 동료인 리사였다. 그녀 또한 마도사였다.

"아도 씨, 뭐 알아냈어?"

"어느 정도는 알았어. 이 세계에서 우리는 이물질일지도 몰라."

""이물질?""

"그래. 확증은 없지만, 조사할수록 차이점이 나와."

"예를 들면 어떤?"

"예를 들자면…… 【직업】. 【소드 앤 소서리스】에서는 캐릭터 설정으로 직업을 정하고 보정 효과를 받아. 【검사】라면 검 공격력이 오르고 【마도사】라면 마법 공격력이나 마법 저항력에 영향을 미쳐. 하지만 이곳은 이세계면서도 현실이야. 사람에게 직업이 고정됐을 리 없어. 아마 직업에 따른 보정 효과도 없지 않을까?"

RPG에서는 직업이 정해지면 전직이 어렵거나 불가능했다. 게임마다 다르지만, 대개 처음 직업이 고정되는 경우가 많았다. 그러나 현실 세계에서 그건 말이 안 됐다.

사람은 때로는 직업을 바꾸며 살아간다. 개인 사정이나 직장의 환경에 영향을 받기도 하거니와 애초에 평생 한 직업을 유지하기도 어렵기 때문이다. 어느 세계에서나 전직은 평범하게 이루어진다.

"그래. 직업이 고정되어 있다는 건 현실적으로 있을 수 없어. 만약 직업이 고정된 게임 같은 세계라도 사람에게는 적성이란 게 있어. 전직을 못 할 리 없지."

"희망하는 직업과 자신의 자질에 따라 직업이 바뀌지 않으면 이상하지?"

"다음으로 스킬인데, 이건 훈련하면 누구라도 배울 수 있어. 이건 【소드 앤 소서리스】와 똑같아. 문제는 상위 스킬로 발전시키려면 평생을 바쳐야 한다는 거야. 스킬 레벨을 올리려면 철저하게 수련해야 해. 이게 게임과의 차이야."

"당연해. 검도도 어릴 때부터 배운 애와 나중에 시작한 애는 실력이 달라. 수련한 시간만큼 차이가 나니까. 게다가 성장 속도도 사람마다 다르고."

"그렇지만 배운 걸 잊지는 못하잖아? 수련을 그만두면 몸이 둔해져야 정상이야. 그런데 배운 기술은 스킬이 있는 한 절대로 못 잊지?"

"그래. 검증해 보지 않아서 확답하기 어렵지만, 아마 그럴 거야."

아도는 조사 내용을 토대로 설명했지만, 이 견해에는 일부 오해가 있었다.

사실 스킬에도【직업 스킬】은 존재했다. 예를 들어 전직해도 기억한 직업 스킬은 잊지 않고 보정 효과도 다소나마 남았다.

하지만 계속 훈련하지 않으면 차츰 쇠하며 스킬 보정 효과가 낮아질 뿐 아니라 키운 기술도 둔해진다.

어떤 명인도 일을 하지 않으면 기술이 떨어지는 것은 당연한 이치였다.

"마지막으로 이 세계에서 말하는【격】, 다시 말해 레벨은 이곳이 우리가 아는 세계와 다르다는 가장 알기 쉬운 차이점이야. 우리는 레벨 상한이 적어도 1000 이상이었어. 실제로 내 레벨은 1000이 넘어. 하지만 이 세계에서는 레벨 500이 최대치 같아."

"우리가 너무 강하다는 말이야?"

"으음…… 사기 능력이라고는 생각하지만, 그렇게 차이가 큰 거 같지는 않은데?"

"이 세계에서는 레벨 100이 일반인과 중급자를 나누는 기준이야. 레벨 200이 중급자에서 상급자, 레벨 300이 최강이라고 불려. 하지만 개중에서【용사】나【초월자】는 레벨 500에 도달했어. 【소드 앤 소서리스】 시스템으로 이 세계에 있는 우리는 그 울타리 밖에 있는 존재겠지. 조사한 바로는 레벨 1000을 넘는 사람은 한 명도 없었어."

"즉, 전생자가 비정상이란 거구나."

"그럼【소드 앤 소서리스】를 기준으로 판단하는 우리는 이 세계에 악영향을 주지 않을까? 이 세계 사람들한테 무리한 일을 시키거나……."

"충분히 그럴 수 있어. 그러니까 더 신중해야 해. 행여라도【임계 돌파】나【극한 돌파】 같은 각성 스킬을 가르치면 안 돼. 이 세계에 존재하지 않을 가능성도 있으니까."

아도도 말로는 이런 추측을 내놓지만, 적어도【한계 돌파】는 존재하지 않을까 하고 생각했다.

그 이유는 이 세계에서 레벨 300이 최강이라고 불리는데도 레벨 500을 넘은 일부 인간이 존재하기 때문이었다. 소위【초월자】라고 불리는 자들인데, 소환된【용사】는 그렇다 쳐도【초월자】는 이 세계 인간이었다.

그 점으로 고찰할 때【한계 돌파】나 그와 유사한 스킬이 이 세계에 있다고 생각하는 편이 타당했다.

물론 충분히 검증할 시간이 필요했다.

그들은 강한 힘 때문에 스스로 깨닫지 못하는 부분이 많았다. 그래서 조사한 결과나 동료들의 의견을 냉정하게 검증해 자신들이 다른 섭리 속에서 살고 있다고 결론지었다.

그렇다면 이 이세계의 섭리와【소드 앤 소서리스】의 시스템을 동일시하는 것은 위험했다.

“이 세계 인간과 우리는 다른 섭리 속에 있다고 생각해도 될 거야. 어디까지나 조사한 범위에서 내린 결론이지만, 이게 사실이라면 큰 실수를 저지를 것 같아.”

“그러게……. 생각해 볼 수 있는 이야기야.”

“이렇게 말하면 그렇지만, 우리는 이 세계에서 위험분자 아닐까? 세계가 우리를 제거하려고 하진 않겠지? 조금 무서워…….”

“괜찮을 거야. 문제는 이 세계의 섭리야. 어쩌면 이 세계는…… 망가져 가고 있는지도 몰라. 지나친 생각이면 좋겠지만…….”

““……뭐?””

아도가 한 말은 한순간이지만 이 자리의 분위기를 얼어붙게 할 정도의 충격을 줬다.

세계가 망가져 가고 있다. 그렇게 생각하는 근거가 어디에 있는지 모르지만, 상당히 위험한 이야기였다.

“……아, 아도 씨. 왜 그렇게 생각해?”

“맞아. 한 번 들려줘.”

“사신 전쟁 후 전승이나 역사서를 다양한 관점에서 보면 레벨이란 개념은 용사 소환부터 등장했어. 그리고 300년 후에는【스킬】이란 개념이 생겼지. 이건 이상하잖아? 세계의 섭리란 게 고작 2, 3천 년 정도로 변해? 상식적으로 생각해서 말이 안 돼. 이 세계가 이상하다고 보는 편이 그나마 설득력이 있어.”

“아도 씨…… 그거 정말이야?”

“아니, 모은 정보를 토대로 내린 결론이지만, 감이라고밖에 할 수 없어.”

“그래……. 그럼 확증을 얻으면 말해. 지금 단계에서는 판단할 방법이 없으니까.”

“알았어. 그럼 곧 폐관 시간이니까 여관으로 돌아가자. 내일부터 이사라스 왕국으로 돌아갈 준비도 시작해야 하고 귀찮은 일도 하나 남았으니까…….”

“그 나라로 돌아가기 싫은데. 밥이 맛없는걸…….”

“샤크티 씨, 그건 말하지 않기로 했잖아. 향신료라도 사서 돌아가자.”

이날 이후, 대도서관에서 아도 일행의 모습은 보이지 않았다.

마지막 일에 착수할 준비를 시작하고 3일 후, 여관에서 체크아웃한 그들은 어딘가로 사라져 버렸다.

그리고 얼마 후, 암흑가에 위험한 마법약이 돌게 되지만, 그 이야기는 또 다음 기회에…….

아라포 현자의 이세계 생활 일기 5

초판 1쇄 발행 2019년 7월 10일

지은이_ Kotobuki Yasukiyo
일러스트_ JohnDee
옮긴이_ 김장준

발행인_ 신현호
편집국장_ 김은주
편집진행_ 최은진 · 김기준 · 김승신 · 원현선 · 권세라
편집디자인_ 양우연
국제업무_ 정아라 · 전은지
관리 · 영업_ 김민원 · 조인희

펴낸곳_ (주)디앤씨미디어
등록_ 2002년 4월 25일 제20-260호
주소_ 서울시 구로구 디지털로 26길 111 JnK디지털타워 503호
전화_ 02-333-2513(대표)
팩시밀리_ 02-333-2514
이메일_ lnovelpiya@naver.com
L노벨 공식 카페_ http://cafe.naver.com/lnovel11

ISBN 979-11-278-5128-6 04830
ISBN 979-11-278-4453-0 (세트)

값 9,000원

프리 라이프 이세계 해결사 분투기 1~3권

키가츠케바 케다마 지음 | 카니빔 일러스트 | 이경인 옮김

이세계 생활 3년째인 사야마 타카히로는
해결사 사무소《프리 라이프》의 빈둥빈둥 점주.
하지만 사실은, 신조차도 쓰러뜨릴 수 있는
세계 최강 레벨의 실력자였다!
게으름뱅이지만 곤란한 사람을 내버려 둘 수 없는 타카히로는
못된 권력자를 혼내주거나,
전설급 몬스터에게서 도시를 구하는 등 대활약.
사실은 눈에 띄고 싶지 않은데
개성적인 여자아이들에게도 차례차례 흥미를 끌게 되고?!

대폭 가필 & 새 이야기 추가로 따끈따끈 지수 120%!
이세계 슬로우 라이프의 금자탑이 문고화!!

라이트노벨의 새로운 빛! L노벨의 신간은 매월 10일에 발매됩니다. http://cafe.naver.com/lnovel11

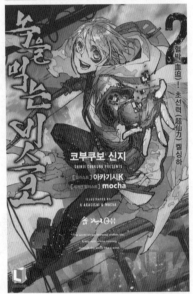